I0547438

WAHRE LIEBE...

BEKENNT FARBE

ANYTA SUNDAY

Übersetzt ins Deutsche von
JARA DRESSLER

Erstveröffentlichung der englischen Fassung 2017 unter dem Titel „True Colors"
Erstveröffentlichung der deutschen Fassung 2018
durch Anyta Sunday
Bürogemeinschaft ATP24, Am Treptower Park 24, 12435 Berlin

Eine Anyta Sunday Publikation
www.anytasunday.de

ISBN 978-3-947909-00-1

Übersetzung ins Deutsche Jara Dressler
Korrekturlesen der deutschen Fassung Wolfgang Eulenberg

Für Berlin, meine zweite Heimat.

**Es gibt vieles, bei dem ich mir nicht sicher bin.
Dinge, die ich zu verarbeiten versuche. Dinge, die ich verarbeiten *werde*.
Aber das eine, was ich mit absoluter Gewissheit sagen kann?
Oskar und ich? Unsere Geschichte hat nicht mit Hass begonnen.**

SCHWARZ

UNSERE GESCHICHTE BEGANN **drei Tage nach meinem dreizehnten Geburtstag, mit dem Audi und dem Eis.**

Mama hörte plötzlich auf, in der völlig falschen Tonlage bei Cyndi Lauper mitzusummen. Papa schrie und riss unser Auto herum. Die Bremsen quietschten, ein donnernder Krach ertönte und die schneebedeckte Straße stand plötzlich Kopf. Meine Sicht war verschwommen und wurde schwarz. Als ich aufwachte, bahnte sich dicker, beißender Rauch den Weg in meine Lunge. Es klingelte in meinen Ohren, meine Brust schmerzte und mein Schoß brannte.

Die Rückseite des Vordersitzes, Glas und eine lose, lockige Strähne von Mamas rotem Haar tauchten in meinem Blickfeld auf.

Hände schossen durch den Rauch. Kräftige, raue Hände, die mich unzählige Male gehalten hatten.

Papa zog mich aus dem schreienden, brennenden Schwarz.

Streich das. Unsere Geschichte begann ein paar Wochen zuvor, mit Mama und dem Theaterstück.

Ich stand vor der Tür zu Mamas Arbeitszimmer. „Darf ich MazeStuff auf dem Nintendo spielen?"

Sie tippte auf ihrer Tastatur. Ein paar Sekunden später erwachte der Drucker stöhnend zum Leben. „Kannst du nichts anderes machen als einen Bildschirm anzustarren?"

„Du bist mein großes Vorbild, Mama."

Die Falten um ihre Augen zogen sich zusammen, während sie sich in ihrem Stuhl zurücklehnte und ihre Arme verschränkte. Ein vergnügter Blick huschte zum Drucker. „Wie wär's, wenn wir den ersten Akt unseres Weihnachtstücks gemeinsam lesen würden?"

Ich stöhnte. Mussten sie und Papa *jedes* Jahr ein Stück aufführen? „Eine halbe Stunde MazeStuff?"

Sie schüttelte den Kopf und bedeutete mir, dass ich die gedruckten Blätter zu ihr bringen sollte. Widerwillig folgte ich ihrer Anweisung, meine Socken schlurften über den Teppich, auf die Art, die sie hasste.

Mama schloss den Laptop und warf mir einen warnenden Blick zu. „Es reicht, Marco. Oder ich werde deine Nintendo-Zeit komplett streichen." Sie schnappte sich die Papiere, die ich ihr über den Tisch hinweg entgegenstreckte. „Außerdem wird das hier Spaß machen. Ich schreibe es für dich. Zwei verwegene, feindliche Piraten-Mannschaften auf hoher See, auf der Suche nach dem verlorenen Schatz von Lord Large. Nichts und niemand kann sie stoppen, nur ihre Herzen — oder eher der Mangel an Herz."

Ich lachte. „Piraten? Ich bin fast dreizehn."

Das brachte mir einen verwirrten Blick ein. „Aber du liebst Piraten."

3

„Früher. Jetzt liebe ich MazeStuff."

Sie verdrehte die Augen. „Netter Versuch. Aber keine Chance. Wirklich, keine Piraten mehr? "

„'Tschuldigung", antwortete ich mit einem Schulterzucken. „Du hättest mit mir reden sollen, bevor du angefangen hast mit Schreiben."

Auf ein leises, kehliges Summen folgte ein Lächeln. „Das habe ich versucht, aber du bist mit Oskar davongerannt. Du rennst immer mit ihm davon."

Eine vage Erinnerung, in der Mama mich fragte, kam mir ins Gedächtnis, aber sie hatte im Winter gefragt und Oskar und ich wollten Basketball spielen, solange es nicht regnete. „Keine Piraten, Mama. Wie wär's mit zehn Minuten Brainstorming im Austausch für zwanzig Minuten Nintendo-Zeit?"

„Du bist unerbittlich."

Sie lachte und ich grinste sie an. „Ist das ein Ja?"

„Ich bin eine Rabenmutter." Sie knüllte den ersten Teil ihres Stücks zusammen und warf es in den Mülleimer. „Na schön. Fünfzehn Minuten Brainstorming und dann kannst du MazeStuff spielen."

Lass es mich nochmal versuchen. Unsere Geschichte beginnt eine Woche vor dem Unfall, dem Tag meiner ersten Farbe. Sie beginnt mit Sonnengelb und mit *ihm*.

SONNENGELB

OSKAR und ich stapften durch das gefrorene Gras und über die gefallenen Ahornblätter.

„Ich hoffe es ist kalt genug, dass der See gefroren ist", sagte ich und rieb meine Hände gegen die eisige Kälte des Morgens aneinander.

Oskar fummelte an den Knoten seiner Schlittschuhe herum, die er sich um den Nacken gehängt hatte. Die Sonne reflektierte an den Kufen und warf Lichtsteifen auf seine Brust. Seine haselnussbraunen Augen funkelten, als er mir eine große Wolke aus kühler Luft ins Gesicht blies. „Jep, es ist kühl genug."

Ich nahm die Schlittschuhe von meiner Schulter und schlug ihm damit spielerisch auf den Hintern. Oskar stolperte nach vorne und verschluckte sich an einem Lacher.

Er drehte sich um und lief mit einem neckischen Lächeln im Gesicht rückwärts. „Machen wir ein Wettrennen an den See. Dieses Jahr gewinne ich."

„Wohl eher nicht. Und ...", ich zeigte hinter ihn, „... Hundescheiße."

Oskar machte einen schnellen Schritt zur Seite und schaffte

es gerade noch, nicht in den Haufen zu treten. „Wie auch immer, du hast nur gewonnen, weil ich erkältet war."

Ich kickte einen Haufen bunter Blätter in seine Richtung und Oskar lachte erneut. Ein großes, breites Lachen mit geröteten Wangen. Die Spitzen seiner oberen Vorderzähne lugten unter seiner Lippe hervor und seine Grübchen vertieften sich.

Ich kicherte ebenfalls und stolperte dann prompt über eine hervorstehende Baumwurzel. Ich griff nach Oskars Arm, um nicht mit dem Gesicht voraus auf den Weg zu fallen. Das brachte Oskar aus dem Gleichgewicht. Die Schlittschuhe um seinen Nacken begannen zu pendeln und schlugen mir gegen die Stirn. Ich stellte mich schnell wieder hin und rieb mir über die Stelle.

Oskar kicherte. „Ich werde *sowas* von gewinnen."

Der Weg machte eine Kurve und wir konnten den See sehen. Das Wasser war von Bäumen und ein paar einzelnen Grasflächen umgeben. Ein Blick auf den See ließ Enttäuschung in mir aufkommen. Auch Oskars Schultern sackten zusammen und er wurde langsamer.

Eis lag über dem See, hauchdünn, wie eine Küchenfolie. Viel zu dünn, um darauf Schlittschuh zu laufen.

Ich hob einen feuchten Zweig auf und warf ihn auf das Eis. Er brach sofort ein. „Das ist scheiße." Noch beschissener war es, zu sehen, wie sich Oskars Gesicht verfinsterte.

Ich warf meine Schlittschuhe an den Stamm einer vom Winter geschwärzten Eiche und überlegte, was wir stattdessen machen konnten. Ich hatte keine Lust darauf, zurück nach Hause zu gehen und die wöchentlichen Hausarbeiten zu erledigen, die auf mich warteten. Und ich wusste, dass Oskar mehr als fünf Minuten Pause vom Aufpassen auf seine kleine Schwester Zoe brauchte.

Ich kletterte auf den Stamm eines entwurzelten Baums, der

bis über den See hing. Ich hüpfte ein paar mal auf und ab, um seine Stabilität zu testen.

Oskar warf seine Schlittschuhe ebenfalls weg und folgte mir. Wir kletterten vorsichtig soweit es ging, setzten uns auf den Stamm und schauten einander an. Eine Wölbung des Stammes wurde unser Tisch.

„Was soll ich reinritzen?", fragte Oskar, zog sein Armeemesser heraus und presste die Klinge gegen das Holz. „Unsere Initialen?"

„Aber der Baum ist tot. Wenn du unsere Initialen irgendwo reinritzt, sollte es dann nicht in einen der Bäume sein, die noch hunderte von Jahren leben?"

„Nein. Tot ist besser."

„Warum?"

„Weil er verrotten wird und irgendwann daraus neues Leben entstehen wird." Mit seiner Klinge kratzte Oskar die tote Rinde ab und legte darunter weiches, helleres Holz frei. „Ich will, dass wir ein Teil *davon* sind." Oskar schaute zu mir und ritzte dann zuerst meine Initialen ein. „Lachst du mich aus?"

Das tat ich nicht.

Ich wandte mein Lächeln dem blauen Himmel zu und nahm einen tiefen Atemzug der eisigen Luft. Sie bahnte sich ihren Weg in meine Lunge, kühl und kitzelnd, sodass ich kurz zitterte.

„Fertig", sagte Oskar, schloss sein Messer und steckte es wieder ein.

Ich fuhr mit meinen Fingern über unsere Initialen. MB + OR. Marco Brandt und Oskar Richter.

„Du lachst immer noch", sagte Oskar, verschränkte seine Arme und schaute mich böse an.

Ich wusste nicht, was ich ihm sagen sollte. Mein Bauch war voller Schmetterlinge. Ich konnte nicht anders. „Hier", sagte ich

7

und zog zwei eingepackte Kekse aus meiner Jackentasche. „Die hab ich für uns mitgebracht."

Oskar nahm seinen und packte ihn so schnell aus, als hätte er wochenlang nichts gegessen. „Deine Mama macht die besten Kekse."

Er schrie, als er den Keks fallen ließ. Er versuchte ihn zu fangen, aber der Keks fiel auf das dünne Eis. Die Oberfläche begann zu knarzen aber hielt das Gewicht, als würde das Eis Oskar verspotten wollen.

Ich prustete.

„Du musst mir jetzt die Hälfte von deinem geben", sagte Oskar und griff danach.

Ich hielt den Keks außerhalb seiner Reichweite. „Auf gar keinen Fall."

Oskar sprang nach vorne, aber anstatt nach der leckeren Schokoladen-Köstlichkeit zu greifen, kitzelte er mich unter den Achseln.

Ich zog meine Arme nach unten und brachte so den Keks wieder in Reichweite. Er griff danach und seine Augen glänzten triumphierend... bis ich ihn aus seiner Hand schlug und auch dieser Keks auf das Eis fiel.

„Oh Mann! Du bist doof." Aber er lachte.

Wir starrten auf unsere verlorenen Kekse und durch das klare Eis. Algen trieben auf dem Grund des Sees und ich konnte ein paar leere Bier- und Weinflaschen erkennen.

„Wir sollten das irgendwann auch mal machen", sagte ich und musste an das Piratenstück denken das Mama geplant hatte. Vielleicht war es doch keine so blöde Idee.

Ich sah den fragenden Ausdruck in Oskars Gesicht und deutete auf die Flaschen.

„Was, Umweltverschmutzung?", fragte er.

„Lass mich ausreden, Dummkopf."

Er zeigte mir den Stinkefinger.

„Wir sollten eine Nachricht an unsere zukünftigen Ichs in eine Flasche stecken, sie verschließen und im See versenken", sagte ich. „Was hältst du davon?"

„Lass uns das machen."

Ein plötzlicher Strahl aus Sonnenlicht erstreckte sich zwischen den Zweigen der benachbarten Eiche und wir aalten uns darin. Oskars blonde Haare und sein Grinsen leuchteten.

Mama hatte die Angewohnheit, jedem Tag eine Farbe zu geben. Ein Tag war blau, wenn sie unglücklich war. Grün war er, wenn sie Hoffnung hatte. Der Hochzeitstag meiner Eltern war pink.

Ich hatte nie bewusst bestimmte Farben mit meinen Tagen in Verbindung gebracht, aber als ich Oskar in diesem Moment in der warmen Wintersonne sah, schoss mir Sonnengelb in den Kopf.

Nicht als Farbe für den Tag, für *ihn*.

„Was ist so witzig? Hab ich etwas zwischen den Zähnen?", fragte Oskar und fuhr mit seinem Fingernagel an den Schneidezähnen entlang.

Ich zuckte mit den Schultern und rieb mir nervös mit den Händen über die Jeans, bevor ich aufstand. „Lass uns nach Hause gehen und mehr Kekse holen. Du kannst nächste Woche versuchen, schneller als ich am See zu sein."

„Falls er bis dahin richtig zugefroren ist."

„Das hoffe ich doch."

HASELNUSSBRAUN

SIEBENEINHALB JAHRE SPÄTER.

Zwölf Sekunden waren noch zu spielen.

„Auf geht's, Zoe", murmelte ich von der Bank aus und zappelte nervös mit meinem Bein. Die Basket Bears spielten gegen ihre Erzfeinde, die Black Eagles, und lagen drei Punkte zurück.

Zoe dribbelte den Ball gekonnt, aber sie schien Black Eagle #21, die auf sie zurannte, nicht zu bemerken.

Zu meiner Rechten biss sich Sigrid, Zoes Mama, auf die Lippen. Ich grinste, als mir klar wurde, dass es Sigrid die Stimme verschlug, wenn sie ihrer Tochter beim Basketball spielen zuschaute.

Dieter, ihr Vater, war eigentlich immer ruhig, aber jetzt klatschte er. Leider feuerte er das falsche Team an. Basketball war einfach nicht sein Sport.

Ganz im Gegensatz zu Zoe. Das Mädchen lebte auf dem Spielfeld richtig auf. Obwohl ich nicht ihr Bruder war, nahm ich gern eine brüderlicher Rolle ein. Ich kannte sie, seit die Richters nebenan eingezogen waren. Ich war sieben und sie noch ein Baby. Jetzt war sie sechzehn und glaubte, alles zu wissen.

Aber was sie nicht wusste — und ich hatte mir geschworen, es ihr nach dem Spiel zu sagen — war, dass ich ausziehen würde.

Zoe warf ihrer guten Freundin und Teamkollegin Stefanie den Ball zu und rannte in Richtung des Korbs. Sie bekam den Ball durch einen geschickten Pass von ihr zurück und versenkte ihn nur Millimeter hinter der Dreipunkte-Linie im Korb.

Ich sprang auf und schrie ihren Namen, während ich dem Spielfeld und dem Publikum zurief, dass meine Nicht-Schwester rockte. Dem Purpur, das sich auf ihren Wangen ausbreitete, nach zu urteilen, würde sie mir nachher dafür die Leviten lesen, aber ich wusste auch, dass sie es insgeheim genoss.

Fünf Sekunden waren noch zu spielen. Zoe war auf einen weiteren Korb aus. Sie war kurz davor zu werfen —

als Black Eagle #16 sie rammte und ein Pfiff angesichts des offensichtlichen Fouls ertönte.

Zoe machte sich an der Freiwurflinie bereit. Die Basket Bears brauchten den Punkt, um zu gewinnen oder sie würden in die Verlängerung gehen — und das würden sie nicht packen. Das Team war zu erschöpft und die Black Eagles hatten ausgeschlafenere Auswechselspieler.

Wir hatten in meinem Hinterhof jede Woche Freiwürfe geübt, machmal sogar täglich. Ich wusste, dass Zoe das konnte, aber ich wusste auch, dass sie unter Druck manchmal nervös wurde. Der Ausgang des Spiels hing von diesem Wurf ab.

„Komm schon, komm schon!"

Ich war der Erste, der aufsprang, als sie traf. „Das ist meine Zoe!"

Die Basket Bears gewannen mit einem Punkt Vorsprung.

Fünfzehn Minuten später, nachdem der Trainer kurz mit

dem Team „geredet" und sie dann zu ihren Familien geschickt hatte, schubste mich Zoe von der Seite. „Marco du Pflaume. Du bist so laut."

„Ich bin nicht laut, das Publikum war einfach lahm."

Sie rollte mit den Augen. „Du denkst, *jedes* Publikum ist lahm, seit —"

Gott sei Dank kamen die Richters in diesem Moment zu uns herüber. Ich zog mich etwas zurück, damit sie einen Moment mit Zoe hatten, bevor sie sich auf den Weg zu ihrem Auto und zurück in die Stadt machten. Sie waren Musiker, daher waren die Freitagabende normalerweise Konzertnächte. Es war selten, dass sie es zu einem von Zoes Spielen schafften. Ich fand es aber gut, dass sie es wenigstens versuchten.

Ich mochte es aber auch, wenn es nur Zoe und ich waren — so wie es das letzte Jahr über meistens gewesen war. Wir hatten die Tradition, uns nach dem Spiel mit Pizza vollzustopfen. Und heute Nacht sollte keine Ausnahme sein.

Ich winkte den Richters im Gehen zu und warf mir Zoes Sporttasche über die Schulter, wie es ein guter Bruder machen sollte. „Nehmen wir heute den Bus?", fragte ich, da ich kein Auto und keinen Führerschein besaß. Beides war in Berlin so ziemlich überflüssig. Nur für Basketballnächte wäre es geschickt, ein eigenes Auto zu haben.

„Steffi hat uns angeboten, mit ihr zurückzufahren, aber es gibt diese Hammer-Pizzeria am Ende der Straße. Ich dachte mir, wir könnten den Bus nehmen." Sie zog einen Hoodie über ihr marineblau-goldenes Trikot mit der Nummer sechzehn und zog den Zopfgummi, der ihr kurzes, blondes Haar zusammenhielt, zurecht. Sie deutete mit ihrem Daumen in Richtung Ausgang und grinste: „Erzählst du mir jetzt deine Neuigkeiten? Ich habe auch welche."

Ich lachte nervös. „Ich werde immer zu deinen Spielen kommen, solang du mich da haben willst."

Sie hielt mitten auf dem Platz inne. „Das klingt nicht gut."

„Wir können weiterhin jede Woche üben. Außerdem werden bald Proben für das Stück sein. Wir werden uns ständig sehen."

„Raus damit, Marco."

„Ich habe eine Wohnung gefunden und werde ausziehen."

Zoes Augenbrauen zogen sich zusammen, als sie auf ihre abgenutzten Turnschuhe starrte. „Ich schätze mal, dass es ja irgendwann soweit kommen musste. Aber es wird mir schon fehlen, so einfach zu dir rüber gehen zu können und abzuhängen."

Ich legte meinen Arm um ihre Schultern und lenkte sie in Richtung Ausgang. Ich würde definitiv für das Abendessen bezahlen. „Meine neue Wohnung ist zehn Minuten entfernt. Du kannst immer vorbeikommen, ok? Es wird nicht so viel anders sein. Abgesehen davon werde ich eh vermutlich jeden Abend mit Papa und Opa essen. Ich schreibe dir einfach, wenn ich da bin."

Sie schaute auf und zog an meinem Mittelfinger, der auf ihre Schulter lag. „Wenigstens sind *meine* Neuigkeiten gut."

Ich wandte mich ihr zu und grinste sie an.

„Mein großer Bruder zieht wieder nach Hause."

Mein Magen zog sich zusammen und mein Grinsen verschwand. Das waren keine guten Neuigkeiten. Überhaupt nicht.

———

Die Grüne Ecke stand für gesunde Bio-Ernährung. Unsere Familien kauften dort seit Jahren ein und außer dem Kassierer hatte sich dort nie etwas verändert. Weidenkörbe waren voll mit frischen Produkten, Plakate von lachenden Kühen hingen über dem Milchregal und der Geruch von frisch gebackenem Walnussbrot brachte meinen Magen zum Knurren.

„In diesem Laden riecht es richtig lecker", sagte mein Kumpel Ben und atmete übertrieben tief ein, während er den Wagen schob.

Ben hatte mir und meinen Lebensmitteln eine Mitfahrgelegenheit zu meinem neuen Zuhause angeboten: einer Einzimmerwohnung im Erdgeschoss mit knarzenden Holzdielen und einer Dusche, in der ich mich ducken musste, um mir die Haare zu waschen.

Es ist war nicht das Ritz, aber ab heute würde es allein mir gehören.

Und gerade noch rechtzeitig.

„Mhmm", murmelte ich. „Ich hol die Milch und dann schauen wir, dass wir hier Land gewinnen."

Der Umzug hatte mich erschöpft. Zu entscheiden, was aus meinen letzten zwanzig Jahren ich mitnehmen sollte, dann alles in Bens Auto und in die Wohnung zu verfrachten und am Haus der Richters vorbeizugehen, mit dem Wissen, dass Oskar in ein paar Tagen zurück sein würde.

Ich wollte mich auf die Matratze in meiner neuen Wohnung fallen lassen und an die weiße Decke starren, bis das Pochen in meinem Kopf aufhörte.

Ich hätte das auch bereits getan, aber ohne Lebensmittel in den Küchenschränken war dieser Stopp im Grünen Eck ein Muss.

Ben lenkte den Wagen entlang des Regals mit den Kuhplakaten und stieß mich damit leicht in den Hintern als er anhielt. Er fächerte sich Luft zu.

Die Luft stand heute vor Hitze und der Laden hatte eine beschissene Klimaanlage. Schweißtropfen bildeten sich an meinem Haaransatz, an meinem Nacken und in meinen Kniekehlen.

Ich machte mir nicht die Mühe, mir Luft zuzufächern, denn ich hatte mich über den Sommer an die Hitze gewöhnt. Ein besonders warmer Herbsttag wie heute machte mir nichts aus.

Ben griff sich ein Macadamia-Schoko-Eis und warf es mit dem glücklichen und neckischen Lächeln das ich so gut kannte in meinen Wagen. Er war eine Frohnatur, was sehr erfrischend war. Vertrauenswürdig. Verlässlich. Immer darauf bedacht, andere zum Lachen zu bringen. Er war türkis. Manchmal aber auch smaragdgrün.

Wir waren noch keine besten Freunde, aber vielleicht waren wir in der Richtung unterwegs?

Ben öffnete die Tür eines Eisfachs und ließ die Kälte über sich strömen. „Scheiße, ist das heiß heute. Wie kannst du lange Ärmel tragen?"

Ich hielt inne, griff nach einer Packung fröhlicher Kuhmilch und starrte sie intensiv an. Es hatte Jahre gedauert, bis ich es kontrollieren konnte, dass ich nicht rot anlief. Hitze breitete sich in meiner Brust aus und bahnte sich ihren Weg zu meinem Nacken. Dort hielt ich sie an. Ich lockerte meinen Griff um die Milch und legte sie in den Wagen.

„Hab ich dir eigentlich schon gesagt, wie cool ich es finde, dass du unserem gesamten Politik-Seminar Karten für das Pine Breeze Festival gekauft hast?"

Sollte er den abrupten Themenwechsel bemerkt haben, zeigte er keinerlei Reaktion. Er zuckte mit den Schultern. „Keine große Sache. Ich bin das privilegierte Kind eines Millionärs. Das waren Peanuts."

Für manch einen aus unserem Seminar war es mehr als Peanuts. Für Sebastian zum Beispiel, der sich kaum ein gebrauchtes Fachbuch leisten konnte. Sebastian, den Ben das ganze letzte Semester über genau beobachtet hatte, war auch der Grund für Bens entschlossene Großzügigkeit, aber das sagte ich nicht.

15

Genau so wenig wie ich etwas zu meiner Situation sagte. „Ich mein ja nur, Alter. Der Hammer."

Ich rieb mir den Nacken und übernahm den Einkaufswagen. Mein Kopf pochte und meine Kehle wurde trocken, als ich mich an die Zeit zurück erinnerte, als Oskar und ich immer mit unserem Taschengeld hierher kamen, um uns mit Süßigkeiten aus den Plastikbehältern zu versorgen.

Verdammt, ich hoffte wirklich, dass eine eigene Wohnung mir dabei helfen würde, diese Anflüge von Nostalgie zu stoppen.

Wir gingen zur Kasse.

Die Kassiererin Emilia trug ihr übliches Cap und ihr Lächeln war wie immer breit und verlogen. Normalweise versuchte ich, ihre Kasse zu meiden, da sie die Angewohnheit hatte, sich mit der Hand die laufende Nase abzuwischen.

Ich scannte die anderen Kassen.

Andre.

Andre war eine Studie in braun. Braune Haare, die ihm seitlich über ein Auge hingen, ein brauner Stecker in seinem rechten Ohr und ein braunes Tattoo, das oben aus seinem Kragen herauslinste. Die Schlange an Andres Kasse war kurz und er war schnell.

Ich stellte mich mit dem Wagen an das Ende von Emilias Schlange.

Ben schaute verwirrt und zeigte zu Andre, der gerade in unsere Richtung schaute. „Warum nicht diese Kasse?"

Weil ich nie an seiner Kasse zahlte. Andre war in meinem Basketball-Team gewesen. Er war einer der Jungs, die Oskar...

Ich löste meinen Blick von Andres hochgezogener Augenbraue und schüttelte die wütende Röte, die in mir aufstieg, ab.

Einmal ein Mobber, immer ein Mobber. Ich würde Andre diesen Gefallen nicht tun. Ich hatte mir sogar überlegt, in einem anderen Laden einkaufen zu gehen, als er angefangen hatte hier zu arbeiten, aber das hier war meine Gegend. Ich würde in fünf Jahren immer noch hier einkaufen, während er sich früher oder später irgendwo anders hin verziehen würde.

Gott sei Dank bahnte sich eine Familie mit voll bepacktem Wagen ihren Weg zu Andres Kasse und Bens Frage wurde hinfällig. „Willst du bei mir essen?", fragte ich.

Ben schüttelte seinen Kopf und Erleichterung durchströmte mich. Mir schwirrten viel zu viele Gedanken im Kopf herum, um heute gute Gesellschaft zu sein. „Ich muss mit meinem Bruder essen,", sagte Ben, „aber ich werde definitiv morgen früh bei dir sein, für das Festival. Ich will den Berufsverkehr vermeiden."

Ich warf ihm mein „Verstanden"-Grinsen zu, als meine Tasche anfing zu vibrieren. Ich zog mein Handy heraus.

„Hey, Papa", antwortete ich.

„Du bist also ausgezogen", sagte er schroff.

Ich nickte und wusste nicht, was ich darauf erwidern sollte. Ich kannte ja auch nichts anderes als mit Papa und Opa zusammenzuwohnen. Auch wenn sie nur drei Blocks entfernt sein würden und ich jede Woche zehn Stunden mit Papa auf dem Holzhof arbeitete, würde ich sie trotzdem vermissen. Seit Mamas Tod waren wir alles füreinander gewesen.

„Du hast eine Kiste vergessen", meinte Papa. Ich wusste, von welcher er sprach. Ich hatte sie auf dem Schreibtisch im Arbeitszimmer gelassen. Sie beinhaltete eine Sammlung an Geschenken, die mir Zoe in all den Jahren gegeben hatte. Ich wollte sie vorsichtig zu meiner Wohnung bringen, nicht in Bens Auto gequetscht.

„Ich werde sie bald holen", antwortete ich.

Ich war an der Reihe, meine Einkäufe auf das Fließband zu legen und sagte meinem Papa schnell Tschüss. Emilia scannte meine Einkäufe, ich zahlte und schon waren wir wieder unterwegs.

Als ich meine letzte Tüte aus dem Kofferraum nahm und diesen schloss, erinnerte mich Ben nochmal daran, morgen früh mit meinem ganzen Campingzeug auf dem Gehweg zu warten. Ich salutierte mit zwei Fingern in seine Richtung und machte mich dann auf den Weg zur graffittiverschmierten Fassade meines neuen Zuhauses.

———

Ich gab es schnell auf, meine kahlen Wände anzustarren. Ganz offensichtlich half es nicht, das Pochen in meinem Kopf zu beenden.

Ich zog meine Straßenschuhe an und lief die drei Blocks nach Hause. Die Sonne warf gerade ihr letztes Licht auf die türkischen Haselnussbäume, die die Straßen meiner Kindheit säumten.

Das ganze letzte Jahr über hatte ich jedes Mal, wenn ich von der Uni, vom Arbeiten oder von Freunden nach Hause gekommen war, das Nachbarshaus angestarrt.

Heute tat ich das Gleiche, als ich in Richtung unserer Tür lief. Ich hatte mehr als die Hälfte meiner Kindheit in diesen vier Wänden verbracht. Das Haus der Richters war wie unseres: Halb aus Holz, mit weißen Wänden, braunen Holzbalken und einem roten Spitzdach.

Mein Blick fiel auf einen rostigen Ford mit einer Delle in der Stoßstange, der selbstgefällig in der Einfahrt zwischen unseren Häusern stand. Ein Schauer kletterte an meinen Beinen hoch, wie der Efeu, der an der Seite unseres Hauses gewachsen war.

Es war jedoch nicht Oskars heruntergekommener Honda. Er würde nicht vor Ende nächster Woche heimkommen.

Ich schüttelte das mulmige Gefühl ab, während ich zu unserer Haustür hochjoggte und aufsperrte. Der Holzboden hieß mich mit seinem üblichen Knarren willkommen und aus dem Herzen des Hauses hörte ich Papas herzhaftes Lachen.

Mit einem neugierigen „Mmm?" folgte ich dem Geräusch ins Wohnzimmer. Mein Magen knurrte, als mir der Geruch von gebratenen Zwiebeln und Knoblauch entgegenkam. Ich würde mir auf jeden Fall etwas davon mitnehmen, zusammen mit meiner letzten Box.

Papa lachte wieder und dieses Mal hörte ich leise Stimmen. Eine weiche, junge Frauenstimme, eindeutig Zoe. Die andere war tiefer und von einem Charm durchdrungen, den ich sogar noch besser kannte. Mein Herz rutschte mir in die Hose, als ich die geteilte Wohnzimmertür öffnete.

Da saß er. An unserem langen Tisch mit der safrangelben Tischdecke, die Mamas liebste gewesen war. Zoe saß auf der einen Seite neben ihm, mit geröteten Wangen und Locken, die nicht hinter ihren Ohren bleiben wollten. Auf seiner anderen Seite saß Opa mit hängenden Schultern und schlürfte seinen Tee.

Oskar zog meine Aufmerksamkeit auf sich.

Er lachte immer noch mit geneigtem Kopf. Seine Finger fuhren das Karomuster der Tischdecke nach. Er hatte mich bisher noch nicht gesehen und ich war schwer versucht, einfach zurück in den Schatten zu verschwinden, aber Zoe zwickte Oskar in den Oberarm und zeigte in meine Richtung.

Ich griff nach dem Türrahmen, dankbar für den Halt. Er musste mich registriert haben, denn seine Finger hielten über dem Tisch inne und sein Adamsapfel bewegte sich als er schluckte.

Als sich unsere Blickte trafen, wurden meine Knie weich und meine Brust verengte sich.

Papa sagte meinen Namen, aber ich konnte meinen Blick nicht von dem Jungen von nebenan abwenden.

Dem Mann von nebenan, besser gesagt.

Er hatte sich verändert in den letzten fünfzehn Monaten. Ich wollte meinen Blick losreißen, meine Kiste nehmen, wegen der ich gekommen war, und zurück zu meiner Wohnung rasen. Stattdessen ließ ich meinen Blick über ihn wandern und registrierte jedes Detail, das anders war.

Seine Schultern waren breiter geworden und seine Arme definierter, aber er war schon immer fit, muskulös und gut gebaut gewesen. Seine blonden Haare waren kürzer aber immer noch lang genug, um vorne überzustehen. Bartstoppeln waren zu sehen, seine Augen hatten immer noch dieselbe Herbstfarbe und seine Nase hatte den gewohnten Höcker.

Ein Lächeln umspielte seine Lippen.

Es war über ein Jahr her, seit ich ihn das letzte Mal gesehen hatte.

Mein Magen zog sich verräterisch zusammen und ich umklammerte den Türrahmen so fest, dass meine Knöchel weiß wurden.

Ich blickte auf seine leicht nach oben gezogenen Lippen, die die Erinnerungen an hunderte Lieder zurückbrachten, die wir zusammen gesungen hatten, an Zeilen von Theaterstücken, an Geheimnisse und an sechs herzzerreißende Worte.

„Marco", sagte Oskar. Seine Stimme war tief, ruhig und gelassen und brachte mich dazu, mich von der Tür zu lösen.

„Was machst du hier?", fragte ich, ohne geduldig oder gelassen zu sein. Meine Stimme klang grob, heiser und zu hoch.

„Ich bin gerade zurückgekommen", sagte er. „Mama und Papa spielen heute Abend in der Sinfonie und dein Papa hat uns eingeladen, mit ihm zu Abend zu essen."

Papa stand auf und packte meine Schulter. „Ich hatte nicht damit gerechnet, dass du heute zurückkommst. Opa und ich wollten Gesellschaft." Opa summte zustimmend. Sein Verstand war rasierklingenscharf, aber Summen und Murmeln waren so ziemlich die einzigen Laute, die er heutzutage noch von sich gab. Papa fuhr fort: „Ich hoffe, du bleibst auch zum Abendessen?"

Der Drang, Nein zu sagen, verschnürte meine Kehle. Aber die Freude in Papas Augen und seine traurige Stimme bei unserem Telefonat machten es mir schwer. Ich wollte ihn nicht enttäuschen.

Abgesehen davon, wenn ich jetzt gehen würde sähe es so aus, als ob Oskars Anwesenheit irgendeine Wirkung auf mich hätte. Das Beste, was ich tun konnte, war zu bleiben, zu Abend zu essen und so tun, als wäre alles in Ordnung.

„Abendessen klingt super."

Papa verließ das Esszimmer, um in die Küche auf der anderen Seite des Flurs zu gehen und ließ Oskar, Zoe, Opa und mich zurück.

Oskar hob ein Bein, um damit gegen den Stuhl ihm gegenüber zu drücken. Dieser kratzte bei dieser Bewegung über den Boden. „Setz dich", sagte er.

Das tat ich auch, aber nicht auf den Stuhl, den er vorgeschoben hatte, sondern auf den gegenüber von Zoe. „Ich habe deinen Honda gar nicht gesehen."

„Der ist mir verreckt. Ich habe jetzt einen Ford."

Ich hätte meinen aufgewühlten Sinnen vertrauen sollen. „Ich dachte, du kommst nicht vor nächster Woche zurück."

Oskar lehnte sich im Stuhl zurück und verschränkte die Arme. „Ich gehe morgen auf ein Festival. Dachte, ich bring mein Zeug davor gleich her."

„Festival?" Das unangenehme Gefühl von vorher breitete sich wieder in mir aus und ich saß wie erstarrt auf meinem Stuhl. *Sag' nicht Pine Breeze.*

„Pine Breeze."

Ich fluchte innerlich.

Zoe lachte. Als ich ihr endlich meine Aufmerksamkeit schenkte, bemerkte ich einen Stapel Papier in ihren Händen und einen ähnlich aussehenden zwischen Oskars und Opas Tasse. Alle Alarmglocken in mir schrillten. „Was ist das?", fragte ich.

Zoe streichelte ihre Blätter mit einem wachsenden Lächeln. „Dein Papa hat uns unsere Rollen für das diesjährige Stück zugeteilt."

„*Eure* Rollen?" Ich warf einen panischen Blick in Oskars Richtung, der seine Augenbrauen hochzog.

„Gibt's ein Problem?", fragte er.

Meine Kehle schnürte sich zu und es tat weh, zu schlucken. „Welche Rollen?"

Unglücklicherweise wusste ich das bereits.

Zoe antwortete. Sie sprang förmlich in ihrem Stuhl auf und ab, als sie in ihre Rolle als Lord Larges Tochter eintauchte, die auf Caspers Schiff Reißaus nimmt. Casper „Fahrwind" Nelson. Die Rolle, die ich spielte. Die Rolle, die meine Mama einst für mich geschrieben hatte.

„Oskar", sagte sie schließlich, „spielt die Rolle von Devin „Säbelrassler" Salt." Sie blätterte durch das Skript. „Die Hälfte der Zeilen sind praktisch seine."

Das wusste ich auch, denn ich hatte das Skript gelesen. Papa hatte Mamas alten Schreibordner ausgegraben und das halbfertige Stück gefunden. Er hatte gehört, wie ich Opa davon erzählt hatte, wie ich es damals nicht spielen wollte. Wie sehr ich mir wünschte, dass ich Mama gesagt hätte, dass es das Liebevollste war, das sie je für mich getan hatte.

Papa hatte dieses Jahr Monate damit verbracht, ihr Stück fertigzuschreiben und es war das einzige, das ich jemals spielen *musste*.

Devin war der selbstbewusste, höfliche Pirat, den Casper hasste.

Ich wollte nicht, dass Oskar diese Rolle spielte. Ich hatte gehofft, dass Dieter oder sogar Papa sie spielen würde.

„Devin?", fragte ich so, als ob Zoe mir vielleicht sagen würde, dass ich sie falsch verstanden hatte.

„Devin", bestätigte Oskar.

Seine haselnussbraunen Augen funkelten und forderten mich heraus zu sagen, was ich dachte. Oberflächlich betrachtet hatte er ein nettes Lächeln. Attraktiv. Einladend. Aber ich traute ihm nicht mehr — ich *konnte* ihm *nicht* mehr trauen.

Oskar berührte mit seinen Fingerspitzen die Tischdecke, lenkte damit meine Aufmerksamkeit auf das safrangelbe Karomuster und raubte mir für einen kurzen Moment den Atem. Es erinnerte mich daran, dass er mal mein Sonnengelb gewesen war. Mein Glück, mein Alles.

Jetzt war er Rost. Dunkler, rotbrauner Rost. Eine Farbe zum Wegwerfen.

„Welche Rolle spielst du?", fragte Oskar, während er Opa Tee nachschenkte.

Ich lehnte mich steif in den Stuhl zurück. „Casper", antwortete ich. Sicherlich wusste Oskar das. Papa würde es ihm schon längst gesagt haben. „Ich spiele deinen Feind."

„Freund", entgegnete er. „Du spielst zuerst meinen Freund."

„Es dauert kaum eine Szene, bevor du mir wehtust." Meine Stimme versagte bei den letzten zwei Wörtern und ich stand hastig auf. Wann würde ich es lernen? Gleichgültigkeit war in seiner Gegenwart einfach nicht möglich. Ich presste ein freudiges Lachen heraus. „Ich werde besser mal Papa helfen."

Ich schaffte es gerade so, nicht aus dem Esszimmer zu rennen, sondern meine Schritte langsam und gleichmäßig zu halten.

In dem Moment, in dem ich außer Sichtweite war, hielt ich an und legte meinen Kopf gegen den Küchentürrahmen.

„Marco?", fragte Papa mit gerunzelter Stirn. Ein Holzlöffel, der vor Soße tropfte, war auf halbem Weg zu seinem Mund zum

Stillstand gekommen. Ich trat in die Küche, riss den Schrank auf und holte eine Flasche Merlot heraus. Wenn ich zum Essen bleiben sollte, würde ich sie verdammt noch mal brauchen.

„Warum?", presste ich hervor.

Papa legte den Holzlöffel zurück in in den Topf. „Warum was?"

„Warum ist Oskar in dem Stück?"

„Er ist die perfekte Besetzung für Devins Part."

„Das ist *ihr* Stück", sagte ich. Ich wollte ihn davon überzeugen, seine Meinung zu ändern. Zu sehen, wie wichtig dieses Stück war. „Ihr letztes. Ich kann nicht mit *ihm* zusammen spielen."

„Ich verstehe, dass ihr euch zerstritten habt. Auch, dass er dich verletzt hat. Aber das war vor Jahren. Solltest du nicht langsam darüber hinweg sein?"

Sein eindringlicher Ton sorgte dafür, dass ich endlich seine Absicht verstand. Ich umgriff die Flasche Merlot noch fester. „Du hast absichtlich die zwei Enden geschrieben, nicht wahr?"

In der einen Fassung töten die Piraten sich gegenseitig und niemand bekam den größten Schatz der sieben Meere, bei der anderen vertrugen sie sich wieder und teilten ihn.

Papa sagte nichts dazu, aber das war genug, um meinen Verdacht zu bestätigen. Ich trat einen Schritt zurück und stieß mit meinem Hintern gegen die Spüle. „Du hast Mamas Stück genommen und es für ihn und mich umgeschrieben? Wie konntest du das tun?"

Papa legte den Deckel auf den Topf und starrte mich an. „Wie hätte ich das nicht tun können? Das ist das letzte Stück, das ich mache. Ich bin soweit, diese Tradition hinter mir zu lassen und in die Zukunft zu blicken. Es gibt einen Grund, warum ich gewartet habe, um ihr Stück fertigzustellen, Marco. Dieses Stück bedeutet mir alles. Das ist mein großer Abschied von ihr und ..."

Er schaute weg. Der Anblick seiner Trauer ließ mich zusammenfahren und mich wünschen, ich hätte nichts gesagt.

Als er wieder sprach, war seine Stimme sanft und heiser. „Deine Mama kannte euch Jungs immer nur als beste Freunde. Ich wünschte, du würdest versuchen, es wieder geradezubiegen. Ich habe zwei Enden geschrieben, wie ich glaube, dass sie es getan hätte." Er zuckte traurig mit den Schultern. „Es ist deine Entscheidung."

Diese Geste entfachte eine warme, zarte Flamme in meiner Brust. Aber sie änderte nichts daran, was ich für den Typen im Nebenzimmer empfand.

Papa hatte Recht, es war Jahre her. Viereinhalb Jahre, um genau zu sein. Natürlich hatten wir einander immer noch häufig gesehen — immerhin waren wir Nachbarn — aber jedes Mal, wenn wir im selben Raum saßen oder mit dem selben Zug fuhren, lag eine Wüste des Schmerzes zwischen uns.

Als Oskar dann in einer Privatschule angenommen wurde, hatten sich unsere Kreise nicht mehr überschnitten. Dann waren die Wochenenden mit Freundinnen gefüllt worden und mehr und anderer Schmerz hatte sich auf den vorhandenen gelegt. Drei Jahre waren vergangen und dann vor fünfzehn Monaten saßen Opa, Papa, ich und Oskar in dieser Küche, und Oskar hatte verkündet, dass er nach Mannheim gehen würde.

Mein Magen rumorte. „Ich werde mit ihm spielen. Aber sei nicht enttäuscht, Papa, wenn wir das tragische Ende spielen werden."

Er zog seine Augenbrauen zusammen, aber beließ es Gott sei Dank dabei. „Bring den Wein und die Gläser an den Tisch. Essen ist fertig."

Ich stellte die Weingläser und die Weinflasche auf den Tisch. Es war kaum genug, um den Blick auf Oskar zu blockieren.

Opa schloss die Augen und legte sein Kinn auf die Brust.

Zoe erzählte von ihren Freundinnen und deren Freunden und dass sie alle dachten, sie hätten „die große Liebe" gefunden. Sie verdrehte die Augen. „Aber das kann gar nicht sein. Wir sind dafür zu jung, richtig?"

„Richtig", schoss es aus mir heraus, wie ein großes, fettes Ausrufezeichen.

Oskar sah mich um die Weinflasche herum an. Fragezeichen blitzten in seinen Augen auf. „Naja, ich weiß nicht, Zoe", murmelte er, „ich denke schon, dass es die große Liebe sein kann. Aber mit sechzehn sind Gefühle etwas sehr Starkes. Sie können dazu führen, dass man dumme Dinge tut."

Er redete davon, als ob er wüsste, wie das war und ich fragte mich, bei welcher seiner Freundinnen er gedacht hatte, dass es die große Liebe gewesen war.

Ich rutschte auf meinem Platz hin und her. Der Merlot spiegelte das Kronleuchterlicht im Glas wieder und ich starrte lange hinein. Ich dachte jedoch nicht darüber nach, wie sehr ich ihn trinken wollte. Ich dachte an den Tag, an dem wir unsere verschlossenen Flaschen in den See geworfen hatten.

Zoe neigte den Kopf zu ihrem Bruder. „Aber woher weiß man, ob es Liebe ist?"

Oskar lächelte Zoe an und die neuen Falten um seine Augen vertieften sich. „Wenn man die andere Person vermisst, auch wenn sie nur am anderen Ende des Zimmers ist."

Papa kam mit einem Topf voller Pasta und Sauce herein. Er stellte das Essen auf die Untersetzer, die Oskar aus dem Schrank hinter sich geholt hatte. Zoe, aufmerksames Mädchen das sie war, sprang auf und holte Teller aus dem Schrank.

Innerhalb von Sekunden war der Tisch gedeckt und Papa lud uns seine Tomaten-Basilikum-Kreation auf die Teller. Mein Blick huschte zurück zur Merlot-Flasche und ich biss mir auf die Lippen, um den Wirbelsturm an Erinnerungen zu unterdrücken. Aber es half nichts. Ich lugte über die Flasche hinweg zu Oskar und erschrak, als dieser mich ebenfalls anstarrte.

Er senkte seinen Blick zur Flasche und ein Lächeln umspielte seine Lippen.

Ich hasste es, dass er nach all dieser Zeit, die wir getrennt waren, immer noch wusste, was ich dachte. Und ich hasste es, das ich deswegen ein kleines bisschen erleichtert war.

Ich nahm mir die Weinflasche etwas zu hastig und eine Welle aus Merlot schwappte mir über die Brust.

Opa riss seinen Kopf hoch und Oskar legte ihm seinen Arm beruhigend um die Schulter. Papa prustete vor Lachen. „Zieh besser das T-Shirt aus und wasch es, bevor die Flecken nicht mehr rausgehen."

Scheiße.

Im Badezimmer, das sich an mein ehemaliges Zimmer anschloss, zog ich mein T-Shirt aus und weichte es in Seifenwasser ein. Ich rubbelte an den roten Flecken und wrang das Shirt aus. Dann rubbelte ich erneut.

Mein Blick fiel auf meine Reflexion im Spiegel. Ich blinzelte und schrubbte noch stärker an meinem Shirt.

Während ich zum Kleiderschrank in meinem alten Zimmer ging, wurde mir klar, dass all meine Klamotten in meiner neuen Wohnung waren. Verdammt.

Ich würde wohl etwas von Papa anziehen müssen. Ich seufzte, ließ die Schultern hängen und nahm das leicht feuchte Handtuch. Ich hing es mir um die Schultern, um sicherzustellen, dass es meine Arme und meine —

Das Tuch war zu kurz. Ich konnte entweder meine Arme oder meine Brust bedecken, aber nicht beides. Frische Handtücher waren im Schrank am Ende des Ganges, aber für kein Geld der Welt würde ich so am Esszimmer vorbeilaufen.

Ich klemmte mir das Handtuch unters Kinn und lies es meine Brust bedecken. Die Ecken legte ich über meine Schultern. Besser. Ich schlüpfte aus meinem Zimmer und huschte in Papas Zimmer.

Im ersten Schrank waren nur kurzärmelige T-Shirts, also öffnete ich einen anderen Schrank, den Papa selbst hergestellt hatte.

Das Holz war von dunklen Punkten übersät. Papa mochte seine Einzigartigkeit, aber niemand hatte ihn kaufen wollen. Also hatte er ihn behalten.

Das Handtuch rutschte mir unterm Kinn heraus und ich riss es wieder hoch.

„Du musst dich nicht verstecken", hörte ich Papa schimpfen.

Ich schaute auf die Punkte auf dem Holz. Ich wusste, dass ich ihm glauben sollte, aber ich konnte nicht.

Ich wühlte durch Mamas alte Blusen, von denen sich Papa nicht hatte trennen können. Ich berührte das zarte Blumenmuster eines Ärmels und schloss schnell wieder die Tür. Das Handtuch blieb darin hängen und rutschte von meiner Brust.

Mein Oberkörper spiegelte sich in dem Ankleidespiegel wieder und dieses Mal musste ich meine Augen regelrecht von den Narben an meinem Nacken und meinen Oberarmen losreißen. Drei weitere tassengroße Narben sprenkelten meine Brust. Eine über meinem linken Nippel über meinem Herzen, eine über meinem Sternum, eine über meinen rechten Rippen. Und es gab noch mehr.

Eine Diele im Gang knarzte.

Ich riss mein Handtuch vom Schrank los und hielt es mir gegen die Brust als sich die Tür ein paar Zentimeter öffnete. Oskar stand dort mit zum Klopfen erhobener Faust.

„Sie ist von alleine aufgegangen", sagte er und hielt eine Schachtel Salz hoch. Ich bemerkte, wie sein Blick kurz auf die Brandnarben fiel, die unter dem Handtuch hervorlugten. „Zoe meinte, du würdest das brauchen, um die Weinflecken aus deinem T-Shirt zu bekommen."

Ich biss mir auf die Zähne, um zu verhindern, dass ich errötete. Diesmal war es schwer, es zu kontrollieren. Ich ging zur Tür und schloss sie direkt vor Oskars Gesicht. Das Schloss rastete ein und meine Beine zitterten. Ich legte meinen Kopf gegen die Tür und atmete tief ein.

Scheiße. Scheiße. Scheiße.

Ich fand ein langärmeliges Unterhemd und zog es an.

Nach ein paar weiteren tiefen Atemzügen ging ich zurück ins Wohnzimmer. Oskar war wieder an seinem Platz und starrte schweigend auf seinen Teller, während Zoe die erste Szene aus Mamas Stück vorlas. Papa strahlte, als ich hereinkam und meine Ausreden, mit denen ich mich davonstehlen wollte, waren verflogen.

Ich würde mich zusammenreißen und einen Teller Nudeln essen.

Während des Essens unterhielten sich hauptsächlich Papa und Zoe, und Oskar warf ab und an etwas ein. Als alle ihre Gabeln auf die leeren Teller gelegt hatten, sprang ich auf und fing an, das Geschirr einzusammeln.

Ich belud die Spülmaschine in der Küche, während ich halbherzig Papa antwortete, der die Pfannen und Töpfe spülte. „Wie wäre es mit einer Runde Scrabble?", fragte er. „Zoe meinte, sie macht uns locker fertig und ich finde, dass Opa ihr etwas Bescheidenheit lehren sollte."

Niemand hatte jemals gegen Opa gewonnen.

„Ich muss los. Meine Kisten packen sich nicht von alleine aus." Meine Ausrede erinnerte mich an den Grund, weshalb ich eigentlich gekommen war.

Meine Kiste war im Arbeitszimmer. Als ich hinein ging stellte ich mir vor, wie Mama mich vom Schreibtisch aus anlächelte und ich grinste den leeren Platz an. Acht Jahre waren seit dem Unfall vergangen und mit der Zeit war der Schmerz ihres Todes verblasst. Selbst wenn mich ab und zu noch eine Welle aus Schmerz überkam, waren die meisten Erinnerungen an sie schöne.

In dieser Kiste waren meine Geschenke der letzten Jahre: Farben, Pinsel mit Inschrift, ein handgemachter Bilderrahmen mit einem Bild von Mama, und eine hässliche Tonfigur, die Zoe gemacht hatte und die an einen Meerjungmann erinnerte, der zu lange in der Sonne gelegen hatte.

Ich zog die schwere, faustgroße Figur aus der Box. Sie war wohl mit jeder Farbe bemalt, die Zoe finden konnte. Sie wollte, dass es verrückt aussah, aber die Farben verschwommen ineinander. Ich musste jedes Mal lachen, wenn ich sie sah.

Ich nahm meine Kiste und eilte den Gang entlang nach draußen.

Im Foyer hielt ich inne.

Oskar stand mit dem Handy am Ohr in der Tür. Er murmelte etwas und lachte zärtlich. Die Art, wie er sich gegen die Tür lehnte und leise sprach lies mich vermuten, dass es jemand Besonderes war.

Ich wünschte ihn mir von der Tür weg und überlegte, zurück und durch die Hintertür zu gehen, um das Haus herum — aber das war bescheuert. Oskar bedeutete mir nicht genug, um diesen Aufwand zu betreiben.

Er sah mich jedoch, bevor ich mich räuspern und ihn bitten konnte, aus dem Weg zu gehen. Er lehnte sich wieder gegen den Türrahmen. „Ich muss los, Jessie", sagte er und legte auf.

Oskar runzelte leicht die Stirn und drückte sich vom Türrahmen weg, womit er die Distanz zwischen uns halbierte. Ich stand wie angewurzelt da.

Ich zwang mich dazu, so zu tun, als würde es mich nicht interessieren, dass er mir seit Jahren nicht so nahe gewesen war. Zwang mich dazu, mich nicht zum tausendsten Mal zu fragen, wie und wann er seine Nase gebrochen hatte. Ich suchte nach einem Lächeln. Es fühlte sich kalt und starr an und ich konzentrierte mich auf ein paar Bartstoppel an seinem Kinn. „Mach's gut, Oskar."

Er beäugte die Kiste in meinem Arm, sein Blick ruhte einen Moment auf der Tonfigur und sein Atem stockte. „Dein Papa meinte, dass du ausgezogen bist."

Ich hatte Angst, dass meine Stimme mich verraten würde, also nickte ich steif.

Er fuhr sich durch seine Stoppelhaare. Er sprach so tief und leise, dass die Vibration seiner Stimme über meine Wange kitzelte. „Wie oft muss ich mich noch entschuldigen, Marco?"

Ich schloss meine Augen, öffnete sie dann wieder und ließ Oskar den lodernden Schmerz in mir sehen. Er hatte sich vielleicht entschuldigt, aber er hatte es nicht ehrlich gemeint. Wie konnte er auch? Er hatte damals die Wahrheit gesagt.

Ich sah wie ein verdammter Dalmatiner aus.

SCHARLACHROT

Musik erklang von der Bühne und heizte der Menge ein. Der hämmernde Bass vibrierte auf meiner Haut und zwang mich dazu, noch mehr zu tanzen. Er brachte mich außerdem dazu, die schwitzenden Männer und Frauen um mich herum zu vergessen, die mich in Richtung Bühne drückten. Vergessen war auch, wie sehr meine Füße vom harten und langen Tanzen schmerzten.

Vergessen war, wie ich die Menge nach Oskar durchsucht hatte.

Ich hatte gedacht, dass ich ihn gesehen hätte, aber als ich genauer hinsah, war er verschwunden.

Ich sprang weiter. Ich wollte nicht, dass Ben sich fragte, warum ich abgelenkt war. Er würde Fragen stellen, und ich würde die Fassade nicht mehr aufrecht erhalten können.

Beim Refrain legte Ben mit Headbangen los, ohne Rücksicht auf Verluste. Neben ihm schwang ein kräftiger Typ, der wie ein Bulle gebaut war, seine Hüften und traf meinen Blick. Er war gutaussehend, taff und selbstbewusst. Mein Herz begann, aufgeregter zu schlagen.

Er schwang seine Hüften erneut, fuhr sich mit der Zunge

über die leicht geöffneten Lippen und tanzte näher zu mir heran.

Scharlachrot. Der Bulle war komplett scharlachrot und sein Körper schrie förmlich nach Sex.

Das bemerkte auch mein bestes Stück.

Ich wollte dem Verlangen, das durch meinen Körper strömte, nachgeben. Wollte bis zu einem atemberaubenden Orgasmus gefickt werden. Mein Magen verkrampfte sich nervös, als ich mich dem Bullen näherte. *Das* war genau das, was ich brauchte, um all die Gedanken an Oskar auszuschalten. Ich musste es geschehen lassen.

Die Band beendete ihr Set. Ben grinste mich an und deutete mit seinem Daumen in Richtung Ausgang. „Ich bin fertig. Lust auf dem Campingplatz abzuhängen?"

Der Bulle fing meinen Blick auf und ich zögerte. *Ich wollte das.*

Ich schlug mit meiner Hand auf Bens Schulter. „Ich seh dich später, okay?"

Ben bahnte sich seinen Weg durch die Menge und der Bulle kam näher. „Du kannst dich definitiv bewegen", sagte er in mein Ohr, was mich in Erregung versetze und nervös machte. Es könnte tatsächlich passieren. Ich musste nur zurückflirten.

Ich atmete tief ein. „Es war leicht, sich *dazu* zu bewegen."

Die Nasenflügel des Bullen weiteten sich vor Verlangen und er presste sich eng an mich. Harte Muskeln unter einem schweißverklebten T-Shirt. Seine Erregung hatte er gegen meine Hüfte gepresst. Hände fuhren meinen Arm hinauf und ich erstarrte, als seine Finger in die Nähe meiner Verbrennungen kamen.

Meine zusammengeschnürte Kehle fühlte sich an, als würde ich durch einen Strohhalm atmen. Aber mein bestes Stück schmerzte, flehte mich an, mich in die Berührung zu lehnen und nicht davon weg. *Meine Schultern zu entspannen, meinen Kopf zu neigen und ja zu sagen.*

Ich machte nichts davon, stand stocksteif da und zwang mich, zu lächeln.

„Du siehst so gut aus", sagte der Bulle und ich trat einen Schritt zurück.

Gut aussehen. Gut *aussehen*.

Sex drehte sich nur um gutes Aussehen. Und das tue ich, zumindest in Klamotten. Aber was würde er sagen, wenn wir zu seinem Zelt gehen würden und er die Brandwunden an meinen Armen und meiner Brust sehen würde... und was, wenn ich meine Hose auszog und er die Flecken da unten sehen würde?

Der Bulle legte seinen Kopf schief und runzelte die Stirn, während ich etwas Unverständliches von wegen ich müsste pissen gehen von mir gab. Bevor er die Chance hatte, mir zu antworten, hatte ich mich umgedreht und war so schnell wie möglich durch die Menge verschwunden.

Ich würde keinen Sex haben. Weder jetzt, noch irgendwann.

Als ich endlich auf dem Campinggelände des Festivals war, wurde ich langsamer und streckte meinen Kopf in Richtung der Nachmittagssonne. Ein Hauch von Aprikose deutete auf einen warmen, glühenden Sonnenuntergang hin.

Scheiße. Schönheit umgab mich.

Ich wanderte durch das Meer aus Zelten, durch die Gruppen aus Freunden, die auf Kästen saßen und Bier tranken, im weichen Gras herummachten, oder mit dem Aufbau ihrer Zelte kämpften. Eine Gruppe spielte eine Runde drei-gegen-drei Basketball und nutzte einen Eimer als Korb. Vielleicht würde ich später mal schauen, ob ich mitspielen konnte.

Mein Zelt, welches ich mit Ben teilte, war auf der anderen Seite des Campingplatzes, aber ich musste erst mal meine Frustration loswerden, bevor ich wieder den sorglosen Kumpel spielen konnte.

Das Universum hatte die Angewohnheit, mich noch zu weiter zu treten, wenn ich eh schon am Boden war.

Als ich an einer Reihe aus Zelten vorbeiging, die am Waldrand standen, sah ich Oskar.

Er war ein paar Meter von mir entfernt. Nicht weit. Er lehnte gegen den groben Stamm eines Ahornbaums in einem verdammten Strahl aus Sonnenlicht und schaute einen Typen an dessen kurze, kupferfarbene Haare so aussahen wie meine.

Grashalme kitzelten an meinen Knöcheln. *Geh weg, schau weg.*

Ich stand da und schaute zu.

Oskar trug ein kurzärmeliges Henley, das ihm über die Hälfte seines Bizeps reichte und seine harten, festen Muskeln betonte. Er hatte eine Hand in seiner Hosentasche und ein waldgrüner, gewebter Gürtel schaute unter seinem T-Shirt hervor, wo es an seiner Hüfte nach oben gerutscht war.

Er beugte ein Bein und stemmte seinen Fuß gegen den Baumstamm. Er lachte.

Sein Körper bebte und er hob sein Kinn nach oben, was seine Kehle entblößte.

Sein Lachen floss nur so über mich hinweg, so wie damals als wir Kinder gewesen waren. So wie es das immer tat. Ich biss auf die Lippen, um das Gefühl zu unterdrücken und wünschte mir, dass es vorüberging. Aber ich stand immer noch da, verloren in Gedanken an Oskar.

Meine Hand zuckte, so als ob sie winken wollte, aber ich zwang sie dazu, mich nicht zu verraten, so wie es meine Beine getan hatten.

Oskar und Kupferhaar fingen wieder an, sich mit gesenkten Stimmen zu unterhalten. Kupferhaar trat näher und legte eine Hand auf Oskars Brust, während ich ihn musterte. Er war schlank, ja, aber sein Körper war definiert. Vielleicht ein Läufer, wie ich.

Aber im Gegensatz zu mir trug er ein Muskelshirt, das seine weiche, gebräunte Haut freigab.

„Jessie", hörte ich Oskar sagen.

Der Name traf mich regelrecht, weil Oskar ihn neulich verführerisch am Handy benutzt hatte.

Kupferhaar — Jessie — lehnte sich nach vorne und küsste Oskar.

Ein würgendes Geräusch entfuhr mir.

Oskar wandte sich überrascht von dem Kuss ab und schaute in meine Richtung. Sein Lächeln verschwand.

Hitze stieg meinen Nacken empor und ich stolperte auf dem unebenen Gras nach hinten.

Oskar setzte seinen angelehnten Fuss auf den Boden, er drückte sich selbst von dem Stamm weg und schob Kupferhaar nach hinten.

„Marco?", rief Oskar.

Meine Füße gehorchten mir endlich wieder. Ich drehte mich weg und bahnte mir meinen Weg durch die Zelte zu den Wäldern auf der anderen Seite des Campingplatzes. Dort begann ich zu rennen. Ich rannte durch das fallende Laub. Rannte über den Trampelpfad, der zur Straße und zum Parkplatz führte. Rannte tiefer in den Wald zu dem kleinen See.

Natürlich beruhigten sich meine Gedanken nicht und jedes Mal, wenn ich an den Kuss dachte, stieß ich einen Fluch aus.

Am See wurde ich langsamer. Ich hob Steine auf, die am Ufer lagen und schmiss sie über den See. Wellen brachen die pinke Reflexion des Sonnenuntergangs. Ein paar einzelne Schwimmer waren auf der anderen Seite des Sees zu sehen, aber sie waren zu weit weg, um meine armseligen, frustrierten „Scheiße"-Rufe zu hören.

Warum musste Oskar auch nach Berlin zurückziehen? Er

hätte in Mannheim bleiben und mich zum Teufel noch mal in Ruhe lassen sollen. Mir war es ohne ihn gut gegangen.

Lügner! flüsterte eine kleine Stimme in mir und ich sagte ihr, sie solle verdammt noch mal still sein.

Ich schmiss einen weiteren Stein in den See und er ging unter, während das Wasser wie ein umgedrehter Regenschirm aufstieg.

Ich erinnerte mich wieder an Oskars und Jessies Kuss und fragte mich, warum mein Bauch sich zusammenzog und es mir die Kehle zuschnürte.

Schock, vielleicht? Ich hatte den Kuss nicht erwartet und...

Nein, es ging darum, dass ich es nicht *gewusst* hatte. Ich hatte alle seine Freundinnen katalogisiert und ihn nebenan aufwachsen sehen, vom vorlauten Kind zum selbstsicheren Mann. Und es hatte nie auch nur den Anschein gegeben, dass er einen *Mann* attraktiv gefunden hatte.

Noch etwas, das sich in den letzten fünfzehn Monaten geändert hatte.

Ich warf eine Handvoll Kiesel in den See und versuchte, meinen Schmerz auf das Wasser zu übertragen.

Es hatte eine Zeit gegeben, als ich alles dafür getan hätte, zu wissen, dass Oskar Typen mochte. Damals hätte es mich so aufgewühlt, dass ich nicht mehr hätte still sitzen können. Es hätte mir Hoffnung gegeben.

Ich rang mir ein Lachen ab.

Ich stellte mir Jessies Gesicht auf der Wasseroberfläche vor und schmiss einen letzten Stein auf den *gut aussehenden* Typen.

Als mich endlich eine Art Taubheit überkam, schleppte ich mich zurück zum Zelt, bereit so zu tun, als hätte ich mein Leben unter Kontrolle.

Ich traf Ben am Eingang zum Festivalgelände, wo er zwei riesige Säcke voller Pfandflaschen schleppte. Ich legte einen Arm um seine Schulter und schnappte mir eine der leeren Flaschen, die Ben gerade aufheben wollte.

Ich deutete auf die Müllsäcke. „Was zum Teufel tust du da?"

„Weihnachten retten."

Indem er Pfandflaschen sammelte? War das sein Ernst? Ben war der reichste Typ, den ich kannte. „Keine Ahnung, wovon du redest."

Ein etwas verzweifelter Blick huschte über Bens Gesicht. „Etwas, das Papa von mir verlangt."

Das brachte mich sofort dazu, an Papas und Mamas Theaterstück zu denken. Daran, dass Oskar die Hauptrolle spielte.

Oskar, der Jessie küsste.

Es kostete mich einiges an Selbstbeherrschung, mich nicht an Bens Schulter festzuhalten.

„Oh Gott", sagte ich und zwang mich zu einem Lachen. „Ich hoffe er ist nicht so verrückt geworden wie meiner."

„Sagen wir einfach...", antwortete Ben, „...dass ich hoffe, dass ich nach diesem Wochenende wieder zu meinen ursprünglichen Sommerplänen zurückkehren kann und mir keine Sorgen mehr machen muss."

K.O., ausgelaugt und hundemüde klopfte ich Ben auf den Rücken und machte mich auf den Weg zu meinem Zelt.

Vor dem Haufen grüner Planen die mein Zelt werden sollten saß Elena auf einem Baumstamm. Elena war eine meiner ältesten Freundinnen, und ihre Farbe war genau die der rosa Blütenhaarspangen, die ihre haselnussbraunen Haare zusammenhielten, ein bisschen heller als die kirschroten Ohrringe, die von ihren Ohren baumelten. Kurz gesagt: sanft, fürsorglich und sehr romantisch.

„Lena", sagte ich und nickte ihr zu.

Elena sah mich mit ihren Rehaugen an, schenkte mir ein glückliches Lächeln und winkte mir mit ihrem Stift zu. Sie wandte sich wieder ihrem beigefarbenen Skizzenbuch zu, das auf ihrem Schoß lag und ein beeindruckendes Bild eines nackten Männerkörpers zeigte.

„Was hältst du davon?", fragte sie.

Ich setzte mich neben sie auf den Stamm und stützte mich mit meinen Händen auf beiden Seiten ab. „Gibt es die Vorlage im echten Leben?"

„Ne." Sie lächelte verlegen. „Nur in meiner Fantasie."

Ihrer Fantasie. Wie sie sich einen attraktiven Körper vorstellte.

Ich griff nach der Zeichnung. „Du musst ziemlich starke Nerven haben, um einen nackten Typen in der Öffentlichkeit zu zeichnen."

„Warum nicht? Körper — Nacktheit — das ist nichts, wofür man sich schämen muss." Sie blätterte durch ihr Zeichenbuch, das lauter Bilder von nackten Männern und Frauen von ihren Zwanzigern bis zu ihren Siebzigern beinhaltete.

Es gab kräftigere Modelle, mit Altersfalten und hängenden Brüsten, mit mehr und weniger Haaren.

„Ich brauche noch ein paar Modelle für mein Kunstprojekt...", sagte Elena ohne Umschweife, „... und ich hatte gehofft, dass du vielleicht eines davon sein würdest?"

Ich erschrak aber überspielte meine Reaktion, indem ich meine Arme verschränkte. Mein Shirt fühlte sich zu eng an wo es meine sieben Narben berührte.

„Das ist nichts für mich", sagte ich mit einem steifen Lachen.

„Was stört dich daran? Dich vor mir auszuziehen? Keine Sorge, ich bin ein Profi, ich werde keine anzüglichen Kommentare machen und auch nicht versuchen, dich zu bespringen. Du bist echt heiß, aber..."

Das Geräusch eines sich öffnenden Zelts gab mir eine Entschuldigung, um den Blickkontakt zu unterbrechen. Aus dem Zelt kam, mit einem Buch unter seinen Arm, unser Kommilitone Sebastian gekrabbelt (pfirsichfarben: weich, sanft, vorsichtig). Er warf uns ein süßes, reserviertes Lächeln zu und machte sich auf den Weg in Richtung Wald.

Elenas Augen wurden glasig und sie beobachtete Sebastian, wie dieser im Schatten der Bäume verschwand. Sie steckte sich ihren Stift hinters Ohr. „Wo war ich nochmal? Ach ja, du bist heiß, aber ich bin nicht interessiert." Sie hob ihr Zeichenbuch auf und fächerte sich damit Luft zu. „Hier draußen ist es auch echt heiß."

Der Wind traf meinen Nacken und kühlte meinen Schweiß.

„Willst du im See schwimmen gehen?", fragte Elena.

Ich schüttelte den Kopf. Ich hatte keine Badesachen mitgebracht und selbst wenn, die ganze Zeit zu behaupten, dass ich ein T-Shirt tragen würde, weil ich schnell einen Sonnenbrand bekommen würde? Darauf hatte ich keine Lust.

„Ich geh schwimmen", sagte sie. „Du denkst darüber nach, für mich Modell zu stehen, okay?" Nach ein paar Schritten zu ihrem Zelt hielt sie inne und drehte sich nochmal zu mir um. „Was ich noch vergessen hab: dein Papa hat mir wegen der ersten Probe des Theaterstücks geschrieben." Sie zog ihr Handy heraus und schaute etwas nach. „Was bedeutet KMD?"

Es war das erste Mal für Elena, dass sie bei einem unserer Stücke mitspielte. Sie hatte die Tragikomödie von letztem Jahr gesehen und sofort angeboten, dieses Jahr beim Kostümdesign zu helfen. Papa hatte es nie laut gesagt, aber wie er über sie redete war es offensichtlich, dass er Elena faszinierend fand und hoffte, dass sich zwischen uns etwas entwickeln würde. Ich war ganz froh darüber, so würde er wenigstens nie die Wahrheit herausfinden.

Ich liebte Papa mehr als alles andere und das war das Problem. Ich konnte ihn nicht verlieren.

Könnte es nicht ertragen, wenn ich ihn enttäuschte.

Er würde mich immer noch lieben, auch wenn ich mich outen würde, aber er hätte Schwierigkeiten es zu akzeptieren und ich wusste, dass er aufhören würde, mich zu umarmen.

Selbst wenn er die Wahrheit ohne mit der Wimper zu zucken annehmen würde, wäre das größte Problem immer noch da.

Ich war ein Feigling.

Elena neigte mir den Kopf zu und ich räusperte mich und antwortete auf ihre Frage. „KMD bedeutet Kostüm- und Make-Up-Design."

„Natürlich!" Sie krabbelte in ihr Zelt. Ich schrieb Papa, Opa und Zoe, denn sie würden wissen wollen wie es mir ging: *Ich habe eine hammer Zeit.*

Ben — komplett türkis — flanierte mit einem übermütigen Grinsen an mir vorbei. Ich bewunderte seine Selbstsicherheit.

Er hatte es geschafft, dass *Pfandflaschen sammeln* plötzlich cool wirkte, zum Teufel noch mal!

Ich lachte, als ich in mein Zelt krabbelte.

Ich legte mich ausgestreckt auf meinen Schlafsack und starrte die durchhängende Zeltdecke und die rote Laterne, die wir an eine Stange gebunden hatten, an. Das Rot war beinahe wie Scharlach und erinnerte mich an den Bullen.

Ich hätte es durchziehen sollen. Ich würde ihn nie wiedersehen, also wäre es egal gewesen, was er gesehen hätte. Ich lauschte vorsichtig, ob irgendjemand zum Zelt kam, schob dann mein T-Shirt nach oben und fuhr mir mit den Fingerspitzen über die Nippel. Ich zwickte sie leicht und stellte mir vor, wie der Bulle sie in den Mund nehmen und fest daran saugen würde.

Meine Handfläche fuhr über meinen Bauch und griff in

meinen Shorts nach meinem besten Stück. Ich fühlte die weiche, verbrannte Haut unten an meinem Penis, die einen haarlosen Fleck inmitten meiner getrimmten Schamhaare hinterlassen hatte. Ich biss mir auf die Lippe, als ich mit groben, schnellen Zügen meine Frustration los wurde.

Ich schloss meine Augen und stellte mir vor, wie ich mit einem anderen Mann intim wurde. Stellte mir vor, wie hart er wäre und wie er die Lusttropfen schon beim Gedanken an uns nicht mehr zurückhalten könnte.

Oskar kam mir in den Kopf und bevor ich die Gedanken an ihn abschütteln konnte, verkrampften sich meine Muskeln und mein Orgasmus durchfuhr mich. Ich fing meinen Erguss so gut es ging mit meinen Händen auf.

Ich fluchte in meinen Schlafsack. Oskar hatte kein Recht, sich in meine Gedanken zu schleichen.

Kein verdammtes Recht!

„Andre und seine Schergen sind alle kackbraun", sagte ich, als ich mir meinen Schlafsack bis ans Kinn hochzog – mein Kinn, das dank Andres Foul beim Basketball einen großen blauen Fleck hatte.

Oskar lag auf seinem Schlafsack, prustete und warf seinen Tennisball an die straff gespannte Decke unseres Zeltes. Wir hatten es dreimal neu aufbauen müssen bis es endlich gerade stand.

„Warum hat bei dir jeder eine bestimmte Farbe?", fragte Oskar und sah mich von der Seite an. Dann warf er wieder den Ball nach oben und fing ihn auf. „Ich wollte dich das schon seit einer Weile fragen, aber..." Seine Stimme zitterte. „Ist es, weil deine Mama immer jedem Tag eine Farbe gegeben hat?"

Der Unfall, der meine Mama getötet hatte, war dreieinhalb Jahre her und es verging nicht ein Tag, an dem ich nicht an sie dachte. Ich drehte mich auf die Seite und stemmte mich auf meinen Ellbogen. Mein Schlafsack rutschte von meiner Brust. Die letzten Strahlen der Sonne tauchten unser beiges Zelt in ein warmes Licht und ließen Oskars Gesichtsausdruck sanfter erscheinen.

Ich nickte und räusperte mich. „Es ist doof, aber ich kann nicht anders. Es ist, als würde ich ihr damit zeigen wie sehr sie mir fehlt."

„Verstehe. Was bedeuten die Farben?"

„Blau bedeutet Traurigkeit. Wenn ich jemanden sehe, der mich traurig macht oder der traurig ist, ist er blau. Grün bedeutet Hoffnung. Olivfarben bedeutet friedvoll. Gelb..." — ich schluckte — „...ist Glück. Und Magenta ist Liebe."

Oskars Tennisball fiel ihm aufs Gesicht und ich lachte. „Magenta ist Liebe?", wiederholte er. „Gibt es jemanden, von dem du mir nicht erzählst?"

Ich zeigte ihm meinen Mittelfinger, obwohl mir mein Herz in die Hose gerutscht war. „Mein Papa und Opa zum Beispiel."

„Oh, diese Art von Liebe."

„Jegliche Art von tiefer Verbindung", sagte ich.

Oskar drehte sich zur Seite und warf mir den Ball zu. Ich boxte den Ball in Richtung des geschlossenen Eingangs und er prallte zurück in die schmale Gasse, die uns trennte. „Welche Farbe hat jemand, wenn er sich einen runterholt?" Er tat so, als ob er seinen Penis packen würde und schoss mit seiner Hüfte nach oben.

Bestimmte Teile meines Körpers schenkten dieser Bewegung Aufmerksamkeit. Ich rutschte in meinem Schlafsack hin und her, um sicherzustellen, dass es nicht auffiel. „Scharlachrot." Die Farbe der Lust.

...und gerade die Farbe meines Gesichts.

Ich schüttelte mein Kissen auf und ließ es fallen.

Oskar sprang plötzlich auf und schnappte sich einen Muffin

aus seinem Rucksack. Seine Hungerattacken wurden mit jedem Zentimeter, den er wuchs, häufiger. Wir hatten beide das Glück, gute Gene zu haben, aber wenn man sich Oskars breite Schultern anschaute, würde er echt mal richtig groß werden.

Er warf mir den anderen Muffin zu und traf meine Nase.

Oskar grinste, aber als er sich mein blaues Kinn anschaute runzelte er die Stirn. „Tut es weh?"

„Das?", fragte ich und berührte meine gereizte Haut. „Ich kenne ganz andere Schmerzen. Das ist gar nichts." Im gleichen Moment wünschte ich, ich könnte meine Worte zurücknehmen, denn Oskars Augen wurden dunkel, seine Schultern sackten zusammen und ich wusste, dass er an den Unfall dachte.

„Also, scharlachrot...", sagte ich und warf ihm einen frechen Blick zu, aber Oskar sprang nicht darauf an. Er aß auch seinen Muffin nicht weiter, sondern starrte ihn einfach an.

„Tat es weh?"

„Ja, aber jetzt geht es mir gut."

„Ist das der Grund, warum du dich nicht mehr vor mir umziehst? Warum du im Sommer immer langärmelige Sachen anhast?"

Ich berührte das Material meines T-Shirts an der Stelle wo meine Narben darunter lagen. Ich zitterte. „Es... es sieht abartig aus", sagte ich.

„Kann ich sie sehen?"

Mein Magen machte einen Sprung.

Er ist dein bester Freund, flüsterte eine Stimme in meinem Kopf. Wenn du es jemandem zeigen kannst, dann ihm.

Ich setzte mich in eine aufrechte Position und meine Finger spielten mit dem Saum meines T-Shirts. Ich schluckte schwer und mit zittrigen Fingern zog ich mein T-Shirt aus und entblößte die Narben auf meiner Brust. „Ich hatte Glück, dass sie keine Haut von meinen Oberschenkeln auf meine Brust transplantieren mussten", sagte ich mit zittriger Stimme.

Oskar musste etwas sagen. Etwas, das mir versicherte, dass es nicht so schlimm war wie ich dachte.

Er sagte nichts. Seine Lippen verzogen sich und seine Augen verengten sich, als er meine Brust anschaute. Ein Geräusch drang von seinen Lippen, aber war es Ekel oder Mitgefühl?

Egal was es war, ich zog mein T-Shirt runter und fühlte mich entblößt und entstellt. Stille erstreckte sich schmerzhaft zwischen uns und meine Kehle schnürte sich zusammen bei dem Gedanken daran, was wohl in Oskars Kopf los war.

Ich wollte es nicht wissen.

„Scheiße, Marco", sagte Oskar. Seinen Muffin hatte inzwischen zu einem kleinen Ball zerdrückt.

Ich zog meinen Schlafsack hoch und drehte mich von ihm weg. „Abartig. Hab ich dir doch gesagt." Dann tat ich so, als müsste ich gähnen.

„Stimmt", sagte Oskar, aber ich hörte erst viel später, wie er in seinen Schlafsack krabbelte, nachdem ich schon lange so getan hatte, als würde ich schlafen. „Also, gute Nacht."

———

Ich konnte nicht schlafen, ohne an diese Nacht zu denken, also ging ich zurück zum Festivalgelände und tanzte, bis die Sterne herauskamen und dann weiter bis in die frühen Morgenstunden. Ich ließ mich zwischen den warmen, pulsierenden Körpern treiben die sich um mich herum bewegten und an mich pressten. Musik vibrierte in meinen Adern und ich schloss die Augen und atmete tief ein. Die Musik sprach zu mir. Drängte mich dazu, etwas zu ändern.

Ich wollte meine Maske fallen lassen und ich selbst sein. Wollte Sex haben.

Der Bulle tanzte am Ende der Masse in der Nähe des Ausgangs. Ich hatte ihn gesehen, als ich mir tanzend einen Weg

45

nach draußen gebahnt hatte. Mir war heiß, ich war verschwitzt und voller neuem Verlangen. Nein, nicht neuem, entfesseltem.

Meine Schritte wurden länger, während mein Herz zu hämmern begann. Dann trafen sich unsere Blicke. Ich kam seinen Fragen zuvor indem ich sein Handgelenk packte und ihn an mich zog während die Musik in schnellen Wellen über uns hereinbrach.

Am Anfang musste ich mich noch zu jedem Hüftschwung drängen, aber dann begann ich, es zu genießen. Ich fand Gefallen daran, wie der Griff des Bullen an meiner Hüfte fester wurde und er mir mit einer tiefen Stimme ins Ohr flüsterte: „Du bist ein Schreckhafter, nicht wahr?"

„Tanz", befahl ich ihm und wiegte mich in dieser neuen Selbstsicherheit. „Ich habe nicht vor, wieder wegzurennen."

Unsere Körper rieben aneinander und ich fühlte den Penis des Bullen an meinem Bauch. Ich presste mich an ihn, mit einem drängenden Schmerz in meinen Shorts. Ich wünschte mir, er würde meine Gedanken lesen und mich sofort zurück zu seinem Zelt schleppen.

Als ein weiterer Song endete und wir fast schon auf der Tanzfläche trockenvögelten, wurde mir klar, dass er darauf wartete, dass ich etwas sagte. Vielleicht brauchte er Bestätigung, dass ich nicht wieder davonrennen würde.

Ich räusperte mich, während sanfte Klänge von der Bühne drangen.

Jemand legte mir eine Hand auf die Schulter und zog mich von dem Bullen weg. Ich stolperte, fand aber schnell mein Gleichgewicht wieder und drehte mich um. Bevor ich mich ganz gedreht hatte, roch ich schon Moschus gemischt mit Kiefer. Ich wusste, wen ich hinter mir finden würde.

Oskar.

Seine schmalen Augen huschten von mir zu dem Bullen

und wieder zurück. „Witzig, dass ich dich hier treffe", sagte er ohne jeden Humor in seiner Stimme. „Wer ist dein Freund?"

Ich entzog mich seiner Berührung. „Was willst du?"

Oskar ignorierte die Frage. Er streckte seine Hand dem Bullen entgegen, der genauso verwirrt und angepisst wirkte wie ich, als er Oskars Hand schüttelte. „Ich habe deinen Namen nicht gehört", sagte Oskar und warf mir einen stillen, bösen Blick zu.

Ich schluckte den Drang, ihm eine zu verpassen, hinunter und verlagerte mein Gewicht von einem Bein auf das andere. Ich sah wohl so aus, als wäre ich kurz davor, wieder abzuhauen, aber der Bulle rettete mich. „Ich bin Gus. Und du bist?"

Oskar grinste breit, aber es erreichte nicht seine kalten, funkelnden Augen. „Oskar."

Der Bulle starrte ihn fragend an und richtete sich dann plötzlich auf. „Warte, seid ihr zwei..."

„Nein!", sagte ich empört.

Oskar sagte nichts, als ich versuchte, mich von ihm loszurei-ßen. Er gab nicht nach, also versuchte ich es erneut. „Wir sind nichts", sagte ich zu Gus, während dieser Oskar von oben bis unten anschaute. Wahrscheinlich rechnete er sich aus, ob ihm ein bisschen Spaß mit mir es wert war, sich mit diesem Scheiß herumzuschlagen. „Oskar ist mein Nachbar."

„Und sein bester Freund", sagte Oskar, als er endlich den Mund aufmachte.

Mein Blick konzentrierte sich nun auf Oskar, der mich mit seinen leeren Haselnussaugen fixierte. „Was zum Teufel?"

„Nur weil es gerade schwierig zwischen uns ist, heißt das nicht, dass wir uns nicht mehr füreinander interessieren."

„Schwierig zwischen uns?", ich trat nach vorne und schubste ihn. Er bewegte sich nicht. „Wir haben uns vier Jahre lang gehasst!"

Oskar zuckte zusammen, aber dann fing er sich wieder. „Davor waren wir neun Jahre die besten Freunde."

Ich lachte kühl. „Du verarschst mich doch."

„Neun ist mehr als vier."

„Du verarschst mich nicht. Scheiße, Oskar. Wir sind nichts. Wir sind am Ende."

Seine Augen verengten sich und seine Brauen zogen sich zusammen. „Das kann wieder werden."

„Lass uns hier verschwinden, Gus..." Ich drehte mich zu dem Bullen, aber er war weg.

„Er ist gegangen, als du angefangen hast, mich zu schubsen", sagte Oskar zärtlich. In seiner Stimme schwang etwas Schuld mit.

„Warum bist du hergekommen?", fragte ich. Ich war sauer auf ihn, dass er mich unterbrochen hatte, aber war auch froh über die Entschuldigung, warum ich mich nicht ausziehen musste. „Du hast meine Chance mit Gus ruiniert."

„Gut."

„Gut? Also du kannst vögeln, wen du willst aber ich nicht?"

„Du kanntest ihn nicht", entgegnete Oskar.

„Woher willst du das wissen?"

„Ich würde wissen, wenn du ihn kennen würdest."

„Du warst fünfzehn Monate weg! Du bist nicht mal in den Ferien zurückgekommen." Ich hielt meine Wut gerade noch zurück. Wut darüber, dass er alles zu wissen glaubte, während ich festgestellt hatte, dass ich gar nichts mehr über ihn wusste. „Vieles hat sich in dieser Zeit geändert. Du zum Beispiel. Und Jessie."

Oskars Augen ruhten auf mir, so als ob er versuchte, in meinen Worten einen Sinn zu erkennen. Ich bekam Gänsehaut und drehte mich von ihm weg.

Er trat einen Schritt näher und seine Stimme liebkoste mein Ohr: „Marco..."

Sofort spürte ich, wie Funken zwischen uns knisterten, und riss mich ruckartig von ihm los.

Ich hatte Jahre damit verbracht, diese Funken zu vergessen.

Ich drehte mich um und rannte vom Festivalgelände. Diesmal folgte Oskar mir.

„Halt!", schrie er und rannte durch die tanzende Menge. „Halt."

Er erwischte mich, als ich durch den Eingang rannte. Ein sanftes Ziehen, weg von dem Geschrei und Gejubel für eine andere Band, die in der Ferne die Bühne betrat.

Ich blieb an einem großen Stein stehen, unsicher, ob ich wegrennen sollte. Die ersten Strahlen der Morgensonne huschten über Oskars Gesicht.

„Warum bist du so versessen darauf, mich für immer zu hassen?"

„Erwartest du von mir, dass ich dir einfach vergebe und wir wieder Freunde sind?"

„Ja. Nein. Naja, ich will, dass wir es versuchen."

Ich suchte nach dem verborgenen Grinsen hinter der Aufrichtigkeit. Wo war es? Warum sollte er so mit mir spielen? Oskar nahm meine Hand und verschränkte unsere Finger, als er mich näher zu sich zog. Meine Füße gehorchten.

Ich spürte seine zärtliche Berührung in meinem Arm und meiner Brust und — „Nein", japste ich und zog meine Hand weg.

Oskar ließ meinen Arm los und schaute auf die Grasfläche zwischen uns, bevor er endlich weitersprach.

„Wir sind keine Nachbarn mehr", sagte er. „Wir spielen dieses Jahr ein letztes Mal zusammen Theater. Ich will, dass wir eine Möglichkeit finden, die Vergangenheit hinter uns zu lassen."

Ich bahnte mir meinen Weg zurück zu meinem Zelt, während Oskars Worte mich verfolgten. Sie waren schwer zu verdauen und trotzdem gaben sie mir ein Gefühl der Leichtigkeit. Für ihn war es einfach zu sagen, dass er die Vergangenheit vergessen wollte.Er hatte damals nur einen Freund verloren.

Ich versuchte, seine Worte zu verdängen, aber sie kamen mir immer wieder in den Sinn..

Lichter tanzten auf der Zeltplane und ich hörte Flaschen klirren.

Ich kletterte ins Zelt und verzog die Nase. Der Gestank von schalem Bier war verschlug mir den Atem. Müllsäcke voller leerer Flaschen waren bis unter die Zeltdecke gestapelt.

Lachend schüttelte ich den Kopf.

„Alter, echt jetzt?"

Ben drehte sich um und hob die Augenbrauen. „Lach soviel du willst, Brandt."

„Äußerlich lache ich...", sagte ich, „...aber innerlich..." Innerlich war ich am Ende. „Müssen wir wirklich mit diesem Gestank schlafen?"

„Was hältst du davon, den *Ekelfaktor* zu vermeiden, indem wir die Köpfe aus dem Zelt stecken?"

Ich wendete meinen Blick von Ben ab. „Alles, um... den *Ekelfaktor* zu vermeiden."

Wir kletterten in unsere Schlafsäcke, machten das Licht aus und starrten den Himmel an. Ben schaute an den anderen Zelten vorbei zu dem, in dem Sebastian schlief.

Wir murmelten einander eine gute Nacht zu, aber ich schloss meine Augen nicht. Stattdessen beobachtete ich den heller werdenden Himmel, an dem rostrote Wolken bedeutungsschwer aufzogen.

Ben rührte sich neben mir. Ich mochte Ben, aber manchmal nervte es mich, wie ähnlich er und Oskar sich waren. Sie waren offen und selbstsicher und auf Peinlichkeit reagierten sie lediglich mit einem Schulterzucken.

Ich wollte mir so gern eine Scheibe von dieser Einstellung abschneiden.

Heute Nacht war ich bei dem Bullen gescheitert, aber ich würde eine andere Chance bekommen, mein wahres Gesicht zu zeigen. Ben konnte ich die Wahrheit sagen.

Ich kämpfte mit dem Drang, mich auf die Ben zugewandte Seite zu rollen. Mit stockendem Atem und den Blick fest auf den blassblauen Himmel gerichtet, suchte ich nach den richtigen Worten. Wenn ich nur das Eine zugeben konnte ...

„Ich..." *Ich weiß, warum du immer zu Sebastian schaust. Ich kenne dein Geheimnis. Kenne es, weil es auch meines ist.* Meine Kehle verengte sich. „Ich..."

„Ja?", sagte Ben.

„Ich hoffe, dass du morgen eine Pause machst, um mit mir Tepid Creek anzuschauen." *Versagt.*

„Klar."

Ich drehte mich von ihm weg und vergrub mein Gesicht in meinem Arm. Ich konnte es nicht einmal gegenüber Türkis zugeben, den es wirklich nicht gestört hätte.

Scheiße. Ich hatte meine Sportschuhe vergessen, was bedeutete, dass ich zurück zur Umkleide musste. Wie immer hatte ich mich nach dem Spiel schnell umgezogen und nach dem Blick, den mir Oskar letzte Nacht zugeworfen hatte, war ich heute extra vorsichtig.

Aber meine Schuhe...

Ich rannte zurück in den verschwitzten Betonbunker mit seinen hässlichen, orangenen Schließfächern und Holzbänken von denen die Farbe abblätterte.

Als ich den Raum betrat, steig mir eine Mischung aus

Schweiß und Axe-Deo in die Nase. Dampfschwaden strömten aus den Duschkabinen und am hinteren Ende band Oskar gerade seine Schuhe. Andre stand lächelnd vor ihm, mit zwei seiner Lakaien an seiner Seite. Einer warf einen Basketball an die Wand über Oskars Kopf.

Halb hinter einem Schließfach versteckt hielt ich inne und beobachtete die Szene. Brauchte Oskar meine Hilfe? Sein Gesichtsausdruck sah ruhig aus. Aber Andre und seine Bande waren Arschlöcher.

Ich machte mich dazu bereit, hineinzurennen, als Oskars kräftige Stimme mich stoppte.

„Fick dich, ich mag ihn nicht."

Die Betonung auf dem Wort „mögen" jagte mir einen kalten Schauer über den Rücken. Ich hörte genauer hin.

„Ach ja?", spöttelte Andre. „Irgendwie empfange ich schwule Vibes von euch beiden."

Oskar stellte einen Fuß fest auf den Boden und hob den anderen. „Nicht schwul", murmelte er.

„Warum hast du ihn dann angeschaut, als er sich umgezogen hat?"

Ein tiefes Lachen entfuhr Oskar. „Hast du nicht gesehen, was unter seinem Shirt ist? Er sieht wie ein scheiß Dalmatiner aus."

Ich musste mich verhört haben. Oskar würde nie so etwas Gemeines über mich sagen. Mein Magen drehte sich um. Sein Gesichtsausdruck letzte Nacht war kein Mitgefühl gewesen.

„Dalmatiner, hm?", sagte Andre und ein würgendes Geräusch entschlüpfte mir.

Andre und seine Jungs drehten sich in meine Richtung und Oskars Kopf schoss nach oben. Seine Augen weiteten sich.

Zitternd trat ich nach vorne. Meine Schuhe waren längst vergessen.

„Zeig's uns, Marco", sagte Andre. Seine Stimme drang direkt an mein rechtes Ohr.

„Nein", sagte ich, aber es klang schwach und bemitleidenswert. Beinahe schon hysterisch.

Andre lachte, so als wäre es ein Witz, und drückte mich gegen die Spinde. Mein Rücken krachte gegen das kalte Metall und mein Kopf knallte mit einem lauten Schlag dagegen.

„Zeig es uns jetzt."

„Verpiss dich!", fuhr ich ihn an.

Andre packte mich an meinem Shirt. „Woher sollen wir sonst wissen, ob Oskar lügt?"

Mein verzweifelter Blick traf den von Oskar, der auf der Bank saß und seine Schnürsenkel umklammerte.

Ich schubste Andre weg und er stolperte lachend zurück. „Kommt schon Jungs, helfen wir etwas nach."

Einer der Schergen packte meinen Arm, während der andere mir den Ball gegen den Kopf warf. „Ausziehen oder wir übernehmen das für dich."

Mit stillen Blicken bat ich Oskar um Hilfe. Dass er diesen Mobbern sagen sollte, sich zu verpissen und mich in Ruhe zu lassen.

Andre folgte meinem Blick und grinste Oskar an. „Es macht dir doch nichts aus, oder?"

Oskars Blick huschte zu mir und landete dann wieder bei Andre. Mein bester Freund zuckte mit den Schultern und schaute weg.

Andre packte den Saum meines T-Shirts und zog es mir bis unter die Nase.

Schamesröte stieg in mir auf, als Andre zu pfeifen begann.

„Jetzt glaub ich dir, Oskar." Andre tätschelte meine Brust. „Nie im Leben würde jemand das heiß finden."

Ich versuchte, mein T-Shirt wieder runterzuziehen, aber die Hände der Schergen stoppten mich. Ich flehte Oskar an.

53

„Er wird dir nicht helfen."

Ich rief ein letztes Mal Oskars Namen, doch er hallte schwach in dem Raum wieder und traf nur auf Schweigen.

„Vermutlich hängt er nur aus Mitleid mit dir rum."

„Lass mich in Ruhe", krächzte ich Andre an.

Er grinste mich an. „Komm schon, wir haben doch nur Spaß gemacht. Kein Grund traurig zu sein." Seine Schergen ließen mich los, Andre zog mich von der Wand weg und tätschelte erneut meine Brust. „Das ist echt kranker Scheiß." Andre griff nach seiner Tasche und hing sie sich über die Schulter. „Oskar, ich seh dich und den Dalmatiner nächste Woche."

Oskar sah immer noch nicht zu mir herüber. Hitze breitete sich hinter meinen Ohren aus und der Raum verschwamm, als ich nach meinen Turnschuhen griff.

Nichts, Oskar? Du hast nichts zu sagen?

Die Glocke läutete und rief zur Mittagspause.

Oskar band seine Schuhe fertig. „Lass uns was essen gehen, Marco", sagte er.

All die lebhaften, hellen Farben, die ich mit Oskar in Verbindung gebracht hatte, verschwammen zu einem hässlichen Rot. Er packte meinen Arm, doch ich schubste ihn weg und rannte aus der Umkleidekabine.

INDIGOBLAU

BEN FUHR MICH NACH HAUSE. In mein altes zu Hause, nicht in meine neue Wohnung. Papa hatte mir geschrieben und mich gefragt, ob ich zum Lasagne essen vorbeikommen würde und egal wie müde ich auch war, dazu konnte ich nicht nein sagen.

Zum Nachtisch gibt es Apfelstrudel, schrieb er mit einem Smiley.

Papa wusste, wie er mich locken konnte.

Als wir ankamen, war es beinahe dunkel. Wir waren nicht die Einzigen, die vor meinem Haus parkten. Oskar war gerade dabei, sein Auto auch dort abzustellen.

Ich zögerte das Aussteigen lange genug heraus, um Oskar nicht zu begegnen und nahm mein Zeug vom Rücksitz. „Hast du genug Flaschen gesammelt, um Weihnachten zu retten?", fragte ich Ben.

Er blickte zum Handschuhfach und rieb das Lenkrad. „Ich muss noch ein bisschen was sammeln."

„Habe ich mir das eingebildet, oder hat Sebastian auch Flaschen gesammelt?"

„Das hat er tatsächlich." Ben unterdrückte ein Lächeln. Seine Augen funkelten als er Sebastians Namen hörte.

Selbst wenn Ben nicht klar war, dass ich wusste, dass er schwul war, tat es gut, einen Verbündeten zu haben. Es war auch eine Erleichterung, dass er seine Gefühle für Sebastian nicht zugab. So konnte ich mich etwas weniger wie ein Feigling fühlen, oder wenigstens so als sei ich in guter Gesellschaft.

Aus meinem Augenwinkel konnte ich das Licht von Oskars Auto blinken sehen, als er ins Haus ging. Ich packte die Gelegenheit beim Schopf. „Danke für die Mitfahrgelegenheit, Ben. Wir reden später, ja?"

Ich stieg aus dem Auto, klopfte zweimal aufs Dach und Ben fuhr aus der Einfahrt.

Ich nahm mein Festivalzeug und wollte gerade das Gartentor aufkicken, als Oskar plötzlich wieder auftauchte. Die Hände lässig in den Hosentaschen kam er zu mir herüber geschlendert.

Ich fummelte an dem Riegel des Gartentors herum und fluchte weil es sich nicht öffnen lassen wollte.

„Lass mich dir helfen", sagte Oskar, griff hinter mich und öffnete es problemlos. Ein Hauch seines Duftes wehte in meine Richtung.

„Kannst du mich nicht einfach in Ruhe lassen?", stieß ich hervor.

Oskar ging zuerst durch das Tor und hielt es mir auf. „Genaugenommen wurde ich zum Abendessen eingeladen."

„Eingeladen? Schon wieder?"

Ich rannte den Weg entlang, ohne auf eine Erklärung zu warten. Ich wusste, dass Papa diese Freundschaftssache zu erzwingen versuchte. Ich musste ihm sagen, dass er damit aufhören sollte. Ich hatte mich bereits breitschlagen lassen, Mamas Stück mit ihm zu spielen. Oskar sollte nicht in noch mehr Bereichen meines Lebens auftauchen.

An der Tür angekommen, war ich nicht Arschloch genug, um sie Oskar ins Gesicht zu knallen, aber auch nicht nett genug, um sie für ihn aufzuhalten. Ich ließ mein Zeug fallen und bewegte mich in Richtung des Geruchs meiner Lieblingslasagne.

Papa konnte echt durchtrieben sein, wenn er wollte.

Mehrere Stimmen drangen durch das Haus. Papa hatte nicht nur Oskar eingeladen — sondern die gesamte Richter-Familie. Ich ging ins Esszimmer, küsste Opa zur Begrüßung und hielt inne, als ich Mamas Namen hörte.

„Anna würde sich solche Sorgen machen, wenn sie noch bei uns wäre", hörte ich Sigrid sagen.

Sorgen? Weshalb?

Sigrid fuhr fort, als Oskar neben mir auftauchte. Bei den Worten seiner Mutter hielt auch er inne.

„Er hat noch nie jemanden mit nach Hause gebracht, nicht wahr?"

Sigrid war wie eine Tante für mich — trotz meiner Probleme mit Oskar — aber sie war eine Tratschtante. Die Klatschbase unter den Nachbarn. Es kostete mich alles an Kraft, die Errötung nicht über meinen Nacken hinaus kriechen zu lassen.

„Lass den Jungen in Ruhe, Liebes", sagte Dieter. „Er wird schon jemanden finden."

Papa antwortete mit leicht gereizter und etwas verwirrter Stimme: „Wenn er das richtige Mädchen trifft, wird er es mir bestimmt erzählen."

„Man kann um seinetwillen nur hoffen", gab Sigrid zurück.

Oskars Mund verzog sich zu einer schmalen Linie und bevor ich in die Küche gehen konnte, rannte Oskar hinein. „Hört auf über Marco zu reden!", sagte er schroff.

Ich musste beinahe lachen, als ich hinter ihm in die Küche kam. „Du musst mich nicht verteidigen, das kriege ich schon selbst hin."

Er verstummte augenblicklich und ich wandte mich Sigrid,

Dieter und Papa zu, die in der Küche standen und ihre Weingläser betrachteten. Wenigstens die beiden Männer hatten den Anstand, rot anzulaufen.

Sigrid aber dachte nicht daran. Sie räusperte sich. „Ich will dich nur glücklich sehen, Schätzchen."

Ich unterdrückte ein Schaudern und lächelte steif. „Ich bin glücklich." Die Lüge kam mir so natürlich über die Lippen wie die nächste. „Es gibt jemanden, an dem ich interessiert bin. Wir haben eine Fernbeziehung und ich habe nichts gesagt, weil es noch frisch ist."

Ich bemerkte wie Oskar neben mir die Stirn runzelte.

Papas Augen strahlten und er nahm eifrig einen Schluck Wein. „Wie heißt sie?"

Ich sagte den ersten Namen, der mir einfiel. „Olivia."

„Olivia?", fragte Papa. „Ich hatte gedacht es wäre Elena ... Egal."

„Fernbeziehung? Das ist schwer", sagte Sigrid und lächelte sanft. „Wo wohnt sie denn, Schätzchen?"

„Mannheim." Ich wusste nicht, warum ich das gesagt hatte. Es war die erste Stadt, die mir einfiel und ich bereute es mehr als jede andere Lüge. In Mannheim hatte Oskar die letzten fünfzehn Monate gelebt.

Verdammt noch mal. Freud würde hier eine richtige Spielwiese vorfinden.

„Kennst du sie, Oskar?", fragte Sigrid.

Ich tänzelte von einem Fuß auf den anderen. „Ähm, er —"

Oskar schaute kurz zu mir herüber, Neugierde leuchtete in seinen Augen auf. „Ich hoffe, dass es die Olivia ist, an die ich denke."

Ich riss meinen Blick von ihm los und schluckte.

„Ich würde mir wünschen, dass wir sie eines Tages kennenlernen", sagte Papa nachdenklich. „Ich hoffe, du lädst sie zu unserer Aufführung ein?"

Meine Schultern sackten zusammen. „Ja. Ihr lernt sie bei unserer Aufführung kennen."

———

Ich presste mit einem Finger auf meinen Nasenrücken und schloss kurz meine Augen, während ich an der Supermarkt-kasse anstand. Der Korb stieß gegen mein Knie. Er war voller Zutaten für das Abendessen mit Elena, die mich später zu unserer ersten Probe abholen wollte.

Eine Woche war seit dem Festivalspaß vergangen und ich hatte weder von Oskar gehört noch ihn gesehen. Es war nerven-aufreibend, wie die Ruhe vor dem Sturm. Heute Nacht würde dieser Sturm sein hässlichstes Gesicht zeigen. Allein der *Gedanke* daran, diese Zeilen mit Oskar zu üben, versetzte meinen Magen in Unruhe.

Und ich war mit einem Mädchen aus Mannheim namens *Olivia* zusammen? Echt jetzt? Scheiße, das war nur eine Haaresbreite von dem Namen *Oskar* entfernt.

Ein Kunde in der Schlage hinter mir stöhnte, als ich endlich damit fertig war, meine Lebensmittel auf das Laufband zu legen. Ich drehte mich um, um zu sehen, welche Laus ihm über die Leber gelaufen war und sah, wie die Kassiererin ihre Schicht beendete. Für sie übernahm braune Strähnen, braunes Tattoo: Andre.

Ich wollte meinen Scheiß schon wieder einsammeln und zu einer anderen Kasse gehen, aber ich war schon ganz vorne ange-kommen. Außerdem sah mich Andre so an als erwartete er von mir, dass ich wie ein Hund mit eingeklemmtem Schwanz davonrennen würde.

Er sollte sich ins Knie ficken. Das war *mein* Supermarkt.

Andre lächelte, während er meine Einkäufe gemächlich scannte. Ich hatte diesen Typen Kunden schneller abfertigen sehen als sonst jemand – er hatte sogar einen Bonus für seine Geschwindigkeit bekommen - aber jetzt war er einschläfernd langsam und schaute auffällig oft zu mir.

Ich gab ihm meine Karte. „Endlich bist du mal in meiner Schlange."

„Ich weiß nicht, wovon du redest."

Das wusste ich schon.

„Komm schon. Du bist sogar lieber zur nasebohrenden Emilia gegangen."

Ich schaute auf das Kartenlesegerät und wartete darauf, dass er meine Karte hineinstecken würde.

„Es ist, weil ich damals im Basketballcamp dir und Oskar gegenüber so ein Arschloch war, hab ich recht?"

„Kann ich bitte einfach zahlen?"

Er zog meine Karte durch und ich gab die PIN ein.

„Du hast das damals so ruhig hingenommen", sagte Andre. „Ich schätze, wenn es ich gewesen wäre, hätte ich mehr wie Oskar reagiert."

Ich riss meinen Kopf hoch und zog meine Augenbrauen zusammen. „Was meinst du mit *mehr wie Oskar*?"

Die Zahlung wurde akzeptiert und der Kassenzettel ausgedruckt.

„Was ich sagen will: es tut mir leid, Alter." Er zuckte mit den Schultern. „Aber sieh es doch so, du gehst inzwischen zur Uni, ganz der Checker. Ich zähle Wechselgeld und packe den ganzen Tag Tüten. Ein Niemand. Was auch immer ich damals für einen Scheiß gesagt habe, hatte nichts zu bedeuten."

„Was hast du wegen Oskar gemeint?"

Andre gab mir den Kassenzettel. Sein schmerzerfüllter, peinlich berührter Blick erweckte mein Interesse. „Nachdem du das Camp verlassen hattest, hat er mich angeschrien, was ich für ein Arschloch sei. Hat gesagt, dass er wünschte, er hätte niemals vor Idioten wie mir Angst gehabt. Dann hat er mich so lange in den Dreck gedrückt, bis ich Würmer geschmeckt habe."

Ich tat so als wäre ich vollkommen auf die Lebensmittel und die Papiertüten konzentriert, aber in Wahrheit? In Wahrheit verarbeitete ich jedes Wort, das Andre sagte und hing regelrecht an seinen Lippen.

Mein Magen machte so einen Salto, dass ich dachte, ich müsste gleich über die Bananen und die Aprikosenmarmelade kotzen, die ich gekauft hatte.

Der Kunde hinter mir seufzte laut und checkte ungeduldig sein Handy .

„Das war *alles*, was Oskar gemacht hat?", motzte ich, aber innerlich jubelte ich bei der Vorstellung, wie er Andre in den Dreck gedrückt hatte.

Ich hatte gerade drei Schritte in Richtung Tür gemacht, als Andre mir nachrief: „Das war nicht alles."

Sofort hielt ich inne, das Papier der Tüten rieb an meinen Händen. Da war noch mehr gewesen?

„Komm wieder in meine Schlange, wenn du mehr wissen willst", sagte Andre.

Warum sagte er es mir nicht einfach?

Das antwortete ich aber nicht, denn es würde viel zu interessiert klingen.

„Lass es stecken", sagte ich und machte mich mit Hochgeschwindigkeit auf den Heimweg.

Zurück in meiner Wohnung machte ich Aprikosen-Bananen-Crêpes. Nicht gerade ein nahrhaftes Abendessen, aber wer konnte schon nein zu Crêpes sagen? Elena lief in meiner Wohnung herum und schaute sich alles an: meine leeren Wände, den gesaugten Boden und den Kissenberg auf meinem Bett. Sie strich mit der Hand über ein Kissen und summte währenddessen vor sich hin. Ich versuchte, mich auf ihre Neugierde zu konzentrieren und nicht auf Andres letzte Worte im Supermarkt.

Was hatte Oskar noch getan?

„Das hatte ich nicht von deiner Junggesellenbude erwartet", sagte Elena und riss mich aus meinen Gedanken. „Es ist so leer. Außer deinem riesigen Bett."

Glaub mir, auch das ist sehr leer. „Ich bin gerade erst eingezogen", sagte ich mit einem Schulterzucken.

„Wie wäre es mit etwas Farbe an der Wand?"

„Hab ich vor", sagte ich und zog die heißen Teller und die Untersetzer hervor, dann die Marmelade und eine Schüssel mit griechischem Joghurt. „Aber ich weiß noch nicht welche Farbe."

Sie nahm die Tonfigur von meinem Schreibtisch und lachte. „Was zum Teufel ist das?"

„Zoe hat sich in der Bildhauerei versucht."

Sie drehte die Figur auf den Kopf, so als ob sie dann mehr Sinn ergeben würde. „Hm."

Ich grinste. „Essen ist fertig."

Sie schlenderte zu dem kleinen Tisch, den mir Papa gestern nach der Arbeit gekauft hatte. Ich gab ihr einen aufgeschäumten Kaffee und sie löffelte sofort den Milchschaum in ihren Mund.

„Super", sagte sie mit vollem Mund. „Kannst du für meine Party auch Crepes machen? Meine Tante hat gesagt, dass ich ihr Haus am See außerhalb von Berlin haben kann. Ich lade für meinen Geburtstag ein paar Leute dorthin ein. Und du bist einer davon."

„Wer kommt sonst noch?"

„Hauptsächlich Leute aus meinem Kunstkurs. Thomas, Jessie und Ben natürlich."

Sie fuhr damit fort, Namen herunterzurattern, aber ich wiederholte immer nur die ersten paar. Jessie? War es zu naiv zu hoffen, dass Elenas Jessie und Oskars Jessie nicht ein und dieselbe Person waren?

„Jessie?", unterbrach ich sie.

„Du hast Jessie noch nicht kennengelernt. Er ist super. Ehrlich gesagt, der netteste Typ der Welt — scheiß-klug und witzig. Er ist letztes Semester aus den Staaten hierher gezogen. Du wirst ihn lieben, das garantier ich dir."

Das bezweifelte ich.

„Was hälst du davon, wenn ich Sebastian einlade?", fragte Elena und ihre Wangen liefen rot an. Sie starrte auf ihren Teller, während sie auf ihrer Unterlippe herumkaute.

Ich rutschte auf meinem Stuhl herum. Ich wollte Elena nicht enttäuschen, aber ich war mir sicher, dass Sebastian nicht interessiert war. Ich hatte ihn und Ben diese Woche während der Vorlesungen beobachtet. Wenn jemand eine Chance bei Sebastian hatte, dann Ben. „Sebastian arbeitet am Wochenende."

Ihre Lippen verzogen sich zu einem Schmollen. „Ich könnte ihn trotzdem einladen. Einfach so halt."

Ich schlürfte meinen Kaffee und verzog das Gesicht wegen der Bitterkeit. „Bitte versteh das nicht falsch —"

Sie stöhnte. „Das klingt ja ermutigend."

„Du bist wunderbar und viele Typen würden alles dafür tun, um deine Aufmerksamkeit zu bekommen, aber ich glaube nicht, dass er einer davon ist."

Sie sank zurück in ihren Stuhl und blies sich eine Locke aus dem Gesicht. „Immerhin bist du ehrlich."

Manchmal.

„Wie dämlich sah es aus, wie ich ihm hinterher gesabbert habe?"

„Ich habe es ernst gemeint, als ich gesagt habe, dass du ein echt guter Fang bist."

Sie hob ihre Augenbrauen. „Versuchst du mir etwas zu sagen?"

„Nein!"

Sie lachte. „Na Gott sei Dank. Tschuldigung Marco, aber du bist zu einhundert Prozent in der Friendzone gefangen. Alles andere wäre komisch."

Komisch, klar. „Also... wie viele Kostüme lässt Papa dich entwerfen?"

Elena löffelte etwas Joghurt auf ihren Teller und kicherte. „Ich habe ihn überzeugen können, dass weniger mehr ist. Ich habe ihm versprochen, Caspers und Devins Westen und Brustgürtel zu machen. Hast du dreiviertelhohe Stiefel?"

„Seh ich so aus als hätte ich so etwas?"

„Ich schau mal, ob ich welche auftreiben kann. Größe 44, richtig? Hast du eine lockersitzende, weiße Bluse mit V-Ausschnitt?"

Ich starrte sie fragend an.

„Ich werde mir was überlegen. Es muss luftig genug sein, damit du kämpfen kannst. Ich muss später noch deine Maße nehmen."

Elena rührte in ihrem Joghurt herum und summte, während sie mich betrachtete. Schließlich stellte sie den Becher auf ihren Teller und stemmte ihre Ellbogen auf den Tisch.

„Ich habe es ernst gemeint, als ich gesagt habe, dass du für mich Modell stehen sollst", sagte sie.

„Schon wieder dieses Thema?" Ich stocherte in meinem halben Crêpe rum, bis die gezuckerten Aprikosen aus der Mitte herausquollen. So karamellisiert hatten sie die Farbe von hellem Rost.

„Du hast interessante Gesichtszüge. Deine Augen verraten so viele Emotionen und doch ist der Rest deines Gesichts eine Maske, die nichts verrät."

Ich starrte die weichen Laken meines unberührten Betts an. Elenas Stimme wurde sanft. „Du hast so viel Tiefe. Du wärst ein faszinierendes Modell."

Ich stand auf und räumte den Tisch ab. Mit meinem Rücken zu ihr gewandt atmete ich tief ein und suchte nach den passenden Worten, um Elena die Wahrheit zu sagen. Dass es noch mehr von mir gab, das nicht hübsch war.

Stattdessen schüttelte ich den Kopf und sagte: „Wir sollten los zur Probe."

———

Elena und ich waren die ersten nach Papa, die zur Probe kamen. Um zu üben und unser Stück aufzuführen, hatte er eine kleine Kirche mit hohen, gewölbten Decken gemietet. Anders als moderne Bühnen war die Kirche mit Stein, offenliegendem Holz und bunten Glasfenstern versehen.

Mama hätte gesagt, dass sie perfekt wäre.

Im Ankleidezimmer hinter der Bühne lagerten die Requisiten und Kostüme. In einem Kessel, der neben einem Tisch mit Kaffeepulver, Teebeuteln und Tassen auf einem Herd stand, pfiff das kochende Wasser. Eine alte, geblümte Couch stand an der hinteren Wand und ich legte mich bäuchlings darauf. Elena und Papa gingen das Manuskript durch und sprachen über die Kostüme.

Ich rieb meine Stirn über die Lehne, um meine angespannten Nerven zu beruhigen.

„Marco?"

Ich drehte mich zur Seite und blinzelte Elena an, die ein Maßband in der Hand hielt.

„Es geht einfacher, wenn du stehst."

„Stimmt."

Ich folgte Elenas Anweisungen und drehte und bückte

mich auf Kommando. Sollte eigentlich ganz einfach sein, zu machen was sie sagte. Aber es war schwer, weil ich ihr nicht zuhörte. Meine Ohren versuchten, die Ankunft der Richters zu hören.

„Lass uns ein bisschen proben", sagte Papa und Elena schob mich auf die Bühne. Sie drückte mir ein Manuskript in die Hände und schnippte mir gegen die Stirn. „Zeit, aufzupassen."

Ich erschrak und grinste sie dann an, während ich mir die Stirn rieb.

Papa deutete erst auf die linke und dann auf die rechte Seite der Bühne. „Die Hecks der zwei Schiffe werden einander gegenüber stehen. *Die verdammte Verdammung* und *Der blutige Plünderer*."

Papa hatte die Namen, die Mama im Originalentwurf verwendet hatte, beibehalten. Falls Mama auf uns herunterblickte, dann würde sie jetzt lächeln. Ein leichter Schmerz durchfuhr mich.

Ein Windstoß blies durch die Kirche und es folgte das Knallen der zufallenden Eingangstür.

Schnelle Schritte stapften in Richtung Bühne. Gänsehaut kroch an meinen Armen nach oben. Oskar schritt durch die Reihen der Kirchenbänke, die Hände in die Taschen des Hoodies gesteckt den er unter einer offenen Lederjacke trug. Er hatte ein strahlendes Lächeln im Gesicht.

„Joshua!" Oskar ging auf Papa zu. „Diese Bühne ist großartig."

Papa grinste. „Ist der Rest auf dem Weg?"

„Zoe muss heute Abend eine Präsentation halten. Aber sie werden bald hier sein." Oskar drehte sich auf der Stelle und schaute sich die Kirche genauer an. „Ich liebe das Gefühl, das dieser Ort auslöst. Der Klang ist der Wahnsinn." Er sprang die Stufen zur Bühne hoch wo ich stand, mir den Nacken rieb und mir vorstellte, wie er Andres Gesicht in den Dreck drückte.

In den ganzen Jahren, die ich Oskar kannte, hatte ich ihn so gut wie nie wütend gesehen. Die Tatsache, dass er Andre hatte Dreck fressen lassen... ich fühlte mich... nicht schlecht deswegen.

Was hast du sonst noch gemacht?

Oskar warf mir einen Blick zu. Seine Stimme rauschte über mich hinweg als er die erste Zeile bellte.

„Sing mit mir, Casper." Er kam zu mir herübergelaufen. Seine Augen funkelten. Verdammt! Und ich fragte mich, ob er an den Moment in Papas Küche dachte. *Olivia. Mannheim.*

Ich ballte meine Hände zu Fäusten und zerknitterte dabei das Skript, während ich Caspers letzte Zeilen überflog in denen er seinen Säbel in Devins Brust rammte. „Küss den Grund des Ozeans."

Oskar warf seinen Kopf nach hinten und lachte. Das tiefe Geräusch vibrierte durch die Luft und ich starrte auf seine entblößte Halsschlagader. Wie oft hatte Jessie ihn dort geküsst? Raubte es Oskar den Verstand und ließ seine Knie weich werden und —

Genug.

Oskar halbierte die eh schon geringe Distanz zwischen uns, sodass seine Worte meine Wange streichelten. „Man sagt, dass ein gutes Bier alle Wunden heilt. Hast du Lust, es herauszufinden?"

Mach einen Schritt zurück, mach einen Schritt zurück.

Ich blieb wie angewurzelt stehen. Verräterische Beine! Meine Augen verengten sich. „Kein Bier dieser Welt kann mir das zurückgeben, was ich verloren habe."

Papa klatsche in die Hände und zog damit unsere Aufmerksamkeit auf sich. „Ich mag diese Leidenschaft, Jungs. Können wir die Zeilen jetzt in der richtigen Reihenfolge üben? Lasst uns die erste Szene durchgehen."

Ich schaffte es, mich ein Stück von Oskar zu entfernen und

dann flogen wir nur so durch die Szene. Der Raum fühlte sich erst kalt und dann heiß an. Elena starrte uns aus dem Publikumsbereich an und als der Rest der Richters auftauchte, schauten auch sie uns mit Adleraugen von der ersten Reihe aus zu.

Ich fühlte mich komisch und angespannt. So als ob ich mich selbst dabei beobachtete wie ich meine Zeilen wiedergab.

Warum konnte ich nicht wie jeder andere hier cool und selbstsicher sein? Sogar Oskars kleine Schwester saß vollkommen entspannt auf der Kirchenbank in der ersten Reihe, mit überschlagenen Beinen und einem sanften Lächeln im Gesicht, und sah so aus als wäre sie hier zu Hause.

Papa verzog sein Gesicht zu einer Grimasse, blätterte in seinem Manuskript herum und kam dann zum Rand der Bühne.

„Ihr sollt Freunde sein", sagte er zu mir. „Kannst du wenigstens so tun als ob?" Ich biss mir auf die Zunge, als Hitze meinen Nacken empor kroch. „Legt die Arme umeinander." Papa deutete zur Seite der Bühne, wo er ein Stück Papier mit den Worten *Die verdammte Verdammung* aufgehängt hatte. „Ich will, dass ihr lacht, während ihr in Richtung des Schiffs stolpert."

Aus dem Augenwinkel sah ich, wie Oskar seinen Arm hob, um ihn um mich zu legen. In einem Anflug von Panik stieß ich die Worte hervor: „Können wir später mit der ersten Szene weitermachen?"

Oskar hielt mitten in der Bewegung inne und ließ seinen Arm wieder sinken.

Papas Augenbrauen zogen sich zusammen. „Welche Szene schlägst du stattdessen vor?"

„Die, in der sich Casper und Devin streiten?"

Oskar Lachen klang leer. „Na das sollte dir liegen."

Ich drehte mich zu ihm. „Ich denke, das sollte uns beiden liegen."

Er hatte Andres Gesicht in den Dreck gedrückt. Und noch mehr getan.

Natürlich konnte er für sich selbst einstehen, aber nicht für mich.

„Reißt euch zusammen!", mischte sich Papa ein. „Es wird nur in zwei Szenen von euch erwartet, dass ihr Freunde seid. Ihr zwei wart doch mal unzertrennlich. Denkt daran zurück und nutzt etwas von dieser Energie."

Daran zurückdenken, als mich jede Berührung ganz kribbelig machte, als jedes Lachen durch meine Adern schoss, als wir ganze Unterhaltungen damit gefüllt hatten, Songtexte und Lieblingsfilme zu zitieren — daran, als sich jedes Lächeln wie ein Geheimnis anfühlte.

Oskar war damals rubinrot gewesen. Ein tiefes, warmes Rubinrot.

Oskar legte seinen Arm um meine Schultern. Sein Gewicht ließ die Erinnerung noch deutlicher und schmerzhafter werden. Ich atmete tief ein und kämpfte gegen den Drang an, mich gegen Oskar sinken zu lassen und seine Umarmung zu akzeptieren.

„Sing mit mir, Casper." Oskars Stimme sprühte vor Energie und Humor. Genau wie damals.

Ich presste meine Zeile heraus. „Immer."

An dieser Stelle sollten wir singen. Singen und lachen und uns auf den Weg zum Schiff machen. Stattdessen strich Oskars Hand über meine Schulter und legte sich auf mein Schulterblatt.

Wir sahen einander an und es schmerzte mich, in seine haselnussbraunen Augen zu schauen.

Wir hatten einander immer so angesehen. Unsere Blicke hatten sich getroffen und wir hatten uns so lange in die

Augen geschaut, bis einer von uns — normalerweise ich — es nicht mehr ausgehalten hatte und angefangen hatte, zu lachen.

Oskars Hand fuhr über meine Schulter und strich dann meinen Arm herunter, bis sich seine Finger um meine Narbe legten und zudrückten. Was für ein gemeiner Weckruf.

„Nein." Ich riss mich aus der Erinnerung. Schmerz und Wut breiteten sich in meiner Brust aus. Ich schaute Papa nachdrücklich an. „Ich kann nicht."

Papa schaute das Manuskript an, als wäre der Text das Problem. „Kannst was nicht?"

„Ich kann nicht so tun, als könnte ich ihn leiden."

Elena setzte sich in ihrer Kirchenbank aufrechter hin. Es war mir peinlich, dass ich mich nicht im Zaum halten konnte. Alles tat weh. Meine Schultern und mein Arm waren von Oskar berührt worden. Mein Hals. Mein Herz raste. Meine Augen.

Papas Mund verzog sich zu einer schmalen Linie und Oskars Eltern atmeten tief ein. Die Verwirrung stand in Sigrids Gesicht geschrieben. Selbst Zoe schüttelte ihren Kopf. Elena schaute mich fragend an. Ihr Blick huschte von mir zu Oskar und wieder zurück.

„Du kannst nicht oder du wirst nicht?", fragte Oskar und seine Selbstsicherheit schien zum ersten Mal Risse zu bekommen.

Ich drehte mich zu ihm um. Frustration machte meine Arme schwer und übernahm die Kontrolle über meinen Körper. Niemand kannte den wahren Oskar. Sie liebten ihn alle.

Sie sahen nicht den Jungen, der sich von mir weggedreht hatte, als ich ihn um Hilfe angefleht hatte. Sie sahen nicht den Jungen, dessen Gesicht sich vor Ekel verzogen hatte, als ich ihm meine Brust gezeigt hatte.

Er machte vorsichtig einen Schritt auf mich zu, doch ich

stieß ihn zurück. „Kann nicht und werde nicht", sagte ich. „Niemand könnte den mögen, der du in Wirklichkeit bist."

Oskar lief rot an und drehte sich zu unseren Familien um, sein Adamsapfel hüpfte, als er schluckte. Er machte einen Schritt zurück in Richtung seines Schiffs. „Vermutlich habe ich das verdient." Sein Gesichtsausdruck veränderte sich. Bedauern? Schmerz? Er nickte einmal und ging dann durch das Hinterzimmer in Richtung Ausgang.

Für einen Moment war ich zufrieden. Ich hatte Oskar auflaufen lassen und bloßgestellt und...

Es änderte gar nichts.

Ich war dadurch nicht selbstbewusster. Hatte nicht wie durch Zauberhand vergessen, was passiert war. Ich hatte immer noch schreckliche Brandnarben auf meinem Arm, meiner Brust und meinen Genitalien. Und ich war immer noch der Junge, der seine Mama auf einer rutschigen Straße verloren hatte, weil Oskar damals das Einzige war, das für mich gezählt hatte. Weil ich mit ihm hatte Schlittschuhlaufen wollen. Weil ich das Universum um Eis gebeten hatte.

Ich schaute zu meinen Freunden und meiner Familie und mein Blick blieb an Papas traurigem Geschichtsausdruck hängen. Die Zufriedenheit wich dem Umbehangen. Ich wollte, dass sie verstanden, warum ich das gesagt hatte. Auch wenn es nicht Oskar war, der sich hier wie ein Arschloch benahm.

Meine Augen brannten und die Kirche verschwamm.

Ich senkte meinen Kopf, eilte von der Bühne und ignorierte Papas Rufe. Ich rannte den Gang hinunter nach draußen. Kalte, nasse Luft schlug mir ins Gesicht.

Elena war gefahren und ich hatte kein Auto, also würde ich laufen müssen.

Meine Kehle brannte bei jedem Atemzug und hielt so den Schmerz aufrecht, die Wut, und das Gefühl, im Recht zu sein.

Die Straßen waren in indigoblaue Schatten getränkt und

die Lichter der Straßenlaternen spiegelten sich in den Pfützen, die sich auf dem Gehweg gebildet hatten. An einer roten Ampel starrte ich mein Spiegelbild in einer tiefen Pfütze an —

Ein Auto raste vorbei und spritzte in hohem Bogen Wasser über mich, von Kopf bis Fuß.

Ich zeigte dem Auto den Mittelfinger. Zeigte ihn der ganzen Welt.

Das Wasser bahnte sich seinen Weg durch mein T-Shirt zu meinem Bauchnabel. Kalt und unversöhnlich.

Unversöhnlich. Genau wie ich.

Scheiße.

Ich schlug eine Handfläche gegen den Ampelpfosten und spürte, wie der Schmerz in meinem Arm emporschoss.

Ein Hupen erklang und ich sah, wie ein bekanntes Auto langsam am Straßenrand hielt. Elena beugte sich zur Beifahrertür und öffnete sie. „Einsteigen."

Ich dachte ein paar Sekunden über das Angebot nach, bevor ich einstieg.

Während der Fahrt zu meiner Wohnung redeten wir kaum. An der Ecke Boxhagener Straße / Holteistraße warf sie mir einen scheuen Blick zu, ehe sie fragte: „Wie lange bist du schon in ihn verliebt?"

In Oskar? „Willst du mich verarschen? Bist du blind?" Ich schnallte mich ab. Sobald das Auto langsam genug fuhr, würde ich verdammt noch mal rausspringen. „Warst du nicht im selben Theater wie ich?"

Elena bog ruhig in meine Straße ein. Aus dem Auto sah mein Wohnhaus dunkel und unbewohnt aus. Und ich war *nicht* in Osar verliebt. Was für ein Irrsinn!

Aber ihr war klar, dass ich schwul war, und ich fühlte mich ertappt. Ich konnte kaum noch atmen. Meine Stimme brach. „Das stimmt nicht." Ich öffnete die Tür und Elena bremste sanft.

Ich sprang heraus und schlug die Tür zu. „Ich bin nicht in ihn verliebt."

———

Mein Bett war zu groß und zu kalt, und die Erinnerungen an den Abend zu lebendig. Ich zog mir die Decke über den Kopf und stöhnte in den weichen Stoff.

Ich drehte mich auf den Bauch und dann auf die Seite.

In Gedanken hörte ich wieder und wieder, wie Elenas Autotür ins Schloss fiel.

In Gedanken sah ich wieder und wieder Oskars Gesichtsausdruck als er die Bühne verlassen hatte.

Scheiße.

GRAU

DIE WOCHE VERGING und alles war grau. Das Wetter, die Tage, die Leute und vor allem meine Stimmung. Ich redete mir ein, dass *diese* Nacht nicht zählte. Dass Oskar es verdient hatte. Dass Elena sich nicht hätte einmischen und diese dummen Sachen hätte sagen sollen, die nicht wahr waren.

Im Unterricht warf Ben weiterhin Sebastian, der zwei Reihen vor mir saß, eindeutige Blicke zu. Er war so sehr in diesen Blicken verloren, dass er mich nicht hörte, als ich seine Aufmerksamkeit hatte auf mich lenken wollen. Alles nervte mich. Ich tat mir selbst leid, das wusste ich, aber ich konnte meine eigene Sturheit nicht überwinden.

Während meiner Schichten auf dem Holzhof redete ich kaum mit Papa. Er wusste, wann er mich in Ruhe lassen musste, damit ich etwas verarbeiten konnte. Es nervte mich, dass er mich so gut kannte. Insgeheim wünschte ich mir, dass er mir die Meinung sagen würde, dass ich mich zusammenreißen solle.

Ich führte mich auf wie ein Arschloch, das war mir klar.

Aber ich wusste einfach nicht, wie ich damit aufhören sollte.

Ich hatte Ben vor ein paar Wochen gesagt, dass ich nicht zu

seiner Party kommen würde. Zoe hatte ein wichtiges Basketball-Spiel das ich definitiv nicht verpassen konnte.

Beim Einkaufen schrieb ich ihr eine Nachricht und fragte sie, wo ihr Spiel heute Abend stattfinden würde. Ich hoffte, dass es irgendwo in Berlin mit guter Anbindung an die öffentlichen Verkehrsmittel war. Vor ein paar Wochen hatten die Basket Bears in einer Sporthalle am Rand von Brandenburg gespielt, und ich hatte dreißig Minuten Fußweg vom Bahnhof zur Halle gehabt.

Ich ging gern zu Fuß, aber manche Gegenden waren echt unheimlich.

Mit einem flauen Gefühl im Magen schaute ich zu den Kassen, auf der Suche nach dem Funkeln von Andres Piercings.

„Er ist heute krank", sagte Emilia, während sie ihre Nase mit den Fingern abwischte. „Grippe oder so. Er bleibt wohl die ganze Woche zu Hause."

Ich schnappte mir meine Taschen und schleppte sie in meine Wohnung. Es war okay, dass Andre nicht arbeitete. Es war doch ganz egal, was Oskar damals noch getan hatte.

Mein Handy vibrierte in meiner Tasche und ich stellte meine Einkäufe auf den Küchenboden. Ich hatte zwei Nachrichten. Eine war von Ben, der mich fragte, ob ich nicht doch bei seiner Party vorbeischauen konnte.

Die andere war von Zoe: *Mach dir keinen Stress wegen meinem Spiel diese Woche. Ich will dich nicht dabei haben.*

Ich starrte auf ihre Nachricht und las sie wieder und wieder, bis meine Augen brannten.

Mir rutschte das Herz in die Hose, als ich *Es tut mir leid* zurückschrieb und mich dann durch das Grau auf Bens Party schleppte.

———

Musik dröhnte durch das gut gefüllte Haus. Vom Kücheneingang aus beobachtete ich, wie Ben Bier und Wasserflaschen verteilte und jedem sagte, er solle die leeren Flaschen in die Garage stellen.

Ben, charmant wie immer, bahnte sich seinen Weg mit einem frechen Grinsen im Gesicht und einem Scherz auf den Lippen durch die Menge. Niemand wunderte sich, dass der Typ, der in einer Villa wohnte, plötzlich Pfandflaschen sammelte.

Ich folgte ihm und versuchte, mir von seinem Selbstbewusstsein eine Scheibe abzuschneiden. „Du hast doch jetzt bestimmt schon genug für Weihnachten gesammelt, oder nicht? Du machst das doch schon seit Monaten."

Ben zuckte mit den Schultern und schaute suchend in die Menge. Als er nicht fand, wonach er suchte — und ich war mir zu neunzig Prozent sicher, dass das Sebastian war — seufzte er und gab mir eine neue Flasche Bier.

Das Angebot, mir Mut anzutrinken, nahm ich gerne an, denn Elena war vor zehn Minuten aufgetaucht. Ich hatte mir fest vorgenommen, mich bei ihr zu entschuldigen und um Verzeihung zu bitten – so wie sie es verdient hatte.

Ich nahm einen weiteren, tiefen Schluck und machte mich auf den Weg zu ihr. Kurz bevor ich sie erreichte, schlich sich Thomas an sie heran und verwickelte sie in ein Gespräch. Ich zögerte, aber als Elena mich sah, lächelte ich sie verlegen an und ging dann zu ihr und Thomas hinüber.

Elenas Mundwinkel hoben sich.

„Hey, Marco", sagte Thomas und stieß mit seinem Bier gegen seine mit Sommersprossen übersäte Nase, bevor er einen Schluck nahm. „Ich wollte Elena gerade sagen, dass ich bereit und willig bin."

Ich zog die Augenbrauen hoch. „Bereit und willig für was?"

„Zu Modeln." Thomas wackelte mit seinen buschigen Augenbrauen. „Nackt."

Ich nahm mein Bier in die andere Hand und schaute auf den Flaschenhals. Mein Lachen kratzte tief in meiner Kehle. „Verstehe. Also brauchst du mich nicht mehr für dein Kunstprojekt?"

„Brauchen? Nein. Wollen? Ja. Aber weißt du was, Marco? Es ganz und gar deine Entscheidung."

Thomas verzog das Gesicht, aber als Elena ihn böse anschaute, tat er als wäre nichts und klopfte mit seiner Faust freundschaftlich gegen meine Schulter. Dieser freundschaftliche Klaps tat ganz schön weh. „Elena hat mir erzählt, dass sie deiner Familie dieses Jahr beim Theaterstück aushilft? Sie hat gesagt, es gibt zwei Enden? Ich bin ja total für das tragische Ende —"

Elena schlug ihn auf den Arm und Bier lief ihm über die Hand. „Na schön...", gab Thomas mit einem Funkeln in seinen Augen nach, „...dann eben das Happy End."

„Besser", sagte Elena. Sie hatte offensichtlich die Bedeutung der beiden Enden verstanden.

Ich nahm einen großen Schluck Bier. Der Rausch, den ich dringend brauchte, kam einfach nicht schnell genug.

„Elena...", brachte ich hervor, „...können wir kurz draußen reden?"

Sie nickte und Thomas schaute mich böse an, aber zuckte dann mit den Schultern und machte sich auf die Suche nach einem neuen Bier.

Bevor Elena und ich irgendwo hingehen konnten wo wir unsere Ruhe hatten, sah sie jemanden hinter mir. „Nur einen Moment, Marco." Sie duckte sich an mir vorbei, nach einem Hauch von Vanille duftend. „Jessie, du bist hier!"

Jessie?

Meine Faust verkrampft sich um die Flasche.

„Elena, mein Schatz", sagte Jessie mit einer karamellsüßen Stimme. Ich traute dieser Stimme überhaupt nicht.

„Bist du alleine hier?", fragte Elena. „Oder hast du deinen Typen mitgebracht?"

Mein Atem stockte. Oskar. Sein Typ war Oskar.

„Er konnte heute Abend nicht. Er ist beim Basketball-Spiel seiner kleinen Schwester."

Mir rutschte mal wieder das Herz in die Hose. Natürlich war er bei dem Spiel, bei dem ich hätte sein sollen. Gewesen wäre, wenn ich ihm nicht die Meinung gesagt hätte.

Ich drückte die Flasche gegen meine Stirn.

Dann drehte ich mich um und nickte Elena und Jessie zu. Ich hoffte, dass Jessie mich nicht von dem kurzen Moment auf dem Festival erkennen würde. Aber seine Augen weiteten sich, als er mich sah, und er legte seinen Kopf schief. Sein Mund öffnete sich zu einer Frage. Dafür hatte ich keinen Nerv, also tat ich so, als hätte ich nicht gemerkt, dass er etwas sagen wollte. Ich schob mich durch die Partygäste nach draußen in den Garten.

Ich war dankbar, dass die Luft eisig war, denn so war niemand anders hier draußen. Ich lehnte mich an die Haus-wand und blickte zu den Silhouetten der Bäume. Die Kälte drang durch mein Langarmshirt und ließ meine Schultern taub werden.

Die Geräusche der Party wurden lauter, gefolgt vom Schließen der Hintertür und Schritten auf der Veranda.

„Das war Jessie", sagte Elena sanft. Sie hielt neben mir an, überkreuzte die Beine und lehnte sich an. Sie atmete in der Stille aus.

„Ja, ich habe ihn schonmal getroffen."

„Du magst ihn nicht?"

Ich zuckte mit den Schultern. „Der ‚Typ‘, den er dated, ist Oskar, nur so nebenbei. Scheiß kleine Welt, nicht wahr?"

Elenas Blicke ließen meine Wangen heiß werden. „Oh. *Oh.*"

Ich drehte meinen Kopf zur Seite, kreiste meine Schultern und entspannte mich. Jetzt sauer zu werden würde nicht dabei helfen, dass sie mir glaubte. *Tief einatmen.* „Ich hätte letzte Woche nicht so davonrennen sollen, Elena. Es tut mir leid, dass ich mich wie ein Arschloch benommen habe. Und es tut mir leid, dass ich so lange gebraucht habe, um mich zu entschuldigen." Oskar und sein *lass uns Freunde sein* schoss mir durch den Kopf. Ich schluckte. „Es fällt mir schwer, etwas zu vergessen und darüber hinwegzukommen."

Elena verschränkte ihren Arm mit meinem und drückte sich an mich. „Ist schon okay."

„Nein, das ist es nicht. Du bist meine Freundin und ich habe mich echt mies benommen und —"

„Naja, ja. Danke für deine Entschuldigung, aber ich wollte..." Sie seufzte. „Ich mag dich und ich akzeptiere dich so, wie du bist."

Das Herz schlug mir bis zum Hals. Das war meine Chance, tapfer zu sein und es ihr zu erzählen. *Raus damit.*

„Ich bin nicht in Oskar verliebt. Verdammt, ich mag ihn noch nicht mal." Ich biss mir auf die Zunge, dann versuchte ich es nochmal, mit leiserer Stimme. „Ich meine, ich stehe auf Typen, aber..."

Ihr warmer Arm drückte sich an meinen. Sie lächelte und nickte. „Danke, dass du mir das erzählt hast."

Ich lehnte mich zurück gegen die Hauswand und ein Lachen stieg in mir auf. „Das hat sich gut angefühlt."

„Ich bin immer für dich da, falls du noch mehr loswerden willst." Sie sagte es nicht so als wüsste sie sicher, dass da noch mehr war, aber eine Ahnung hatte sie.

Ein paar Minuten lang sagten wir nichts. Mein Handy vibrierte. Eine Nachricht von Ben, die mich daran erinnerte, dass es noch jemand anderes gab, dem ich es erzählen sollte — wollte. Aber er schien so mit seinem Leben und mit Sebastian beschäftigt. Oder mied ich ihn, weil ich eifersüchtig auf seine Freundlichkeit, seinen Charm und seine Coolness war?

„Wir waren beste Freunde", erzählte ich ihr. „Oskar und ich."

„Es sah schon danach aus, als gäbe es da eine Geschichte."

„Eine alte Geschichte."

„Wenn es eine alte Geschichte ist, warum bist du dann immer noch wütend?"

Ich schnaubte, weil ihre Frage berechtigt war.

„Hör zu, ich weiß nicht, was vorgefallen ist...", sagte sie, „... aber deiner Mama zuliebe, für das Glück deines Papas und für dein eigenes Leben — wäre jetzt nicht ein guter Zeitpunkt, darüber hinwegzukommen?"

Ich drückte mich von der Wand ab, bereit zu widersprechen, aber sie hielt mich am Arm fest.

„Ich sage ja nicht, dass du und Oskar Freunde sein sollt. Aber lass vielleicht einfach die Feindseligkeit weg?"

Elenas Worte trafen mich hart. Und auch Zoe hatte mich nicht bei ihrem Spiel dabeihaben wollen weil ich mich so bescheuert benommen hatte.

Ich wollte nicht immer wieder die gleiche alte Schallplatte der Verletzlichkeit abspielen. Es war an der Zeit, Oskar zu vergeben und meine Unsicherheiten in den Griff zu bekommen.

„Vermutlich hast du recht", sagte ich.

Ein Lächeln breitete sich auf ihrem Gesicht aus. „Ich hab eine Idee. Bei meiner Seehaus-Party... kann ich einen anderen schwulen Kumpel einladen? Ich denke, du würdest ihn mögen."

Ich lachte nervös auf. „Versuchst du jetzt schon, mich zu verkuppeln?"

„Vielleicht?"

Sag ja. Sag verdammt nochmal ja. „Ähm... ja. Das ist eine gute Idee."

———

Ich war schon geraume Zeit zu Hause, aber ich konnte immer noch nicht schlafen. Nachdem ich mich stundenlang hin und her gerollt hatte, nahm ich mein Handy und schaute mir Oskars Facebook-Profil an, was ich normalerweise nur jeden März an seinem Geburtstag tat. Ich schaute mir ein Bild von ihm an auf dem er mit seinen Freunden und seiner Familie feierte und überlegte mir, wie es sich wohl anfühlen würde *Gefällt mir* zu klicken. Mein Zeiger schwebte über dem *Gefällt-mir*-Button und ich stellte mir ein alternatives Universum vor.

Ein Universum, in dem ich mit auf dem Bild war. Ich müsste nicht *Gefällt mir* klicken, denn ich wäre derjenige, mit dem es von Anfang an geteilt worden wäre.

Ich schaute auf sein aktuellstes Bild, das ihn auf dem Festival in seinem Zelt zeigte. Das Licht durch die Zeltwand tauchte das Bild in ein warmes Gelb, und Oskars Lächeln leuchtete.

Oder lag das vielleicht daran, dass Jessie das Bild gemacht hatte?

Ich öffnete den Chat und fragte Oskar, ob wir uns am Montag vor dem Unterricht treffen könnten.

Vielleicht würde mich mein Gewissen jetzt schlafen lassen.

Ich wollte gerade das Handy aus der Hand legen, als es vibrierte. Ich drückte es gegen mein Kinn und überlegte, ob ich mit meiner Antwort bis morgen warten konnte. Verdammt noch mal, auf keinen Fall konnte ich schlafen, solange ich nicht wusste, was er geschrieben hatte.

Ich fahre Zoe zur Schule und dann sofort ins Computerlabor.

Ich sollte erleichtert sein. Ich war ihm entgegengekommen und Oskar hatte mir abgesagt. Ich hatte meinen Teil erledigt.

Also warum zum Teufel schrieb ich dann zurück? Alter... ich musste total fertig sein. Komplett neben der Spur.

Wann würde es dir passen?

Ich warf mein Handy aufs Kissen und schüttelte den Kopf. Als es vibrierte, atmete ich dreimal tief ein, bevor ich nachsah.

Mein letzter Kurs am Montag ist um 16:00 Uhr vorbei. Treffen wir uns danach auf dem Parkplatz der Bibliothek?

Ich schluckte, dann nickte ich und antwortete. *Dann bis Montag.*

———

Ich machte meine Jacke zu, hängte mir meine Tasche über die Schulter und machte mich langsam auf den Weg zum Parkplatz.

Ich war zu früh dran. Oskar würde erst in zehn Minuten hier sein.

Der Starbucks auf der anderen Straßenseite lockte mich an und ich ging hinein, um mir einen großen Cappuccino zu kaufen. Als die Barista mir meinen Kaffee gab, war ich nicht Marco sonder Mar. Anscheinend war der Stift beim Schreiben leer geworden.

Mit dem warmen Kaffee in meinen Händen ging ich wieder zurück zum Parkplatz. Meine Nerven lagen blank, als ich Oskar aus der Bibliothek kommen sah. Er trug einen grünen Hoodie und schlüpfte in eine Lederjacke. In einer Hand hielt er seine mit Büchern vollgestopfte Tasche.

Oskar ging mit leichtfüßigen Schritten die Stufen hinunter, steckte seine Hand in die Hosentasche und zog einen Schlüssel hervor. Sein Auto piepte, als er es aufschloss.

Ich lief über den Parkplatz und schlürfte meinen Kaffee.

Oskar öffnete die Fahrertür und — halt, hatte er unser Treffen vergessen?

„Oskar!", rief ich laut und erschreckte uns beide damit. Er riss seinen Kopf hoch und sah mich an. Ich war nur noch zwei Autos von ihm entfernt.

Er lehnte sich an sein Auto und beobachtete mich. Eine kühle Brise streifte ihn und spielte mit seinen Haaren.

„Ich dachte, wir wollten reden", sagte ich und blieb auf der anderen Seite seines Autos stehen, um es als Puffer zwischen uns zu haben.

„Ich muss Zoe zum Basketballtraining fahren. Habs irgendwie versprochen." Er sprang auf den Fahrersitz und schloss die Tür.

Ich hielt meinen Kaffeebecher fester und der Deckel ging auf. „Achso, okay", murmelte ich und trat einen Schritt zurück.

Ich wollte mich gerade umdrehen, als Oskar sich herüber lehnte und die Beifahrertür öffnete. „Kommst du?"

Ich verlagerte mein Gewicht auf meine Fersen. Unsicherheit machte sich in mir breit, aber dann riss ich mich zusammen und kletterte in das Auto. „Halt mal."

Ich reichte Oskar meinen Kaffee und stellte meine Tasche zwischen meine Beine. Der Gurt drückte auf die Narben, die unsere Freundschaft ruiniert hatten. Ich nahm meinen Kaffee zurück, der Deckel war nun wieder fest drauf.

Der nächste Schluck blubberte in meinen Bauch und ich konnte nicht sprechen.

Oskars Blick war auf die beinahe leere Straße fixiert. Er

fuhr vorsichtig und mir wurde bewusst, dass es das erste Mal war, dass ich mit Oskar mitfuhr.

Normalerweise war ich ein Nervenbündel, wenn ich das erste Mal bei jemandem mitfuhr. Ich beobachtete die Straße mit Adleraugen, auf der Suche nach potentiellen Gefahren. Ich drehte den Becher in meinen Händen, das Papier kratzte unangenehm. Der Tumult in meinem Magen hatte jedoch nichts mit seinem Fahrstil zu tun.

„Wegen unserer letzten Probe", fing ich an und warf Oskar einen Blick zu, als wir gerade an einer roten Ampel zum Stehen kamen. „Ich hätte das nicht sagen sollen. Es tut mir leid."

Oskars waldgrüner Hoodie brachte die grünen Streifen in seinen haselnussbraunen Augen zum Vorschein. „Du entschuldigst dich bei mir?"

„Ja. Es war nicht richtig, wie ich mich verhalten habe."

Er schaute zurück auf die Straße und fuhr sanft wieder an. Seine Daumen rieben am Lenkrad. „Ich habe jedes Wort verdient, das du gesagt hast, Marco. Was ich getan habe — was ich *nicht* getan habe — bereue ich jeden Tag."

Meine Augen fingen an zu brennen und ich starrte in den wolkigen Himmel. Stahlblau. Stählern wie die Nerven, die ich brauchte, um diese Unterhaltung fortführen zu können. „Hör zu... vielleicht hattest du Recht damit, dass wir einen Weg finden könnten, die Vergangenheit hinter uns zu lassen."

Oskar machte ein ersticktes Geräusch und seine Knöchel am Lenkrad wurden weiß. Er hielt seinen Blick strikt auf die Straße gerichtet. „Willst du damit sagen, dass du mich nicht mehr hassen wirst?"

Ich nahm einen großen Schluck Kaffee. Ich wollte ihn nicht mehr hassen. Oskar zu hassen kostete viel zu viel Kraft und es machte mich müde, die ganze verdammte Zeit an ihn zu denken. „Ich werde nicht dein bester Freund sein."

Oskars Lippen verzogen sich zu einem erleichterten Lächeln. „Aber du hasst mich nicht mehr?"

„Ich vergebe dir, aber mehr kann ich im Moment nicht tun." Vor uns sah ich das Schild der nächsten Haltestelle. „Du kannst mich da rauslassen."

„Zoes Training liegt auf dem Weg. Kann ich dich heimfahren?"

Ich rutschte auf meinem Sitz hin und her. „Das dauert zwanzig Minuten", entgegnete ich. „Ich weiß nicht, worüber wir so lange reden sollten."

Oskars sanftes Lachen umhüllte mich geradezu. „Während ich, auf der anderen Seite, nicht mal weiß wo ich anfangen soll."

„Wo du anfangen sollst?"

Er schaute mich an. „Ich habe so viele Fragen, das wird Jahre dauern. Ich will alles wissen, was ich verpasst habe und ich werde mir für den Rest meines Lebens selbst in den Hintern treten, weil es meine Schuld ist, dass ich es nicht erlebt habe."

Die Zärtlichkeit seiner Worte überraschte mich und durchfuhr mich von Kopf bis Fuß. Ich rang mit mir, meinen Gesichtsausdruck möglichst neutral erscheinen zu lassen. Ich war wegen Vergebung hier und nicht wegen Freundschaft. „Es ist nicht viel passiert", sagte ich.

„Als ich gegangen bin", sagte Oskar, „... gab es keinen Ben und keine Elena. Sind sie gute Freunde?"

„Sie haben mich bisher nicht verletzt." Ich verfluchte mich in dem Moment, in dem ich es gesagt hatte. Ich hörte wie kalt, hart und *unverzeihlich* es klang. Oskar fuhr zusammen und ich redete schnell weiter. „Ich meine, verdammt, bist du sicher, dass du mich heimfahren willst?"

„Ja", sagte er ohne zu zögern.

Ich biss mir auf die Lippen. „Ben und Elena sind mir wichtig. Elena ist zuckersüß und Ben ist das personifizierte Glück."

„Gibt es noch jemand anderes in deinem Leben?", fragte

Oskar. „Jemand besonderes? Jemanden, den du so sehr hasst, wie du mich gehasst hast? Einen Ex vielleicht?"

„Versuchst du gerade, etwas über mein Liebesleben zu erfahren?"

„Nein." Oskars Lippen verzogen sich zu einer schmalen Linie. „Ehrlich gesagt, ja."

„Warum?"

Sorge schwang in seiner Stimme mit. „Machst du das öfters? Typen auf einem Festival aufreißen?"

Angespannt antwortete ich: „Warum ist das wichtig?"

Er lehnte sich zurück, die Augen weiterhin auf die Straße gerichtet. „Du hast mich vielleicht all die Jahre gehasst, Marco. Aber ich habe dich nie gehasst. Ich will, dass du glücklich bist. Ich hoffe, dass du dich schützt, das ist alles."

„Ich schütze mich schon, okay?" Zu sehr sogar. Ich unterdrückte ein Seufzen, sank in meinen Sitz zurück und starrte aus dem Fenster.

„Es gibt also niemanden außer Olivia?"

Ich hätte wissen sollen, dass er Olivia aus Mannheim ansprechen würde. „Offensichtlich habe ich Papa nicht die Wahrheit gesagt. Ich habe Panik bekommen und das Erste gesagt, das mir in den Sinn gekommen ist. Wissen deine Eltern, dass du einen Freund hast?"

„Jessie?", fragte Oskar.

Ich zuckte mit den Schultern und schaute weg, als ob es mir egal wäre, aber mein ganzer Körper wartete gespannt auf die Antwort.

„Das war der Grund, warum ich überhaupt nach Mannheim gegangen bin."

„Du bist wegen Jessie gegangen?"

„Nein. Letztes Jahr habe ich Mama und Papa gesagt, dass ich schwul bin."

Er sagte es ruhig. Selbstsicher. Mein Atem geriet ins

Stocken. „Schwul", ich probierte das Wort aus, das ich bisher selbst noch nie laut über mich gesagt hatte.

„Ja, Marco. Ich bin schwul."

Aber du hattest Freundinnen. Du hast nie einem Typen auch nur nachgeschaut. Du wolltest, dass wir an deinem vierzehnten Geburtstag Heteropornos schauten. Du bist bi, nicht wahr? Oder waren es immer Typen gewesen, an die du gedacht hast, als du dir einen runtergeholt hast? Hast du jemals an mich gedacht, bevor du meine Brandwunden gesehen hast? Hunderte von Fragen schossen mir durch den Kopf, aber sie waren zu intim, als dass ich sie fragen konnte.

Oskar fuhr fort: „Mama und Papa wollten es erst nicht wahrhaben. Einer der Gründe, warum ich gegangen bin, war, dass sie Zeit brauchten damit klar zu kommen."

Einer der Gründe? Was waren die anderen? „Und jetzt akzeptieren sie dich?"

„Sie lieben mich. Sie versuchen es."

„Sie versuchen es", wiederholte ich. „Ist das der Grund, warum du zurückgekommen bist?"

„Ja und nein. Ich habe Jessie auf der Party eines Freundes kennengelernt und er studiert in Berlin. Ich wollte eine Ausrede, warum ich wieder zurückgekommen bin." Oskar bog in die Straße von Zoes Schule ein und parkte. Als der Motor aus war, drehte er sich zu mir. „Jessie ist ein netter Typ", sagte er. „Und noch wichtiger: er denkt, ich sei ein netter Typ."

Unsere Blicke trafen sich und ließen mich warm und hibbelig werden. Ich spielte mit meinem leeren Kaffeebecher, als ich weiterredete. Ich wusste nicht, warum ich es sagte, aber ich tat es. „Ich hatte noch nie einen netten Typen oder war jemandes netter Typ."

„Du hattest noch nie einen Freund?", fragte Oskar.

Ich lachte trocken. „Ich hatte noch nie einen Typen, Punkt."

Oskar schaute mein Gesicht an, dann meinen Nacken, meine Schultern, meine Brust — und tiefer. Er runzelte die Stirn und sofort fühlte ich, wie meine Narben zum Leben erwachten.

„Dieser Blick", sagte ich, meine Stimme voller Scham. „Das ist genau der Grund, warum nicht."

Oskar riss seinen Kopf hoch und ich wusste, dass er etwas sagen würde, dass ich jetzt nicht aushalten würde. Zoe kam auf uns zu. Ich öffnete die Autotür und rief nach ihr, während ich mich abschnallte und ausstieg.

Zoe wurde für einen Moment langsamer und schaute, ob Oskar auf dem Fahrersitz saß. Einen Meter von mir entfernt blieb sie stehen. „Was machst du hier?"

„Dir auch ein Hallo", rief Oskar aus dem Auto heraus.

Ich nahm Zoes schweren Rucksack und fragte mich, ob sie einen Kurs in Ziegelsteine legen hatte. „Du kannst vorne sitzen. Ich nehm den Rücksitz."

Sie zögerte, aber setzte sich dann. Ich rutschte auf den Vinylsitz hinten. Meine Hände pressten sich in den Sitz in der Hoffnung, dass die Kälte meine Nerven beruhigen würde. Oskar parkte aus, und nachdem wir zwei Straßen lang geschwiegen hatten, pikste ich Zoe durch die Lehne in den Rücken.

„Ihr habt gewonnen", sagte ich. Nachdem ich von Bens Party heimgekommen war, hatte ich als Erstes die Ergebnisse des Spiels nachgeschaut. Die Basket Bears hatten mit elf Punkten Vorsprung gewonnen.

Zoe summte und schielte dann zu ihrem Bruder. „Streitet ihr zwei immer noch?"

Oskar streckte seine Hand aus und wuschelte über ihren Kopf, bis sie seine Hand wegschob. „Nein, wir vertragen uns wieder, Schwesterherz."

„Hat er sich bei dir entschuldigt, für das, was er gesagt hat?", fragte sie.

Oskar antwortete zärtlich: „Er war nicht der Einzige, der sich entschuldigen musste. Aber ja, das hat er."

Zoe drehte sich im Sitz um und schaute mich prüfend an, abwartend.

„Es tut mir leid, dass ich gemein zu deinem Bruder war", sagte ich. „Ich habe es wirklich vermisst, dein Spiel zu sehen."

„Ich wünschte auch, du wärst da gewesen", sagte sie ernst. Wir starrten einander einen Moment lang an. Eine Woge aus brüderlicher Zuneigung überkam mich, als sie sich durch die Haare strich und mir dann einen Klaps auf die Nase gab. „Sag nichts Dummes mehr zu Oskar, okay? Ich will, dass du alle meine Spiele anschaust."

Das wollte ich auch. Es war seit Jahren unsere Tradition, aber besonders in den letzten fünfzehn Monaten, in denen ihr Bruder nicht da war, hatte sie mich gebraucht.

„Ich verspreche, nichts Dummes mehr zu sagen."

Zoe sah mich misstrauisch an. „Das reicht nicht. Versprich, nett zu sein. Versprich, dich zu kümmern."

Oskar versuchte, sie dazu zu bringen sich wieder umzudrehen. „Das reicht jetzt, Zoe."

Sie gab nicht nach.

Ich bemerkte, wie Oskar mich durch den Rückspiegel beobachtete und die Antwort schoss aus mir heraus. „Ich versprech's."

Der Argwohn in Zoes Blick verflog und sie nickte. „Gut. Du kannst es beweisen, indem du dir am Mittwoch bei der Probe mehr Mühe gibst."

Ich nickte.

Ihre Augen funkelten, als sie hinzufügte: „Und ich will, dass du und Oskar morgen Abend für mich und Steffi kocht."

WALDGRÜN

HASELNUSSBLÄTTER TANZTEN im kühlen Abendwind und trieben mich in Richtung der Haustür der Richters. Ich stand am Gartentor, in meiner Tasche die Zutaten für den Nachtisch und eine Flasche Apfelsaft. Ich hatte mir überlegt, eine Flasche Zweigelt mitzubringen, aber dies würde einen unangenehmen Anflug von Nostalgie auslösen. Aber, um ehrlich zu sein, hatte der komplette Abend das Potential dazu.

Rauch stieg aus dem Kamin und waberte vor dem Dachfenster — Oskars Schlafzimmerfenster, das meinem Schlafzimmerfenster gegenüber lag. Er bahnte sich seinen Weg durch den kleinen Spalt zwischen unseren Häusern, genauso mühelos, wie Oskars Stimme es früher getan hatte, als sie jeden Morgen mein Wecker war.

Ich lief durch das Tor in Richtung des Hauses. Lichter schienen durch die Fenster und ich erkannte Oskars Umrisse dahinter. Er schaute nach draußen und trotz des schnell dunkel werdenden Nachthimmels sah er mich und winkte.

Der Weg zum Haus erweckte eine Mischung aus Vertrautheit und Fremdheit. Es roch stark nach Ruß und vergammelten Äpfeln, aber es roch auch wie ein Zuhause.

Die Tür ging auf und Oskar strahlte mich an. Seine Schürze war von Mehl besprenkelt und seine Jogginghose wehte leicht, als eine Brise an mir vorbeizog. „Igitt, ist das kalt draußen. Komm rein."

Er nahm meine Tasche und bedeutete mir mit einem Nicken seines Kopfes, dass ich eintreten sollte. Er lief bereits in Richtung Küche, während ich meine Jacke auszog und mir überlegte, fünf Minuten nach Beginn des Abendessens wieder zu verschwinden.

Es wäre nicht einmal komplett gelogen; mein Magen hatte verrückt gespielt seit ich Oskars strahlendes Lächeln gesehen hatte.

Ich lief über den Teppichboden ins Wohnzimmer.

Feuer brannte im Kamin. Opa saß auf dem fransigen Leder-sessel und spielte Scrabble.

„Opa?"

Er blinzelte und summte zur Begrüßung.

„Dein Papa ist heute Abend nicht zu Hause", sagte Oskar. „Ich dachte, er könnte uns Gesellschaft leisten."

Oskar lehnte sich gegen das Waschbecken und betrachtete mich. Er verschränkte die Arme und seine Augen schienen schwer. Ich fragte mich, ob er sich vorstellte, wie wir drei gemeinsam Scrabble spielten. Fragte mich, ob er sich an Opa erinnerte, bevor dieser sein kleines Mädchen verloren hatte. Wie viel er geredet hatte. Wie sehr wir über die Geschichten gelacht hatten, die er sich mit den Wörtern, die wir gelegt hatten, ausgedacht hatte.

Ich trat ein und umarmte Opa. Sie mussten schon eine Weile spielen, denn weniger als die Hälfte der Buchstaben waren noch im Sack. Die Wörter OFFEN und VERGEBEN sprangen mir ins Auge. Opa zog eine Augenbraue hoch — er strahlte heute Abend richtig.

Vielleicht hatte er Oskar vermisst.

Ich konnte ENDE legen. „Macht's dir was aus?", fragte ich Oskar. Ich erschrak, als ich ihn hinter mir bemerkte.

„Mach."

Ich legte das Wort und Opa legte sofort FREUND-SCHAFT daran und wartete auf den nächsten Zug von Oskar und mir.

Oskar atmete aus und spielte mit seinen neu gezogenen Buchstaben. Er starrte Opas Wort an und seine Lippen verzogen sich zu einem Lächeln. Er legte FLICKEN.

Opa nickte und winkte uns davon, um in Ruhe über seinen nächsten Zug nachzudenken.

„Wo sind Zoe und Stefanie?", fragte ich Oskar in der Küche.

„Sie sollten jeden Moment da sein." Eine Schürze kam in meine Richtung geflogen und ich fing sie an meiner Brust auf. „Zoe meinte, Schürzen sind Pflicht."

„Ich glaube, das hier gefällt ihr", sagte ich.

Oskar grinste. „Ich denke, da hast du Recht."

Ich fummelte an den Bändeln der Schürze herum. Sie war zu eng geknotet, also musste ich sie über den Kopf ziehen.

Der Knoten blieb an meinem T-Shirt-Kragen hängen. Ich versuchte, daran zu ziehen, aber der Kragen schnitt nur in meinen Hals.

„Eine Sekunde." Oskar stellte sich hinter mich und strich mit seinen warmen Fingern über meinen Hals. „Der Knoten hat sich in dem Etikett verfangen", sagte er und zog mir die Schürze über die Brust. Seine Finger drückten in mein Shirt, als er den Zettel wegzupfte. Ich hoffte, dass er nicht bemerkte, wie ich zitterte.

„Danke. Was kochen wir denn? Ich habe Zutaten für den Nachtisch besorgt — es gibt klebrigen Pflaumenkuchen. Genau genommen habe ich braunen Zucker, Pflaumen und Schoko-lade gekauft. Ich nehme an, ihr habt Mehl und den Rest, aber falls nicht, kann ich auch kurz rübergehen und den Rest bei

Papa holen und" — ich nahm die Tasche, die Oskar auf den Küchentresen gestellt hatte und öffnete sie — „vielleicht sollten wir heute Abend auch unseren Text üben?"

Oskar nahm mir liebevoll die Tasche ab. Seine raue Stimme legte einen Riss in seiner selbstsicheren Fassade frei. „Ich bin auch nervös, Marco. Ich will es nicht wieder vermasseln. Aber den ganzen Abend unseren Text aufzusagen wird uns nicht dabei helfen, über alles hinwegzukommen."

Ich schluckte und nickte. Warum war sein Lächeln nur so zärtlich?

Die Stimmen der Mädels waren eine willkommene Abwechslung. Ich setzte ein breites Grinsen auf, als Zoe in die Küche kam. Sie trug eine enge Jeans und ein kariertes Hemd, das vermutlich Oskar gehörte. Ihre Freundin Stefanie winkte. Jede Menge Armbänder klingelten an ihrem Arm.

„Unsere Köche für den heutigen Abend", sagte Zoe zufrieden. Sie beäugte mich und fügte hinzu: „Marco muss sich beweisen. Ist es nicht so?"

„Ich werde ganz besonderes nett sein", sagte ich und hoffte nichts mehr, als dass sie mir vergeben würde. Ich wollte nie wieder so einen Denkzettel von ihr erhalten. Ich wollte, dass sie wusste, dass sie auf mich zählen konnte.

„Was steht auf der Speisekarte?", fragte Stefanie und stützte ihre Ellbogen auf die Kücheninsel, während Zoe Opa zur Begrüßung umarmte.

Oskar nahm eine Schüssel, die neben dem Herd stand, und rührte den Teig darin. „Crêpes mit Hähnchen und Spinat."

Ich betrachtete ihn misstrauisch. „Du — du kannst kochen?"

Oskar drehte sich zum Ofen und seine Lippen verzogen sich zu einem Lächeln. „Hey, das klingt nicht besonders... *nett*."

„N-E-T-T, Marco", sagte Zoe und legte das Wort auf das Scrabble-Spielbrett.

Ich schüttelte den Kopf und musste auch lächeln. „Dein Bruder hat die *Baked Beans* aus der Dose bei jedem unserer Camping-Trips anbrennen lassen. Ich hab einfach nicht sowas ausgefeiltes wie Crêpes mit Hähnchen und Spinat erwartet, das ist alles."

„In den letzten Jahren hat sich vieles verändert", sagte Zoe.

Oskar deutete auf die Butter und ich reichte sie ihm. Er sagte leise zu mir: „Sie hat Recht, vieles hat sich verändert, aber manche Dinge ändern sich nie. In der Küche tu ich nur so als ob. Ich kann drei Rezepte, und das hier ist schon das Komplizierteste."

„So tun als ob, hmm?"

Er nickte und lehnte sich zu mir herüber. „Erzähl es nicht Zoe. Sie denkt, ich kann alles."

Ich grinste. „Ich schätze mal, ich kann in diesem Fall schweigen. Immerhin geht es mir nur darum, *nett* zu sein."

Hinter uns, und nicht allzu leise, fragte Stefanie Zoe, ob Oskar eine Freundin hätte.

Ich erstarrte, aber Oskar schien von der Unterhaltung hinter uns nichts mitzubekommen.

„Keine Freundin", erzählte Zoe Stefanie, „aber einen Freund..."

Jemand klatschte in die Hände — vermutlich Stefanie. Opa räusperte sich, aber als ich zu ihm schaute, war er bereits wieder damit beschäftigt, ein neues Wort zu legen.

Flüsternd fragte ich Oskar: „Wie lange weiß Zoe es schon?"

Oskar schöpfte etwas Teig in die heiße, fettige Pfanne. „Seit unserer letzten Probe."

Die Erinnerungen an diesen Abend ließen mich rot werden. Ich öffnete den Schrank, in dem immer die Backzutaten waren — und da waren sie immer noch — und holte Mehl, Zucker und Backpulver heraus.

„Hast du dich vor allen geoutet?", fragte ich.

Oskar räusperte sich. „Ja."

Ich fand den Messbecher, wog Pflaumen, Butter und Schokolade ab und warf dann alles in die gelbe Rührschüssel. Ich achtete nicht wirklich darauf, was ich tat, weil ich diesen Nachtisch bereits eine Million Mal gemacht hatte. „Wird es einfacher? Es Leuten zu sagen?"

Oskar wendete den Crêpe und rührte in seinem Spinattopf. Das Hähnchen brutzelte in der anderen Pfanne vor sich hin.

„Bei manchen Leute ist es einfacher, es ihnen zu sagen", sagte Oskar. „Aber bei dir bin ich irgendwie erleichtert, dass du mich mit Jessie erwischt hast."

Alles in mir sträubte sich, als ich mich an den Kuss erinnerte. „Erleichtert?" Zoes Aufmerksamkeit richtete sich auf uns.

„Ich wusste nicht, wie ich es dir sagen sollte. Bei dir war es immer am schwierigsten."

„Bei mir?"

Zoe schlüpfte zwischen uns und schlug uns beiden auf den Rücken. „Na, alles cool hier?"

Ich starrte immer noch Oskar an und wünschte mir, dass er es mir erklärten würde. Wünschte mir, dass Zoe uns nicht unterbrochen hätte.

„Alles nett", erklärte Oskar.

Sie ließ ihre Arme sinken und kicherte. „Du hast ein Riesenstück Pflaume im Gesicht."

Ich fuhr mir mit meinem Handrücken übers Gesicht, bemerkte aber nichts.

Sie hob ihre Hand, um die Pflaume wegzuwischen, zögerte dann und schaute Oskar an. „Darf ich?", fragte er.

„Warum zum Teufel auch nicht?", fragte ich.

Zoe ließ ihren Arm fallen und Oskar wischte mir übers Gesicht, sein Blick blieb an der Stelle unter meinem linken Auge kleben. Ich rieb unter meinem Auge herum, um die nervige Frucht endlich loszuwerden.

Ich schüttete meinen Pflaumenteig in eine Backform und reichte sie Zoe. „Stellst du das bitte in den Ofen?"

Sie zog nur die Augenbrauen hoch und ging wieder zu Stefanie, die gerade jemandem eine Nachricht schrieb. Ich starrte auf den vorgeheizten Ofen und auf Oskar, der davor stand. „Kannst du das reinstellen?", fragte ich ihn.

Er schob die Backform in den Ofen und widmete sich wieder dem Spinatumrühren.

Stefanies Handy klingelte schrill. Im selben Moment rutschte Oskar der Holzlöffel aus der Hand. Er griff danach und Spinat spritzte auf sein Gesicht und seinen Nacken.

Er blinzelte überrascht. Ich konnte nicht anders als zu lachen. Ich nahm die Küchenrolle und reichte sie ihm.

„Siehst du? Ich kann immer noch nichts in der Küche. Scheiße, ich hab überall Spinat."

„Grün ist deine Farbe."

Ich erstarrte, als mir klar wurde, was ich gerade gesagt hatte. Oskars Gesichtsausdruck nach zu urteilen, war er von dem beiläufigen Kompliment genauso überrascht wie ich.

„Meine Farbe?"

Physisch zumindest. Seine andere Farbe war noch unklar. Es war nicht mehr Rost. Vielleicht momentan grau, während wir das neue „wir" fanden.

Ich drehte mich weg von Oskars breiter werdendem Grinsen und schnappte mir ein Stück Küchenrolle, um die Reste meines klebrigen Pflaumenkuchens wegzuwischen. Mein Handy vibrierte mit einer Nachricht von Elena. *Mission „Marco verkuppeln" ist in vollem Gange. Hast du für Samstag schon eine Mitfahrgelegenheit zum See?*

Die hatte ich. Ben würde mich fahren.

Ich ließ mir dem Antworten Zeit und schielte über mein

Handy hinweg zu Oskar. Er ging zu Opa und legte ein weiteres Wort auf das Scrabblebrett. Opa grunzte und legte sofort noch ein anderes Wort.

„Du bist ein cleverer alter Mann", sagte Oskar amüsiert. „Lass uns eine Pause machen und etwas essen." Er deutete auf den gepolsterten Stuhl am Ende des Tisches. „Setzt euch, Leute."

Stühle kratzten über den Boden, als Zoe und Stefanie sich nebeneinander an den Tisch setzten. Ich ging langsam hinüber, unsicher, wo ich mich hinsetzten sollte. Die offensichtliche Wahl wäre gegenüber von den Mädchen, neben Oskar, der gerade seine Crêpe-Kreation auf dem Tisch platzierte.

Er zog den Stuhl gegenüber von Stefanie hervor und bemerkte mein Zögern. „Chill mal. Ich habe nur vor, die *Crêpes* zu beißen, Marco."

Opa räusperte sich und Zoe lachte, während sie sich eine Gabel voller Hähnchen in den Mund steckte. „Oh mein Gott, das ist so gut."

Stefanie nickte zustimmend. Ich spielte an meinem Handy herum.

Lange Finger rissen mir das Handy aus der Hand und ich starrte Oskar an, der seinen Kopf schüttelte. „Keine Handys am Tisch, Brandt." Die Betonung meines Nachnamens klang verspielt. Ich zeigte ihm freundschaftlich den Mittelfinger und er — und die Mädchen — lachten. Opa jedoch zog eine Augenbraue hoch, was sich für mich wie ein Schimpfen anfühlte.

Oskar hob seine Hüfte vom Stuhl und schob mein Handy in seine Hintertasche. Schnell konzentrierte ich mich auf etwas anderes. „Wann ist dein Spiel am Freitag?", fragte ich Zoe.

Sie ratterte ein Datum und eine Zeit herunter und fragte Stefanie, was sie danach vorhatte. Hoffentlich gab es danach unsere Pizza.

„Wir sollten nach dem Spiel bei mir chillen", sagte Stefanie.

„Nur, wenn dein Freund nicht kommt", entgegnete Zoe, „... ich will nicht das dritte Rad sein."

„Ich könnte fragen, ob er Kevin mitbringt?"

Zoes böses Gesicht verriet, was sie von Kevin hielt, was mich wiederum begeisterte. Wenn ich daran dachte, dass Zoe sich mit einem Typen traf, erwachte mein Beschützerinstinkt. Oskars zusammengekniffenen Augen nach zu urteilen, ging es ihm genauso.

„Du bist also schwul, hm?", fragte Stefanie ganz unverblümt.

Oskar kaute fertig, während ich mir noch eine volle Gabel in den Mund schob. Das Hähnchen, der Spinat und der Käse schmeckten himmlisch.

„Ja. Schwul."

Stefanie spielte mit ihren Armbändern und warf mir einen Blick zu. „Du stehst also auf ne Mischung aus zierlich und muskulös?"

Ich verschluckte mich an meinem zweiten Bissen Crêpes und Oskar schlug mir ein paar Mal auf den Rücken. Scheiße, sie dachte, Oskar und ich wären ein Paar.

„Ich stehe auf nette Typen", sagte Oskar.

Zoes Wangen waren feuerrot und ihr Blick sprang von ihrem Bruder, zu mir, zu Opa. Sie wollte diese Unterhaltung genauso sehr unterbrechen wie ich.

Wir öffneten beide unseren Mund, aber Stefanie war schneller.

„Ihr zwei solltet euch sowas von küssen. Das ist mega heiß."

„Nein", schrie ich und Oskar sagte gleichzeitig: „Ich habe einen Freund."

Stefanie runzelte die Stirn. „Ich dachte Marco ist dein Freund?"

Zoe lachte angespannt. „Also wird Kevin am Freitag kommen?"

Stefanie wechselte problemlos das Thema, ahnungslos wie angespannt ihr beiläufiges Aushören uns hinterlassen hatte. Ich nahm ein paar weitere Bissen und stand dann auf. „Ich muss aufs Klo", murmelte ich und lief in Richtung Flur.

Zoe rief mir nach: „Benutz das Obere, das Untere ist kaputt."

Oben erleichterte ich mich und spritzte mir etwas Wasser ins Gesicht. Ich starrte mich im Spiegel an. Ein zierlicher Muskelmann war ich also laut Stefanie... Ich trocknete meine Hände ab und ging wieder nach unten.

Am Ende des oberen Flurs wurde ich langsamer. Oskars Schlafzimmertür war offen und neugierig wie ich war, wollte ich hineinschauen und sehen, was sich verändert hatte.

Die Vertrautheit des Zimmers traf mich wie ein Blitz, und ich konnte nicht anders als einzutreten.

Meine Füße rutschten über den glatten Holzboden. Schreibtisch, Schrank und Regale hatten sich nicht verändert. Sein Doppelbass stand immer noch in der Ecke und wertvollere Instrumente lagen im Regal dahinter. Nur das Bett hatte sich verändert. Es war ein Doppelbett mit Laken, die zur Wand und den Vorhängen passten. Ein Muster aus blau und silber.

Ich sollte wirklich gehen.

Doch stattdessen trat ich ans Fenster. Ein leichter Nebel hing zwischen Oskars und meinem alten Schlafzimmer. Ich konnte mich als Vierzehnjähriger sehen, wie ich das Fenster öffnete und auf den Sims kletterte, um mitten in der Nacht mit Oskar zu reden.

Ich ließ meine Finger über das glatte, glänzende Holz von Oskars Doppelbass wandern. An seinem Schreibtisch hielt ich inne. Sein grüner Hoodie war von der Rückenlehne des Stuhls gerutscht und auf den Boden gefallen. Ich hob ihn auf. Er war weich und roch nach Oskar - Nadelholz mit einem Hauch von Zitrone.

Ich atmete tief ein, bevor mir bewusst wurde, was ich da tat. Ich legte den Hoodie wieder über den Stuhl und machte einen Schritt zurück. Es war Zeit, zu gehen.

Dann sah ich es. Ein gerahmtes Bild auf dem Regal neben seinem Bett. Es war dasselbe wie in meinem magentafarbenen Fotoalbum, das Papa mir zu meinem achtzehnten Geburtstag geschenkt hatte.

Ich nahm das Bild, der Rahmen war schwer und kalt.

Der schimmernde See im Hintergrund, davor Oskar und ich, wie wir Weinflaschen mit unseren Geheimnissen in den Händen hielten. Wir hatten uns für das Bild Wange an Wange gedrückt. Wollmützen bedeckten unsere Ohren und waren bis tief in die Stirn gezogen. Unsere Lippen waren größtenteils von einem Schal bedeckt, aber unsere Augen strahlten, und unsere Nasen waren von der Frühlingsluft gerötet.

Ich schloss meine Augen und fühlte, wie wieder die Schmetterlinge in meinem Bauch erwachten die mich an jenem Tag zum Strahlen gebracht hatten.

Die Bretter hinter mir quietschten und ich riss die Augen auf. Oskar stand in der Tür und schaute mich an. Panik überkam mich und ich ließ das Bild fallen.

Es krachte auf den Boden und zerbrach.

Ich sank zu Boden und hob die Scherben des kaputten Rahmens auf. Ich konnte Oskar nicht anschauen. Scheiße, ich hätte nie in sein Zimmer gehen sollen.

„Es tut mir leid. Es ist dein Zimmer. Deine Privatsphäre. Ich hätte nie... es tut mir leid. Scheiße."

Oskar kniete sich neben mich und legte mir seine warme, starke Hand aufs Knie. „Es ist okay, Marco."

Seine Berührung, sein sanftes Lächeln und sein verständnisvoller Ton. Das war alles zu viel für mich. Ich ließ das Glas fallen, das ich gesammelt hatte, und stand auf. „Ich muss los."

„Beruhig dich", sagte Oskar, aber ich war bereits halb durch das Zimmer geschritten. Ich hätte nie in sein scheiß Zimmer gehen sollen. „Wie sieht's mit Nachtisch aus?", versuchte Oskar mich abzulenken. „Opa und Zoe hätten gerne, dass du noch bleibst."

An der Tür zögerte ich. Dieser ganze Abend hatte Zoe zeigen sollen, dass ich mich ändern konnte. Aber wie konnte ich bleiben? Wie konnte ich Oskar in die Augen schauen, nachdem ich in sein Zimmer geschlichen war, an seinem Hoodie gerochen und sein Bild kaputt gemacht hatte? „Bitte...", sagte ich, „... ich kann nicht."

Ich verkrampfte noch mehr, als Oskar auf mich zukam.

„Ich werde ihnen sagen, dass etwas Wichtiges dazwischen gekommen ist", sagte Oskar und reichte mir mein Handy. „Nimm das wenigstens mit."

Ich ergriff es. „Ich... es tut mir leid. Ich... danke."

Dann tat ich, was ich am besten konnte. Ich rannte weg und versteckte mich in meiner Wohnung.

———

Papa fuhr mich zur Probe. Er lächelte vor sich hin und ich hatte das Gefühl, dass er seit Jahren nicht so glücklich gewesen war. „Wird heute Abend bestimmt lustig mit den Richters werden."

Oh, die Party.

„Es ist gut, Oskar wieder hier zu haben. Opa ist viel glücklicher, wo Oskar jetzt jeden Tag Zeit mit ihm verbringt."

„Ist das so?" Natürlich hatte ich bemerkt, dass er Zeit mit Opa verbrachte, während wir kochten, aber... so oft? „Was machen sie denn?"

„Rumhängen. Spiele spielen. Spazieren gehen. Oskar nimmt Opa mit zu sich und sie üben Klavier."

„Das ist..." *Unerwartet.* „...schön für Opa."

„Er mag seine Gesellschaft."

„War es schwer für ihn, als ich ausgezogen bin?"

Papa schaute mich an. „Wir sind beide froh, dass du dein eigenes Reich hast. Es ist toll, dass du dir für uns alte Leute so viel Zeit nimmst."

„So alt bist du nicht."

Papa lachte. „Stimmt."

Wir fuhren weiter in Richtung Vorstadt. Auf halber Strecke zur Probe sah ich ein Plakat von einem Musiker, der wie ein Doppelgänger von Jessie aussah.

„Oskar hat einen Freund", sagte ich und wünschte mir sofort, dass ich es nicht getan hätte.

„Das habe ich gehört." Papas Mund verzog sich zu einer schmalen Linie. Was bedeutete das?

„Hast du geahnt, dass er schwul ist?"

„Ich habe nie darüber nachgedacht. Es war aber sehr schwierig für die Richters."

„Was meinst du damit?"

„Kein Elternteil wünscht sich, dass sein Kind so wird."

So. Meine Finger umkrallten den Türgriff. „Hättest du etwa ihn rausgeworfen?"

„Was? Nein. Oskar ist ein guter Junge. Ich mag ihn. Wünsche mir das Beste für ihn. Ich meine ja nur, dass es für die Richters nicht einfach gewesen ist. Sigrid hat viele Freunde verloren, als sie es herausfanden. Viele wollen nicht mehr mit ihr tratschen. Warum, glaubst du, ist sie sooft wie möglich bei uns?"

„Du sorgst dich um Sigrid?", fragte ich gereizt.

Papa zog die Augenbrauen hoch. „Ich versuche, mich in ihre Lage zu versetzen. Wir geben alle unser Bestes und sind nett zu Oskar. Um ehrlich zu sein, du warst der Einzige, der nicht nett zu ihm war."

In der Kirche begrüßte Papa fröhlich die Richters, und mein Magen zog sich zusammen.

Oskar stand am Rand der Bühne und telefonierte mit jemandem — Jessie? — und Elena und Zoe unterhielten sich im Hinterzimmer bei einer Tasse Tee.

Als sie mich sahen, hörten sie auf zu reden. Ich zog misstrauisch eine Augenbraue nach oben.

Elena zog ein Shirt, Gürtel und Schuhe aus einer großen, karierten Tasche. Zoe lehnte sich mit überkreuzten Beinen an die Wand und schlürfte ihren Tee. „Wir haben nur über dich geredet", sagte sie.

„Nicht dein Ernst."

„Ich habe Elena erzählt, wie gut dein klebriger Pflaumenkuchen war und wie viel besser er gewesen wäre, wenn du ihn mit uns zusammen gegessen hättest."

Also gleich zur Sache. „Es tut mir leid. Es ist etwas... dazwischengekommen."

„Etwas", grübelte sie.

Elena zuckte mit den Schultern. „Ich lass euch beide alleine reden." Sie warf mir das Shirt, den Gürtel und einen dreieckigen Hut zu. Ich fing alles auf. „Zieh das heute für die Probe an. Und sag mir hinterher, ob du dich gut darin bewegen konntest. Der Säbel liegt auf dem Sofa."

Dann verschwand sie und Zoe und ich waren allein. Sie war echt angsteinflößend für eine Sechzehnjährige.

„Du bist wegen Steffi gegangen, stimmt's?" Das hatte ich nicht erwartet. Bevor ich antworten konnte, fuhr sie fort: „Ist mir schon klar, dass es nicht leicht war, ihr zuzuhören. Vor allem weil..." Ihre Stimme wurde zu einem Flüstern. „...weil du auch schwul bist, stimmt's?"

„Wa — was?", stammelte ich.

„Ich werde nichts sagen."

„Aber... Ich meine... Hat Elena..."

„Nein! Niemand hat was gesagt."

„Woher weißt du es dann?"

Ihre Lippen verzogen sich zu einem traurigen Lächeln. „Wie du meinen Bruder anschaust."

„Ich schaue deinen Bruder nicht an!"

„Jetzt ergibt alles Sinn. Warum du ihn so sehr hasst." Sie starrte in ihre Tasse und murmelte: „Es hat mich auch verletzt, als er gegangen ist."

„Zoe, ich —"

„Muss schlimm für dich sein, dass er jetzt mit einem Freund zurückgekommen ist."

„Du hast das ganz falsch verstanden. Ich bin nicht verletzt, weil er gegangen ist. Und es ist mir definitiv egal, dass er einen Freund hat."

Sie legte ihren Kopf schief und betrachtete mich, dann stieß sie sich von der Wand ab. „Mhm."

„Zoe!", rief ich ihr genervt nach.

Sie ging weiter in Richtung Bühne und rief mir über ihre Schulter zu: „Auf der Bühne musst du besser spielen."

———

Obwohl ich noch wegen Zoes letztem Spruch sauer war, ging ich in das kleine Badezimmer und zog die Klamotten an, die mir Elena gegeben hatte. Als ich auf die Bühne kam, sah ich tatsächlich wie ein schneidiger Pirat aus – nur dass ich nur Socken an den Füßen hatte.

Während der nächsten Stunde gab ich mein Bestes, um Papas Anweisungen kommentarlos zu folgen und nichts zu vermasseln.

Ich war froh, dass ich mich hinter den Textzeilen verstecken konnte. Es war einfacher, so zu tun, als wäre ich der selbstbewusste Casper und nicht der unsichere Marco. Aber wenn ich daran denken musste, wie es sich angefühlt hatte, in Oskars Zimmer zu sein, lief ich rot an.

Nach der Probe würde ich mir einen Ball schnappen und ein paar Körbe werfen gehen.

Wir spielten die Szene ein zweites Mal.

Auf der anderen Seite der Bühne stand Oskar — Devin — unter dem Schild, wo *Der blutige Plünderer* stehen würde. In dieser Szene hatten wir uns gerade aus einem schrecklichen Sturm auf eine kleine Insel gerettet. Caspers Schiff, *Die verdammte Verdammung*, hatte einige Schäden erlitten, aber Casper interessierte sich nur für den Schatz, der im Inneren der Höhle auf ihn wartete: das „Herz der Juwelen".

Devin zog ein (Plastik-)Messer heraus und tat so, als würde er es werfen. Ich warf meinen Kopf zurück, um den Eindruck zu erwecken, als hätte das Messer meinen dreieckigen Hut getroffen und ihn mir vom Kopf gerissen.

Ich bewegte mich auf Devin zu und zog meinen Säbel aus der Scheide.

Er sprang elegant von einem Stuhl — der irgendwann ein Schiff sein würde — und zog seinen eigenen Säbel.

„So treffen wir uns wieder", sagte Devin grinsend.

„Zum letzten Mal."

„Vergib mir, wenn ich das nicht glaube."

Wir umkreisten einander, täuschten Angriffe vor, wieder und wieder. Unsere Säbel kreuzten sich. Auf ein Zeichen hin begannen neben der Bühne Dieter und Sigrid ihre Violinen zu spielen.

Mit schnellen, starken Bewegungen presste ich Devin gegen die Felsrequisiten, bis sich unsere Klingen erneut kreuzten und wir nur Millimeter voneinander entfernt waren.

„Ich bin mir ziemlich sicher, dass im Skript steht, dass ich dich gegen die Steine pressen soll", flüsterte Oskar.

„Gar nicht so einfach, nicht wahr?" Meine Lippen deuteten

ein Lächeln an. „Ich war schon immer besser im Schwertkampf."

Oskars Augen funkelten angesichts der Herausforderung. „Na warte, du..."

Mit einem Mal drückte mich Oskar von sich und attackierte mich mit seinem Säbel. Ich schaffte es, zu parieren, mich zu ducken und ihn zu blocken —

Oskar griff wieder an, preschte nach vorne, ging in die Offensive und manövrierte mich zu den Felsen.

Ich erhaschte einen Blick auf unser gespanntes Publikum. Zoe und Elena grinsten beide. Aber was zum Teufel? Wann war Jessie aufgetaucht?

Ich verlor meine Balance und Oskar erwischte mich mit seiner Klinge. Er fuhr damit über meine Brust, direkt wo meine Narben waren. Seine Augen hielten meinem Blick stand.

Seine nächste Zeile war: „Na du bist mir ein schöner Piratenprinz, Casper". Stattdessen sagte er leise: „Als du mir vor Zoes Schule gesagt hast, dass du noch nie einen Freund hattest und ich dich angeschaut habe..."

Ich biss mir auf die Zunge und drückte mich gegen den Säbel. Doch Oskar rührte sich nicht.

„...da hast du mich falsch verstanden." Dann sagte er seinen Satz, laut, und er hallte durch die ganze Kirche: „Na du bist mir ein schöner Piratenprinz, Casper."

Ich erzitterte und vergaß meine nächste Zeile.

Papa flüstere sie mir zu und ich schluckte schwer, als ich wiederholte: „Das war noch gar nichts."

„Mitleid habe ich keins", flüsterte Oskar und schaute dann weg.

„Brilliant!", rief Papa. „Lasst uns für heute Abend zusammenpacken. Kommt her, kommt her."

Oskar und ich zogen gleichzeitig unsere Augenbrauen hoch und setzten uns an den Bühnenrand. Jeder kam näher, außer

Jessie, der in einer Kirchenbank stand und sich auf die Unterlippe biss.

Oskar rutschte von der Bühne und ging zu ihm hinüber. Ich wandte mich Elena zu, die mich fragte, wie sich das Kostüm angefühlt hatte. „Ich konnte mich gut bewegen", versicherte ich ihr.

„Nächstes Mal bekommst du auch Stiefel."

Papa räusperte sich. „Es ist toll, zu sehen, wie die Geschichte zum Leben erweckt wird."

Ich sah, dass Jessie Oskar böse anschaute. Sein Blick ging von Oskar zu mir. Unsere Blicke trafen sich und ich senkte meinen. Als ich wieder aufsah, schleppte Jessie Oskar nach draußen.

„Anna wäre begeistert." Bei Mamas Namen richtete ich meine Aufmerksamkeit wieder auf Papa. Seine Augen funkelten und ein Lächeln lag auf seinen Lippen.

„Danke für die harte Arbeit und denkt daran, dass es nie zu früh ist, Nachbarn, Kollegen und Freunde einzuladen. Diese Kirche will gefüllt werden! Und jetzt lasst uns was trinken. Es geht auf mich."

―――――

Zusammen verließen wir die Kirche.

Kühle Luft strömte in meine Lunge und hielt ich nach Oskar und Jessie Ausschau. Ich ging zu Elenas Auto und sah dann, wie sie auf der anderen Straßenseite rummachten, im Licht der Straßenlaternen gebadet.

Ich stolperte und hielt mich an Zoe fest, die überrascht aufschrie.

Ich entschuldigte mich geistesabwesend und beobachtete immer noch Oskar, der sich von einem tiefen Kuss zurückzog und dann einen sanfteren auf Jessies Mundwinkel drückte.

Oskars Mund verzog sich zu einem Lächeln, so als wäre Jessie der tollste Typ, den er je getroffen hatte.

Ich blinzelte schwer. Die Kälte der Nacht drang durch meine Klamotten.

Zoe sagte mir, ich solle einsteigen, aber es dauerte einen Moment, bis ich mich wieder bewegen konnte. Ich wollte das auch. Ich wollte jemanden fest an mich drücken und ihn so küssen, als bedeutete er mir alles auf der Welt.

Mit einem Seufzer schleppte ich mich in das laufende Auto. Ich hatte ein neues Ziel vor Augen: Mission „Marco verkuppeln".

GOLD

DER BASKETBALL PRALLTE gegen den nassen Asphalt, auf dem stur ein gelbes Blatt klebte. Ich biss meine Zähne zusammen und versenkte dann den Ball zum dritten Mal im Korb. Ich sollte zu Hause sein und meine Sachen für Elenas See-Party packen, aber auch nach einem halben Tag Arbeit auf dem Holzhof war ich meinen Frust immer noch nicht losgeworden.

Bei Zoes Spiel gestern Abend hatte Oskar eine kleine Bombe platzen lassen: Er würde mit Jessie an den See kommen.

Ich dribbelte den Ball und warf erneut.

Die Seitentür öffnete sich quietschend und Zoe kam in Jogginghose und Sportjacke auf mich zu.

Sie leuchtet rot, als sie auf den Ball zu sprintete und ihn mir abnahm. Sie dribbelte einige Male, bevor sie nach oben sprang und den Ball im Korb versenkte.

Noch während des Dunkings schimpfte sie darüber, wie dumm und blind der Schiedsrichter gewesen war und dass eigentlich sie das Spiel gewonnen hätten.

Ich holte den Ball aus dem Efeu heraus, der unsere Häuser

voneinander trennte. „Was denkst du, was du aus dem Spiel lernen kannst?" Ich warf ihr den Ball zu.

„Was meinst du? Ich war der Wahnsinn, bis sie eine neue Verteidigerin eingewechselt haben."

Sie traf erneut.

„Du bist eine gute Spielerin, Zoe. Motiviert und talentiert. Aber —"

„Aber?"

Ich warf ihr einen brüderlichen Blick zu. Ihr Zorn verschwand und sie presste den Ball an ihre Brust.

„Auf dem Platz wirst du manchmal zu emotional", sagte ich sanft. „In den letzten zehn Minuten des Spiels hast du deinen Kopf ausgeschaltet."

Ihre Lippen verzogen sich zu einer schmalen Linie, während sie über meine Kritik nachdachte. Sie hob den Ball hoch, ließ ihn über ihre Arme rollen und warf ihn in einem eleganten Bogen in den Korb.

„Netter Wurf", sagte Papa im Vorbeigehen. Er schleppte dicke Bretter zu der Hütte, in der er Teile des Bühnenbilds lagerte.

„Danke, Joshua!", sagte Zoe. „Hat Mama mit dir über das Ding geredet?"

„Ding?", fragte ich. „Was für ein Ding?"

Papa kam nickend von der Hütte zurück. „Hat sich nach einer guten Idee angehört."

„Was für eine Idee?"

Papa grinste mich an, aber ich spürte, dass er unsicher war. „Die Richters veranstalten ein Abendessen für alle, die dieses Jahr beim Theaterstück dabei sind."

Er schlich sich an Zoe heran und stahl ihr den Ball aus den Händen. Er prellte ihn zweimal und lächelte, als er ihn im Korb versenkte. „Ich hab's immer noch drauf."

Zoe strahlte. Die Art und Weise wie sie mich anstarrte ließ mich vermuten, dass es nicht an Papas Treffer lag.

„Was?", fragte ich.

„Du kommst doch, oder? Jetzt hast du mich endlich mal zu Hause besucht und ich will nicht, dass du gleich wieder damit aufhörst..."

Papa konnte seine Überraschung nicht verbergen. „Du warst bei den Richters?"

„Das war keine große Sache."

„Also kommst du zum Essen", erklärte Zoe zufrieden und grinste. Dieses listige Früchtchen hatte mich genau da, wo sie wollte.

„Ich werde da sein."

Papa warf Zoe den Ball zu, und sofort war er wieder im Korb.

„Es ist erst in ein paar Wochen", sagte Papa. „Ist das nicht genug Zeit, um deine Freundin einzuladen?"

Zoes Ball traf den Ring und prallte in meine Richtung ab. „Freundin?"

Ich spielte mit dem Ball in meinen Händen. „Ich werde fragen, aber Olivia ist sehr beschäftigt."

„Es wäre schön, sie kennenzulernen. Aber ich bin geduldig." Papa machte sich auf den Weg in Richtung Haus. „Und wie. Opa und ich sind übrigens den ganzen Tag unterwegs. Viel Spaß bei Elena."

„Okay. Tschüss, Papa."

Als Papa außer Hörweite war, schüttelte Zoe den Kopf. „Olivia?"

„Halt die Klappe. Ich habe nach dem Festival Panik bekommen und sie mir ausgedacht. Hör auf, mich so anzuschauen. Es ist mir einfach rausgerutscht, okay?"

„Du meinst, du hast deinen Kopf ausgeschaltet?"

Touché.

„Wirst du ihm die Wahrheit sagen?"

Ich prellte den Ball ein-, zwei-, dreimal.

„Also wenn du soweit bist, meine ich." Sie klaute mir den Ball und bewegte sich nach hinten. „Komm schon, Marco. Lass uns richtiges Basketball spielen."

Ich griff sie an. Sie traf beinahe, aber ich fing den Rebound, dribbelte zurück zur Linie und machte mich bereit. Zoe klebte regelrecht an mir und es war schwierig, sie loszuwerden. Ich setzte zum Wurf an und versenkte den Ball.

„Nimm das."

„Du gibst damit an? Echt jetzt?" Ihre Augen funkelten. Der Frust des letzten Spiels war wohl endgültig verflogen. „Du hast nur ganz knapp gegen ein sechzehnjähriges Mädchen gewonnen."

„Und wie ich damit angebe. Ich bin verdammt stolz darauf. Du bist tausendmal besser als ich es jemals sein werde, Zoe."

Sie hörte auf zu lachen und starrte den Korb an. „Wirklich?"

Ich lief mit dem Ball zu ihr hinüber und presste ihn ihr auf die Brust, sodass sie gezwungen war, ihn zu nehmen und mich anzuschauen. „Du musst mehr an dich glauben", sagte ich. „Du bist eine der Besten. Komplett gold."

„Ich habe unser Spiel letzte Nacht verloren. Zu emotional, erinnerst du dich?"

„Das ist etwas, was du lernen kannst. Und dann wird jeder sehen, was ich sehe."

Zoe ließ den Ball fallen und schlang ihre Arme um meine Hüften. Ihr Kopf berührte meine Nase und ich drückte einen Kuss auf ihre Haare.

Etwas Verschwommenes bewegte sich vor dem Zaun, aber als ich hinsah war es nur Efeu, der im Wind tanzte.

„Danke, dass du da warst, als er weg war", flüsterte sie.

„Jetzt ist er zurück", versicherte ich.

„Ich bin auch echt froh darüber."

Und obwohl ich das Kribbeln in meinem Bauch zu unterdrücken versuchte, verlor ich am Ende doch. Ich flüsterte: „Das bin ich auch."

———

Elena zeigte uns das Zimmer, in dem ich und Ben schlafen würden.

Das ganze Haus am See war im Blockhütten-Stil eingerichtet, und dieses Zimmer war keine Ausnahme. Ein Doppelstockbett stand an der tapezierten Wand. Gegenüber davon war ein Doppelbett mit Blumenbettlaken, auf dem schon Taschen lagen.

Staub tanzte im Licht der Nachmittagssonne, die durch das Fenster schien, und brachte Ben zum Niesen. „Ich nehm das untere Bett!"

Er drängte sich an mir vorbei und roch immer noch nach dem Kaffee, den er vorher über sich geschüttet hatte.

Ich griff nach meiner Umhängetasche und starrte die Taschen auf dem Ende des anderen Betts an — genaugenommen starrte ich den dunkelgrünen Hoodie an, der auf der Ledertasche lag. „Mit wem genau teilen wir uns das Zimmer?", fragte ich, während Ben sein Zeug auf dem unteren Bett verteilte.

Elena lehnte sich an den Türrahmen und verschränkte ihre Arme über ihrer leicht durchsichtigen Bluse. „Ihr Zwei teilt euch ein Zimmer mit Jessie und Oskar."

Elena war klar, was das bedeutete. Herausfordernd zog sie ihre Augenbrauen hoch und ich schüttelte meinen Kopf. Unter keinerlei Umständen würde ich in diesem Zimmer schlafen.

„Die Mädels schlafen im Zimmer nebenan", sagte sie. „Thomas und ich teilen uns den Dachboden."

Es war ihre Art zu sagen, dass es keine andere Wahl gab. Oder war da noch etwas anderes?

„Es gab eine Ausziehcouch...", sagte sie, „...aber die ist kaputt."

„Alter", unterbrach uns Ben und zog sein schmutziges T-Shirt vor dem Fenster aus, ohne dass es ihn interessierte, wer ihn sah. „Lass uns den See auschecken."

„Es gibt einen schönen Spazierweg durch den Wald", sagte Elena zu Ben und schaute mich an. „Er führt an einer kleinen Steinhütte vorbei, in der Elliot schläft."

„Wer ist Elliot?", fragte Ben.

Sie zwinkerte mir zu. „Ein heißer Australier, den ich eingeladen habe. Ich bin mir sicher, dass du ihn mögen wirst."

Ich schüttelte wieder meinen Kopf, aber meine Lippen verzogen sich zu einem Lächeln. Also war dieses ganze Schlafzimmerarrangement Teil von Mission „Marco verkuppeln"? Ich schaute das Doppelbett an, das sich Jessie und Oskar teilen würden. Ein ganz schöner Anreiz für mich, die Sache mit Elliot zu wagen.

Gut gespielt, Elena.

„Ich freue mich drauf, Elliot kennenzulernen", sagte ich lässig, auch wenn mein Magen gerade einen Salto machte.

„Hat mich jemand gerufen?", fragte eine amüsierte Stimme. Elliot tauchte im Gang auf und stellte sich neben Elena. Sein Blick schweifte durch das Zimmer von Elena zu Ben zu mir. Als er mich von oben bis unten musterte, weiteten sich seine Lippen zu einem fröhlichen Lächeln, und ich war mir überhaupt nicht mehr sicher ob ich mich unter der Bettdecke verkriechen wollte, oder ihn zu meiner Decke machen wollte.

Er trug eine Holzperlenkette um den Hals und seine sonnengebräunte Haut ließ erahnen, dass er viel draußen war.

Surfer, schoss mir durch den Kopf. Surfer mit perfekten Zähnen.

Sein Grinsen wurde breiter. „Das wird eine coole Party."

Ich stolperte beinahe nach vorne, als Ben mir auf den Rücken schlug und mich in Richtung Tür und Elliot schob. „Lass uns mal eine Runde machen."

„Ich zeige euch alles", sagte Elliot. Sein sexy, australischer Akzent klang nach Spaß.

„Ja", sagte ich. „Ich würde — wir würden — das wäre toll."

Elena lief knallrot an und ich dachte, dass sie gleich anfangen würde zu kichern. Gott sei Dank verabschiedete sie sich mit einem „Viel Spaß!".

Elliot zeigte uns schnell das Haus, die Balkone und die Dachterrasse, von der aus man den Wald und den glitzernden See sehen konnte. Er schlenderte durch das mit Stein und Holz dekorierte Esszimmer, wo sich ein langer Tisch quer durch den Raum erstreckte. Um den Tisch verteilt waren mehrere Leder-sessel die schon von einer bunten Schar von Gästen besetzt waren. Elliot und Thomas schlugen ihre Fäuste zur Begrüßung aneinander. Danach flirtete er mit Elenas Künstler-Freundin-nen, während er sie uns mit Namen und Lieblingskünstler vorstellte. Picasso, Dali, Duchamp, Warhol.

Ben ging ganz in der Unterhaltung auf und vergaß den See vollkommen. Er drehte einen Stuhl zu sich, setzte sich dann verkehrtherum drauf und brachte den Comic-Künstler John Romita Jr. ins Gespräch.

Elliot ging zum Kamin und zwinkerte mir verschlagen zu, als er das Eisen fest in die Hand nahm und damit das Feuer bearbeitete. Die Botschaft dahinter konnte definitiv nicht miss-verstanden werden.

Unglücklicherweise war seine Show alles andere als verlo-ckend, da es mich an die Brandwunden denken ließ, die sich unter meinen Klamotten verbargen – und nicht an heißen, verschwitzten Sex. Wie klang Ekel wohl mit australischen Akzent?

Es brauchte all meine Willenskraft, nicht abzuhauen.

Die Schiebetür ging auf und der rothaarige, dünne Jessie kam mit einem strahlend weißen Lächeln herein, gefolgt von Oskar.

Oskar war zu beschäftigt damit, Jessie anzugrinsen, als dass er mich wahrnahm. Er rieb sich über die Nase, seine Lippen verzogen sich zu einem Lächeln und seine Grübchen kamen zum Vorschein.

Er warf sich in einen Sessel und lehnte seinen Kopf nach hinten. Jessie kletterte auf seinen Schoß.

Ich drehte mich von dem Anblick weg und ging an Elliots Seite. Ich unterdrückte einen Schauer, als ich in das Feuer blickte, in dem er immer noch herumstocherte. „Wie wäre es mit einer Tour durch den Wald? Ich habe gehört, du hast deine eigene Hütte?"

Elliot stellte das Eisen zur Seite und lächelte. „Gerade als sich dachte, du wärst ein schüchterner Typ...", flüsterte er.

Er nickte mit dem Kopf in Richtung der Schiebetür. „Es ist kalt da draußen. Und es gibt keinen Strom. Hilfst du mir dabei, die Hütte zu wärmen?"

Ich lachte. „Sind alle Australier so direkt oder bist du eine Ausnahme?"

„Ich bin definitiv außergewöhnlich." Er grinste, weil er wusste, dass ich ihm mit diesem Akzent alles verzeihen würde, auch die eindeutigste Verführung.

Mein Blick huschte hinüber zu Elena und hielt inne, als er auf Oskars traf, der mich anschaute, die Finger um Jessies Taille gelegt. Das Lächeln war verschwunden. Er starrte Elliot an.

Jessie streichelte Oskars Finger. Als er bemerkte, dass Oskar woandershin starrte, folgte Jessie seinem Blick und sah mich.

Seine Schultern sackten zusammen und er rutschte von Oskars Schoß.

Mein Herz rutschte mir in die Hose. „Lass uns gehen", sagte ich zu Elliot, aber bevor er mich davonschleppen konnte, kam Elena ins Zimmer gestürmt und schlug einen kleinen Gong.

„Ich brauche Hilfe in der Küche." Sie zeigte auf mich und Elliot. „Ihr Zwei."

Oskar sprang aus dem Sessel. „Ich helfe auch. Ich meine, Jessie und ich helfen auch."

Elena legte ihren Kopf schief und starrte ihn an, dann schlug sie auf den Gong und winkte Oskar und Jessie zu, ihr auch zu helfen.

Ich hoffte, dass Oskar bemerkte, wie ich ihn mit meinen Blicken erdolchte. Wir vier sollten uns zusammen in die Küche zwängen? Das war das Letzte, was ich wollte.

Elena teilte uns dazu ein, Gemüse zu schälen und den Kürbis zu schneiden. Ich verbrachte die nächste halbe Stunde damit, mich einzig und allein darauf zu konzentrieren, Kartoffeln zu schälen. Elliot, der Charmebolzen, der er war, füllte schnell den Raum mit Geschichten über seine Reisen nach Thailand.

Ich riskierte es zweimal, aufzublicken. Das erste Mal bemerkte ich, wie mich Jessie böse anstarrte. Das zweite Mal sah ich, wie Oskar sich bei einer von Elliots Anekdoten auf die Lippen biss.

Als wir fertig waren, rannte ich ins Badezimmer und schrieb Elena: *Was zum Teufel soll das?*

Sie antwortete sofort.

Elena: *Sorry. Ich hatte nur Mission „Marco verkuppeln" im Kopf, aber Oskar hat mich überrascht.*

Ich: *Du hättest sagen können, dass du keine weitere Hilfe brauchst.*

Elena: *Okay, willst du die Wahrheit wissen?*

Ich: *Wahrheit? Was soll das heißen?*

Elena: *Ist es nicht merkwürdig, wie sehr Oskar helfen wollte?*

Ich: *Nein. Es ist verdammt schräg.*

Elena: *Außerdem sieht Jessie aus wie du. Derselbe Körperbau und dieselbe Haarfarbe ...*

Ich: *Bitte hör auf zu denken, ja? Misch dich bei mir und Oskar nicht ein.*

Elena: *Okay, du hast recht. Vergibst du mir?*

Natürlich vergab ich ihr. Das schrieb ich ihr auch, verließ dann das Badezimmer und rannte mit voller Wucht in Jessie. Sein Gesicht versteinerte.

„Marco, stimmt's?"

Ich stöhnte innerlich. „Jep."

Er verschränkte seine Arme. „Was zum Teufel geht zwischen dir und meinem Freund vor sich?"

„Nichts geht da vor sich."

„Er hat mir von eurer Vergangenheit erzählt und es war okay für mich. Aber... in den letzten paar Wochen hat es sich nicht wirklich wie Vergangenheit angefühlt, sondern eher nach Gegenwart."

Ich drängte mich an ihm vorbei. Oskar hatte Jessie von uns erzählt? So ernst war es zwischen ihnen? „Glaub mir, da geht nichts vor sich."

Er sah mich an und grinste — obwohl es seine Augen nicht erreichte. „Elliot scheint nett zu sein."

Ich hielt inne, meine Handfläche an die kotzgrüne Wand gepresst. Dieselbe Farbe wie diese Unterhaltung. „Was?"

„Er steht auf dich. Er will ganz offensichtlich, dass du heute Nacht seine kalte, dunkle Hütte wärmst..."

Ein schwaches, halb verschlucktes Lachen enthuschte mir. „Du bist nicht gerade subtil, weißt du das?"

„Das ist mir egal."

———

Viel später in der Nacht, als Ben endlich schlafen gegangen war und nur noch ein paar Leute um den Kamin saßen, traf Elliots Blick meinen.

Mein Herz begann wie verrückt zu schlagen und ich gab ihm ein kleines Nicken.

„Ich gehe zurück zu meiner Hütte", sagte er, und mir war klar dass es an mich gerichtet war.

Ich zwang mich, nicht an Elliot vorbei zu Oskar zu schauen, der neben einem schlafenden Jessie saß und mit dessen Haaren spielte. Ich tat so als müsste ich gähnen, wünschte allen eine gute Nacht und trat in die Dunkelheit hinaus.

Es beruhigte meine Nerven, das stickige Haus zu verlassen und frische Luft einzuatmen. Ich schritt durch den nächtlichen Wald in Richtung Elliots Hütte. Eine kleine Stimme in mir fragte mich, ob ich es nicht geradezu darauf anlegte, in Schwierigkeiten zu geraten, aber ich antwortete ihr mit Ja und dass ich diese Schwierigkeiten *wollte*.

Nachdem ich den Abend damit verbracht hatte, zuzuschauen, wie Jessie sich an Oskar klammerte, waren das hier Schwierigkeiten, die ich *brauchte*.

In der Hütte gab es keinen Strom hatte er gesagt.

Und die Dunkelheit einer alten Steinhütte, mitten im Wald? Das war die Art von Dunkelheit, die alle Fehler verdeckte. Meine Brandwunden würden heute Nacht nicht zählen. Ich konnte die Kälte als Ausrede nutzen, um mein T-Shirt anzubehalten.

Ein Windhauch fuhr sanft durch die Bäume, und mein Blick wanderte entlang des in Mondlicht getauchten Pfads. Ein laues Lüftchen kühlte meine schweißnasse Haut. Jeder nervöse Schritt durch das Moos und den Morast unter meinen Füßen brachte einen frischen, erdigen Geruch mit sich. Meine Zehen fingen an zu kribbeln und ich musste anhalten, weil mich ein Schauer überkam. Das war es also. Heute Nacht würde ich endlich erfahren, was es bedeutete, einen Typen zu vögeln und von ihm gevögelt zu werden. Sein heißer Atem in meinem Nacken, sein Schweiß vermischt mit meinem. Unser Stöhnen würde im Rhythmus unserer Körper zu immer neuen Höhen anschwellen.

Es würde so unglaublich heiß sein — erst schnell und hart, dann langsam und sanft. Am Anfang würde es sicherlich wehtun, aber ich würde mir auf die Zunge beißen und so tun, als wüsste ich, was ich da tat.

Ich atmete zitternd aus. Es würde Spaß machen.

Das würde es, verdammt noch mal.

Ich lief um eine Kurve auf eine Weggabelung zu. Der Pfad links führte zu der Hütte, die mit Gras bewachsen war und mich in die Dunkelheit hüllen würde. Der andere führte zu einem alten Steg, auf dem das Mondlicht sich hell im Wasser spiegelte. Ich drehte dem Licht meinen Rücken zu und schaute die Hütte an.

Sex wartete auf mich. Mein Rücken würde gegen den kalten Steinboden gepresst sein, während sich unsere Körper auf der verzweifelten Suche nach Erlösung aneinander reiben würden. Vielleicht würde es einen zärtlichen Kuss auf die Seite meines Mundes geben. Vielleicht würde ich die Andeutung eines Lächelns auf seinen Lippen spüren —

Ich schüttelte meine Anspannung ab und schlich weiter in Richtung Hütte. Zwanzig Schritte und ich würde mich wie neu geboren fühlen.

Ein Zweig zerbrach. Ich fuhr herum und starrte in die Dunkelheit. Etwas bewegte sich durch die Bäume und ich schaute genauer hin. Eine Silhouette erhob sich aus dem Vorhang aus raschelnden Blättern.

„Elliot?"

Aber selbst als ich seinen Namen sagte, wusste ich, dass er es nicht war. Die Figur war zu groß, zu breit, zu vertraut.

Oskar lehnte sich an die massive Eiche, die die Weggabelung markierte. „Schöner Abend für einen Spaziergang."

Ein Nest, das auf einem herausragenden Ast hing, verstellte den Blick auf sein Gesicht, also schob ich den Ast beiseite. Ein Strahl aus Mondlicht fiel auf Oskars angespannten Kiefer. Sein böser Blick huschte zu der Hütte und machte mich nervös. Wusste er von meinen Plänen? Warum sollte es ihn interessieren?

Ich machte einen Schritt in Richtung Hütte und Oskars Blick wurde finsterer. „Ich bin zum Spazierengehen hier."

„Du kennst ihn nicht mal."

„Aber du schon, oder wie?"

Oskar drückte sich von dem Stamm weg. Zwei Schritte und er war nur ein paar Zentimeter von mir entfernt. Sein frustrierter Blick ruhte auf meinem Kinn. „Er wird nach dem Wochenende nicht mehr da sein."

„Gut."

„Gut?"

Gut. Ich würde nicht einmal mehr da sein, wenn sich die ersten Sonnenstrahlen ihren Weg durch das staubige Fenster bahnen würden.

Oskar kickte gegen einen heruntergefallenen Ast. Dieser rollte über den Weg und blieb direkt hinter mir liegen, wie ein lächerlicher Versuch, meinen Weg zu der Hütte zu blockieren. Der Wind nahm zu, pfiff durch die Blätter und streifte durch Oskars und mein Haar. „Du willst das nicht wirklich."

Ich hielt seinem Blick stand und machte einen Schritt über den Zweig.

Oskars Lippen öffneten sich, dann schloss er sie, drehte sich abrupt um und machte sich auf den Weg zum Steg. Dabei kickte er ein paar andere lose Zweige aus dem Weg.

Ich starrte seinen Rücken an, seinen gesenkten Kopf, und der Knoten in meinem Magen kämpfte gegen die Schmetterlinge in meiner Brust. Zwei Dutzend Schritte entfernt, in einem hellen Schein aus Mondlicht, hob Oskar einen Zweig auf und warf ihn in den See.

Mit jeder Welle, die das Wasser aufwirbelte, wurden die Schmetterlinge in meiner Brust weniger. An ihre Stelle trat blanke Wut. Wie konnte er es wagen, mich erst so flehend anzuschauen und dann abzuhauen? Wie konnte er es wagen, sich darum zu sorgen, mit wem ich vögelte, während er jeden vögeln konnte, den er wollte?

Der morsche Holzsteg knarrte unter meiner Last. „Ich will das *sehr wohl*."

Oskar schaute weiterhin auf die abebbenden Wellen und schüttelte den Kopf. Ich packte seine Schulter und zwang ihn, mich anzusehen. Ich schubste ihn nach hinten. „Ich werde mit ihm schlafen und ich werde jeden Moment davon genießen."

Er musterte mich und drei Atemzüge später schüttelte er wieder seinen Kopf. „Du willst das nicht."

„Woher zum Teufel willst du wissen, was ich will?", schrie ich. Die Worte schienen auf dem Wasser abzuprallen und uns mit voller Wucht zu treffen.

Oskar blickte mich seelenruhig an. „Du hättest direkt zu der Hütte gehen können. Aber du bist mir gefolgt."

„Weil du mich in den Wahnsinn treibst! Weil du es gewagt hast, mir zu folgen."

„Nein, weil du das nicht wirklich machen willst."

Ich schubste ihn und er stolperte an den Rand des Stegs. Warum wehrte er sich nicht? Schlug zu? Fing den Streit an, den ich verzweifelt suchte?

„Kümmer dich darum, deinen eigenen Freund zu vögeln", sagte ich. „Du hast kein Recht, hierher zu kommen und so zu tun, als würde es dich interessieren."

Seine Augen verengten sich, als er mich ansah und ich fühlte die ungesagten Worte zwischen uns. Die Schmetterlinge tauchten kurzzeitig wieder auf. *Du willst das nicht machen.* Ich stoppte seine Worte, indem ich ihn wütend erneut schubste. Oskar taumelte weiter in Richtung Wasser. Einen Moment lang wollte ich, dass er fiel, aber dann packte ich ihn am T-Shirt, knüllte den weichen Stoff in einer Faust zusammen und zog ihn zurück.

Er stieß gegen mich und wir erstarrten beide. Sein warmer Atem streichelte mir über Ohr und Nacken. „Wer sagte etwas von so tun als ob?"

„Fick dich, Oskar."

„Du willst das nicht tun."

„Was ich nicht will, ist mit dir und Jessie im gleichen Zimmer zu schlafen. Und glaub mir, dein Freund hat deutlich gemacht, dass er mich auch nicht im Zimmer haben will."

„Warte, was? Das hat er zu dir gesagt?"

„Ja. Und jetzt entschuldige mich, weil ich nun Elliots Bett wärmen geh."

Ich ließ ihn stehen, rannte über den Steg, den Blick stur auf die im Schatten liegende Hütte gerichtet.

Mit einem gefühlt riesigen Knoten im Magen klopfte ich an die feuchte, hölzerne Tür. Elliot öffnete sie mit einem sexy Grinsen im Gesicht. Ein lautes Platschen ertönte hinter uns und ich wusste, dass Oskar in den See gesprungen war. Ein Teil von mir wollte auf der Stelle umdrehen, zurück zum Steg eilen und Oskar aus dem Wasser ziehen — das, oder ihm Gesellschaft leisten. Aber ich konzentrierte mich auf Elliot und sein offenes Hemd, die Kette und seine tiefsitzende Hose.

„Komm rein", sagte Elliot, hakte zwei Finger in meine Gürtelschlaufen und zog mich in das dunkle Zimmer. In dem Moment, in dem die Tür ins Schloss fiel, durchfuhren mich kalte Wellen, als ob ich derjenige war, der gerade in den See gesprungen war.

Ich schaute mich um. Nur die ungefähren Umrisse eines Stockbetts und eines Schranks waren zu erkennen. Dunkelheit wie im Café Noir. Dunkelheit, wie ich sie gewollt hatte. Dunkelheit, von der ich mir wünschte, sie nicht zu brauchen.

„Du zitterst ja", sagte Elliot. Er drückte mich gegen die Wand und fuhr mit seinen Händen unter mein T-Shirt, während sein Mund an meinem Nacken saugte. Die Hitze seiner Erregung war gegen meine Schenkel gepresst. „Lass mich dich wärmen."

Ein nervöses Lachen versuchte mir zu entweichen, aber ich schluckte es hinunter. Ich packte Elliots Nacken und lenkte seinen Mund auf meinen. Seine Lippen trafen grob auf meine, nicht sanft auf die Seite. Kein angedeutetes Lächeln. Ich versuchte es erneut, aber es fühlte sich steif und seltsam an und mein Rücken tat weh, weil sich ein Schalter an der Wand in ihn drückte.

Ich verspannte mich noch mehr, als Elliot über eine meiner Narben fuhr. Bemerkte er die Weichheit meiner Haut an dieser Stelle? Dass meine Haut an dieser Stelle anders war? Finger massierten die Stelle und in einem Anflug von Panik drückte ich gegen Elliots Brust.

Er wich zurück. „Alles klar bei dir?"

Ich ließ meinen Kopf gegen die Wand sinken und fluchte.

Das Lachen, das ich zurückgehalten hatte, schoss aus mir heraus. Sanft und rau. „Verdammt, er hatte Recht, dieser Arsch."

„Wer?"

„Oskar."

„Recht womit?"

Ich strich mein T-Shirt glatt und öffnete die Hüttentür wieder. „Ich will das nicht tun."

BLAU

ICH LAG IM BETT, meine Morgenlatte in der Hand. Eine Woche war vergangen, seit ich Elliot hatte sitzen lassen. Ich hatte auf dem Teppich neben dem Kamin geschlafen und Ben überzeugt, noch vor dem Frühstück zu gehen. Ich wusste nicht, wie ich mich wegen dieser Nacht fühlen sollte – oder wegen der ganzen folgenden Woche, in der zu den Theaterproben und Zoes Basketball-Spiel gegangen war, als wäre nichts passiert.

Auf der einen Seite verfluchte ich mich selbst, weil ich nicht stark und selbstsicher genug war, mit Elliot intim zu werden. Auf der anderen Seite war ich erleichtert, dass ich nicht mit ihm geschlafen hatte. Nicht unter diesen Umständen. Definitiv nicht mit ihm.

„Fick dich, Oskar", krächzte ich und starrte die leere Wand an, während ich mir einen runterholte.

Elenas Party war das zweite Mal, dass er mir dazwischengefunkt hatte. Er hatte verdammt noch mal kein Recht dazu. Kein Wunder, dass Jessie mich bei der Party zur Rede gestellt hatte. Ich konnte ihm deswegen kaum Vorwürfe machen. Oskar hatte „lass uns zivilisiert miteinander umgehen" mit Freundschaft verwechselt. Es war aber keine Freundschaft. Ganz sicher nicht.

Ich bewegte meine Hand schneller, biss meine Zähne zusammen und betete, dass ich endlich Erlösung finden würde. Meine Hüfte hob sich vom Bett und ich jagte einem Orgasmus hinterher, der mir immer knapp entkam.

Es wäre nicht so schwierig gewesen, wenn ich Elliot erlaubt hätte, mich auf den Boden zu werfen und sein bestes Stück in mich zu schieben. Wenn ich diese Erinnerung als Futter für meine Alleinunterhaltung hätte verwenden können. Ich nahm ein Kissen und drückte es mir aufs Gesicht während ich meine Hand weiter bewegte, bis sie schmerzte.

Ich biss in das Kissen mit dem waldgrünen Bezug und —

Der Orgasmus traf mich wie eine Dampfwalze und mein Penis pulsierte in meiner Hand, als er sich über meinen Bauch ergoss. Ich stöhnte in das Kissen und als das Gefühl der Erlösung vorbei war, schleuderte ich das verdammte Ding durch das Zimmer.

Ich schleppte mich aus dem Bett unter die Dusche, aß danach mein Müsli und überlegte kurz, ob ich Papa anrufen sollte, um mich vor der Arbeit heute zu drücken. Dann schrieb ich Ben, dass er mich für unsere Schicht auf dem Holzhof abholen sollte.

Dreißig Minuten später ließ ich mich auf den Beifahrersitz sinken.

„Du benimmst dich diese Woche echt komisch", meinte Ben, als er losfuhr.

Ich zuckte mit den Schultern. „Ich war abgelenkt." Genauso abgelenkt wie Ben von Sebastian.

„Willst du nach der Arbeit Fußball spielen? Bisschen was von dem loswerden das dir auf dem Herzen liegt?"

„Warum immer Fußball?", grummelte ich.

Ben schlug sich mit einer Hand gegen die Brust als er auflachte. „Fußball ist meine einzig wahre Liebe. Ihm bin ich wie keinem Anderen verfallen."

Ich bezweifelte das. Bezweifelte es noch mehr, als Ben einen verstohlenen Blick auf sein Handy in der Mittelkonsole warf.

„Mhm", sagte ich.

„Ich meine, jeder liebt Fußball."

„Nicht jeder."

„Die Mehrheit."

Das war in Berlin vielleicht tatsächlich der Fall, aber trotzdem. „Ich mag Basketball lieber. Vielleicht gerade, weil es die Mehrheit nicht so sieht."

Ben schnaubte. „Basketball. Mh. Darauf steh ich nicht."

Diese Unterhaltung sorgte dafür, dass ich mich wieder verspannte. Ich rieb meinen Nacken und starrte auf die Straße.

Ben schlug mir gegen den Arm. „Ich verarsch dich doch nur. Es ist cool, dass du auf Basketball stehst. Macht dich interessanter."

Ich verschränkte die Arme vor meiner Brust.

Als mich Ben ansah, war der schelmische Unterton aus seiner Stimme verschwunden. „Echt jetzt. Ich mein's ernst. Ich bin froh, dass wir Freunde sind."

———

Nach meiner Schicht auf dem Holzhof spielten wir also etwas Fußball im Park, und ich ging danach noch einkaufen.

Ich redete mir selbst ein, dass ich wegen Tomaten und Käse hier war, aber ich war viel zu erleichtert darüber, dass ich Andre sah.

Er trug heute seine Piercings nicht und sein Gesicht sah beinahe geschwollen aus. Er wirkte nicht wirklich gesund genug für die Arbeit, aber als er mich sah, lächelte er und das bisschen Mitgefühl, das ich für ihn empfand, war wieder verflogen.

„Marco", sagte er und scannte meine Einkäufe. „Wie schön, dass du meine Kasse gewählt hast."

Ohne große Umschweife kam ich direkt zum Punkt. „Abgesehen davon, dass Oskar dich Würmer hat fressen lassen, was hat er noch getan?"

„Ja, danke, mir geht es gut. Die Grippe hat mich aber ganz schön fertig gemacht."

Ich packte meinen Einkauf ein. „Ich bin mir sicher, du hast dich vehement dagegen gewehrt."

Beim Spinat hielt er inne und verzog das Gesicht. „Hör zu, vielleicht solltest du Oskar fragen."

„Warum sagst du es mir nicht?"

Er scannte den Spinat und ein Hähnchen. „Weil ich in letzter Zeit über einiges nachgedacht habe... und ich glaube nicht, dass es mir zusteht, dir das zu erzählen. Er ist nicht so schlimm wie du denkst."

Ich drückte ihm das Geld in die Hand. „Woher willst du wissen, was ich denke?"

„Ihr wart die besten Freunde", sagte er und zählte sorgfältig das Wechselgeld, bevor er es mir gab. „Du würdest mich das nicht fragen, wenn ihr das immer noch wärt."

Zoe: *Lust, ein paar Bälle zu versenken?*

Ich: *Klar. Wann?*

Zoe: *Jetzt? Die schlechte Laune meines Bruders treibt mich schon die ganze Woche in den Wahnsinn.*

Ich: *Ich komm mit Papa nach meiner Schicht heim.*

Und weil es mir nicht aus dem Kopf gehen würde, wenn ich nicht fragen würde...

Ich: **Warum ist Oskar schlecht gelaunt?**

Zoe: **Ärger im Paradies? Er will nicht darüber reden. Keift und motzt jeden an.**

Ich: **Ich komm dich retten.**

Zoe: **Mein Held.**

———

Ich rettete Zoe jeden Nachmittag in dieser Woche. Zweimal kochte ich für sie und dreimal machte sie mich beim Basketballspielen fertig.

Oskars schlechte Laune zeigte sich bei der Probe am Dienstag. Er schaute mich kaum an und seine Zeilen waren im besten Fall lustlos. Papa machte kurzen Prozess mit uns und konzentrierte sich auf Elena, Zoe und die Richters.

Der Donnerstag kam und es war wieder Probezeit.

Zoe und ich bauten das Bühnenbild auf, während die anderen ihre Kostüme für Elena anprobierten und diese sich Notizen über die jeweiligen Änderungen machte.

„Heute Abend wird super werden", sagte Zoe. Ihre Vorfreude auf das Abendessen ihrer Eltern war kaum zu zügeln. Das, von dem ich wünschte ich hätte nicht zugesagt. „Wir müssen uns keine Sorgen machen, dass Oskar die Stimmung ruiniert. Ich hab ihm gesagt dass er gleich in seinem Zimmer bleiben kann wenn er kein Lächeln zustande bringt. Er hat sich entschuldigt und gemeint, dass er sich heute Abend anstrengen wird. Hat gemeint, er wäre noch verwirrt und traurig wegen der Trennung."

Ich ließ ein Plastikbrett fallen. Es fiel in das Loch unter der Bühne und wirbelte Staub auf. Ich hustete. „Trennung?"

Zoe nickte und ihre Augen funkelten. Sie liebte Klatsch und Tratsch, genau wie ihre Mutter. „Jep. Wie ich gedacht hatte."

„Jessie hat ihn verlassen?", fragte ich mit gesenkter Stimme. „Das ergibt keinen Sinn." Bei der Party hatte er mir noch gesagt, ich solle mich von Oskar fernhalten.

Zoe schüttelte ihren Kopf. „Jessie hat nicht Schluss gemacht. Sondern Oskar."

„Warte. Was? Warum?"

Sie zuckte mit den Schultern. „Keine Ahnung. Ich schlage vor, du fragst ihn selbst, oder vielleicht lieber doch nicht. Wenigstens nicht heute Abend. Ich will einen fröhlichen Oskar beim Abendessen." Sie half mir, die Wandverkleidung an der Bühne anzubringen.

Oskar, flankiert von Elena und Sigrid, überquerte die Bühne. Sigrid sagte Oskar, er solle aufrecht laufen und Elena schob sein Shirt in den Gürtel um seine Hüfte.

Sigrid und Elena ließen Oskar alleine und sein Blick wandte sich mir zu, während ich immer noch auf der Seite — auf Devins Seite — auf dem Boden kniete.

Oskar blieb vor mir stehen. Seine Hose war eng, seine Stiefel gingen bis zur Mitte der Wade und sein unechter Säbel steckte in der Scheide an seinem Gürtel. Seine Hand lag auf den Griff.

Anstatt mich in Position zu bringen, um die Szene zu spielen, wie Papa es uns zurief, schaute ich nach oben. Ich wollte ihn fragen, warum er Jessie verlassen hatte. Wollte wissen, was vor all den Jahren mit Andre passiert war. Die Wörter lagen mir auf der Zunge, aber ich schluckte sie hinunter.

Oskar bot mir eine Hand an. Eine Sekunde lang dachte ich, er schaute auf meine Lippen, aber ich war mir nicht sicher weil er sich bewegte und ich von dem Bühnenscheinwerfer geblendet wurde. Ich ignorierte seine Hand und ging zu Caspers Seite der Bühne.

Papa ratterte ein paar Anweisungen herunter, die Oskar und ich befolgten. Wir übten unsere Strophen und den Bühnenkampf, aber Papa bemerkte, dass Oskar dreimal abgelenkt war, ehe er sich wieder auf meine und Zoes Szene konzentrieren konnte.

Oskar saß am Ende des Zimmers und beobachtete unsere Szene. Die intensive Art, wie er uns anstarrte aber dabei doch nicht wirklich sah, brachte mich aus dem Konzept.

„Vielleicht sollten wir für heute Schluss machen", meinte Sigrid und packte ihre Geige ein. „Ich denke, ihr freut euch alle zu sehr auf unsere kleine Party."

Papa war bereit zu protestieren, aber seufzte dann. „Du hast vermutlich Recht. Aber ich will, dass wir diese letzte Szene am Samstag nochmal proben."

Zehn Minuten später war die Bühne abgebaut und der Rest der Crew wieder im Hinterzimmer um sich umzuziehen. Alle außer Oskar. Ich nahm meine Klamotten und machte mich auf den Weg ins Badezimmer.

Elena, die Haare schnell zu einem Dutt gebunden, lehnte sich gegen die Wand vor der Tür. „Ich dachte, du wolltest versuchen, nett zu Oskar zu sein? Ihr Zwei habt auf der Bühne so gewirkt, als würdet ihr euch total unwohl fühlen."

Ich fragte mich, wie viel sie von dem wusste, was auf ihrer Party passiert war. Elliot hatte ihr vielleicht erzählt, dass wir nicht miteinander geschlafen hatten und sie hatte definitiv mitbekommen, wie schnell Ben und ich am nächsten Morgen abgehauen waren. „Ich sollte mich umziehen."

Sie betrachtete das Bündel Klamotten in meinem Arm und dann schaute zur Badezimmertür. „Du bist ziemlich schüchtern, nicht wahr? Die Anderen stolzieren in Unterwäsche herum, als ob sie auf einem Catwalk wären."

Oskar kletterte von der Bühne und stoppte ein paar Meter vor uns. Sein Blick huschte von Elena zu meiner Brust und ich fühlte, wie meine Brandnarben unter meinem Baumwollshirt und am Rand meiner Boxershorts zum Leben erwachten.

„I – ich –", stammelte ich.

Oskar trat nach vorne. Seine tiefe Stimme war durchzogen von einer Wärme und einer Aufmerksamkeit, die sie den ganzen Abend nicht gehabt hatte. „Marco, können wir unsere letzte Szene nochmal durchgehen, bevor wir gehen?"

Seine Finger fuhren über meinen Oberarm und er zog mich mit sich. In der Mitte der Bühne nahm er mir die Klamotten ab und legte sie beiseite.

Ich wollte mir nicht eingestehen, warum er mich wirklich von Elena weggezogen hatte.

„Die letzte Szene", sagte ich etwas hölzern und zog meinen Säbel aus der Hülle.

Er zog seinen Säbel und der angespannte Gesichtsausdruck, den er schon den ganzen Abend gehabt hatte, tauchte wieder auf.

„Du machst das schon den ganzen Abend", sagte ich.

„Was?"

Ich machte seinen Gesichtsausdruck nach. „Das."

Er zog seine Augenbrauen hoch und ein leichtes Lächeln umspielte seine Lippen. „Wirklich?"

„Ja. Was –"

Papa kam zur Bühne. „Fang, Marco", sagte er und warf mir die Schlüssel zu. „Du schließt ab."

„Du gehst? Du bist mein Taxi."

Papa blickte Oskar an und bevor er mir vorschlagen konnte mit ihm zu fahren, bot Oskar es an. „Ich fahr dich heim."

„Oder wir proben ein andermal", sagte ich und versuchte,

meinen Magen zu beruhigen der bei dem Gedanken daran, mit ihm alleine zu sein, wilde Saltos schlug.

„Ich will aber die letzte Szene üben. Wenigstens einmal?"

„Klingt nach einer sehr guten Idee", sagte Papa. „Ihr braucht beide noch Übung."

Ich spürte wie schwer der Schlüssel in meiner Hand lag. „Okay."

Die anderen verließen unter fröhlichem Geplapper die Kirche. Die Tür fiel ins Schloss und wir waren allein. In der Stille fühlte sich die Entfernung zwischen uns größer an als zuvor. Ich legte eine Hand um den Griff meines Säbels.

Oskar rieb sich die Nase. Für einen einen Moment konzentrierte ich mich auf die Delle in seinem Nasenrücken.

„Können wir dieses Mal das Happy End üben?", fragte er.

Ich trat einen Schritt zurück und zog meine Waffe. „Wir hatten uns auf das tragische Ende geeinigt."

Er schwang sein Schwert, aber traf nicht meins, wie es das Skript vorgesehen hatte. „Es sind die letzten paar Zeilen, die sich ändern. Ich glaube, das schaffen wir auch ohne Skript."

Es waren nicht die Zeilen, um die ich mir Sorgen machte, sondern deren Wirkung. „Wir können das glückliche Ende nicht nehmen. Papa würde es falsch deuten."

„Was?", fragte Oskar, eindeutig verwirrt.

„Er wird denken, dass wir wieder Freunde sind. Das ist der Grund, warum er von Anfang an zwei Enden geschrieben hat."

„Warum er zwei ... Tut mir leid, wie bitte?"

„Papa glaubt, dass Mama das getan hätte, damit wir uns wieder vertragen. Er hofft, dass wir die Vergangenheit vergessen und wieder gute Freunde werden können wenn er uns zwingt, zusammenzuarbeiten."

Oskar seufzte, sein Ausdruck war überrascht... und erfreut.

„Nein, Oskar", sagte ich stur. „Nein."

„Warum nicht?"

Weil es zu kompliziert war, sein Freund zu sein. „Weil wir das tragische Ende nochmal üben und dann los müssen."

Oskar gab nach, aber das Funkeln in seinen Augen wirkte fehl am Platz nachdem er während der gesamten Probe so distanziert gewesen war. Während der letzten Zeilen, als sein Säbel über meiner Brust schwebte, bereit zuzustechen, sagte er die falschen Worte.

Die des Happy Ends. „Ich kann das nicht mehr, Casper."

Ich schüttelte den Kopf und Oskar grinste. Mit hoher Stimme sagte er Caspers Zeile. *Zeilen.* „Kannst was nicht mehr?/ Dich verletzen./ Du hast mich zuvor schon verletzt./ Und es verfolgt mich. Ich kann das nicht nochmal tun. Und werde es nicht nochmal tun." Das war die Stelle, an der Devin mir seinen Säbel reichen würde. „Kannst du mich töten, Casper? Oder geht es dir wie mir?"

Caspers Arme sollten mit Devins Schwert in der Hand zittern. Er sollte es wegwerfen.

Oskar spielte immer noch unsere beiden Rollen. „Mir geht es wie dir", sagte er als Casper.

Ein glücklicher Devin bat Casper dann, es lauter zu sagen und Casper schrie es in die Welt hinaus. „Du bist mein Freund", sagte Oskar wieder als Casper. „Du bist mein Freund und ich will, dass es jeder weiß."

Ich schaute mir sein Schauspiel an. Er sagte die Zeilen mit einer Ernsthaftigkeit, so viel Lebendigkeit, dass ich seine Leidenschaft bis ins Mark spürte. Als er fertig war, wedelte ich mit den Schlüsseln vor ihm herum. „Lass uns verschwinden."

Oskar verstand und ließ von mir ab. Er wartete, bis ich mich umgezogen hatte, dann schlossen wir ab und setzten uns in sein Auto.

Er fuhr vorsichtig und hielt schon bei Gelb anstatt noch über die Ampel zu rasen. Im Radio spielte Tepid Creek und

Oskar summte mit. Es erinnerte mich daran, was ich auf dem Festival gefühlt hatte.

Ich schaute aus dem Beifahrerfenster in die dunkle, graffitiübersäte Straße und versuchte, den Mut aufzubringen und ihn nach Jessie und Andre zu fragen. Scheiße, ich musste noch einen ganzen Abend mit Oskar und den Richters verbringen.

„Hältst du am Späti?", fragte ich. Dieser Abend schrie nach einem starken Drink. Etwas, das mich dazu brachte, nicht mehr nachzudenken.

Ich sprang hinein und kaufte einen billigen Wodka. Als wir weiterfuhren, öffnete ich die Flasche und nahm einen großen Schluck.

Oskar schaute böse, sagte aber nichts dazu, bis wir beinahe zu Hause waren und ich noch zwei weitere Schlücke genommen hatte.

Er schaute auf die Flasche, die zwischen meine Beine geklemmt war. „Habe ich es zu weit getrieben?"

Ich zuckte mit den Schultern. Ja, das hatte er. Und nein, das hatte er nicht.

„Zoe hat erzählt dass du die ganze Woche schlechte Laune gehabt hast", sagte ich und ärgerte mich gleichzeitig, dass ich gefragt hatte. Ich nahm einen weiteren Schluck Wodka.

Oskar bog in unsere Straße ein und suchte nach einem Parkplatz. Nachdem er den Motor abgestellt hatte, lehnte er sich im Sitz zurück und starrte erst auf sein und dann auf mein Haus.

„Es war eine blaue Woche", sagte er zärtlich. *Blau* nahm mir den Atem.

„Blau... das tut mir leid." Ich fummelte am Gurt herum, weil mir die Luft zu dick wurde und ich nicht wusste, ob ich noch mehr hören wollte.

„Jessie und ich sind nicht mehr zusammen."

Mein Herz schlug schneller. Ich wollte einen weiteren

Schluck nehmen, aber Oskar nahm mir die Flasche ab. Ein Achtel der Flasche war leer und der Alkohol begann zu wirken.

Ich versuchte, mir die Flasche zurückzuholen, aber er hielt sie außerhalb meiner Reichweite. Ich ließ mich wieder in den Sitz sinken und schaute ihn böse an. „Schön. Das tut mir leid für euch, okay?"

„Tut es das wirklich?"

Nein. „Du warst sein netter Typ. Ich bin mir sicher, dass er am Boden zerstört ist."

Oskar seufzte und nahm einen Schluck Wodka. „*Er* ist der nette Typ. Und ich? Ich habs auch mit ihm komplett vermasselt."

„Hast du?" Verdammt, der Alkohol wirkte und ich klang interessiert. „Wie?"

„Das weißt du wirklich nicht?"

„Weiß was nicht?" Mein Blick verschwamm und ich drückte mir die Handfläche gegen den Kopf. Ich hatte seit dem Frühstück nichts mehr gegessen und der Alkohol entfaltete nun seine volle Wirkung.

Oskar verschloss den Wodka und steckte die Flasche unter den Sitz. „Wir sollten reingehen und was essen."

Er stieg aus und ich schaute ihm nachdenklich hinterher. Dann lief ich ihm nach. Der Wodka wärmte mein Blut, trotz der kalten Luft draußen. Er lenkte mich zu Oskar und zur Tür, die er öffnete. „Wie hast du es mit ihm vermasselt?"

Er hielt mir die Tür auf und bedeutete mir, einzutreten. Ich trat in das grelle Licht des Flurs und stellte mich vor ihn.

„Ich war... abgelenkt."

Sigrid rief uns aus dem Wohnzimmer zu. „Oskar? Marco? Was macht ihr da, kommt rein!"

Wir folgten dem Klang der Streichinstrumente. Dieter und Zoe spielten Violine und Doppelbass. Die Anderen hatten sich bereits von dem Buffet genommen, das in der Zimmerecke aufgebaut war.

Ich machte mich sofort auf den Weg zum Wein.

Zwei, vielleicht drei Gläser später sah ich mich im Zimmer um. Es war von Gesprächen erfüllt, und Oskar und Opa saßen inzwischen am Klavier. Zoe war bei ihnen und sang.

Irgendwann setzte sich Opa in einen Sessel und Oskar brachte ihm einen Schnaps.

Ich trank noch mehr.

„…vielleicht nur eine Phase?", hörte ich Dieter zwischen einem Löffel Kartoffelsalat zu Sigrid sagen.

Ich hielt ein paar Schritte entfernt an.

„Vielleicht sollten wir das nette Mädchen einladen, das bei den Bergers arbeitet?"

Ich drängte mich mit einem breiten Grinsen zwischen sie und griff nach einer frischen Flasche Merlot. „Entschuldigt bitte."

Ich brauchte mehr Wein.

„Oh, Marco. Wie geht es dir? Bist du immer noch mit Olivia zusammen, Schätzchen?"

Viel mehr Wein.

Um halb Elf war ich kaum noch aufnahmefähig. Die Leute lachten, Papa quatschte mit Opa, Oskar lächelte wegen etwas, das Elena sagte und Zoe redete mit mir über… über irgendetwas.

Sie wedelte mit einer Hand vor meinem Gesicht herum und ich konzentrierte mich wieder auf sie. Sie lachte und schüttelte den Kopf. „Echt mal, du hast den ganzen Abend nicht aufgehört, meinen Bruder anzugaffen."

„Was? Das stimmt überhaupt nicht." Ich griff nach dem Merlot, erneut von der Erinnerung von mir und ihm am See überrollt, und nahm noch einen Schluck.

„Was stimmt gar nicht?", tönte Oskar hinter mir.

Zoe prustete vor Lachen, ging hinüber zu Elena und sagte: „Dass Marco Wasser trinken sollte."

Ich sah sie böse an und drehte mich langsam um. Oskar stand direkt hinter mir, so nah, dass er das Licht verdeckte. Er schaute mir ins Gesicht, um abzuschätzen wie nüchtern ich noch war — oder besser wie nüchtern ich nicht mehr war.

„Kann ich...?", fragte er sanft und lehnte sich nach vorne. „Kann ich dich überreden?"

„Nein", sagte ich. Aber ich nickte. Ich hob mein Glas an und trank den letzten Schluck. Ich wandte mich von seinem Blick ab und stolperte gegen den Tresen. Er packte mich am Arm und stellte mich wieder aufrecht hin. Sein Griff war fest aber sorgsam.

Ich musste lachen und konnte nicht mehr damit aufhören. Bevor ich zu viel Aufmerksamkeit auf mich lenkte, schleppte mich Oskar nach draußen in den Garten.

Wind fuhr durch meine Haare. Oskars Griff wurde lockerer und er ließ seine Hand an meinem Arm hinuntergleiten. Ich ging zu den Terrassenstühlen und ließ mich auf einen davon fallen. Wegen des kalten Plastiks bekam ich eine Gänsehaut. Oskar hatte sich in den anderen Stuhl gesetzt und schaute mich an.

Der mitternachtsblaue Himmel blickte auf uns herab. Ich musste ihn einfach fragen um endlich den Druck in meiner Brust loszuwerden. „Was ist damals zwischen dir und Andre passiert?"

Oskar sog die Luft ein. „Wir können gerne darüber reden, aber lass uns das morgen machen."

Morgen? Mein Magen stand Kopf. Ich dachte, ich könnte es aushalten, aber eine Welle von Übelkeit überkam mich. Ich drückte mich aus dem Stuhl und sprang nach vorne zu den Hortensien, wo ich mich übergab. Ich dachte, ich wäre fertig, aber mein Magen sah das anders und ich spuckte gleich nochmal.

Eine warme Hand legte sich zwischen meine Schulterblätter. Oskar kniete sich neben mich. Er streichelte in Kreisen über meinen Rücken, während ich erneut würgte.

Als ich fertig war, begann ich zu zittern und fing an zu weinen. „Ich hasse es. Hasse das", sagte ich wiederholt.

Mein Bauch tat weh und meine Kehle brannte. Ich wischte meinen Mund am Ärmel ab und zog mich abrupt von Oskar zurück. „Papa darf mich so nicht sehen. Ich muss nach Hause."

Ich schwankte zur Seite des Hauses und fummelte am Gartentor herum bis Oskar es für mich öffnete. Er legte einen Arm um mich. „Lass mich dir helfen."

Und ich... ich ließ es zu. Die Welt drehte sich, also lehnte ich meinen Kopf an seine Schulter und stöhnte.

„Du trinkst normalerweise nicht so viel", sagte er.

„Und ich bereue es jetzt."

Er lachte und sein Atem traf meine Stirn.

Umso mehr wir liefen, umso schwindliger wurde es mir. Ich versuchte, mich auf einen Sinn nach dem anderen zu konzentrieren. Mein Mund fühlte sich wie Gummi an. Oskar roch nach Wald und Moschus. Die Autos rasten über die nasse Straße. Oskars starke Arme hielten mich.

Drei Querstraßen und zwei Treppen später zog ich meine Schlüssel heraus. Oskar nahm sie mir ab und öffnete meine Tür, bevor ich hineinstolperte und meine Schuhe wegkickte. Ich zog ein frisches T-Shirt und ein paar Boxershorts aus meinem Kleiderschrank. „Du kannst gehen", sagte ich zu Oskar und schleppte mich ins Badezimmer.

Aus Gewohnheit schloss ich die Tür ab. Das Zimmer drehte sich und ich fing mich am Waschbecken ab. Ich nahm drei tiefe Atemzüge, ehe ich mich umdrehte und das Wasser der Dusche aufdrehte. Die Zeit, bis sie warm wurde, nutzte ich, um mir die Zähne zu putzen.

Unter der Dusche wusch ich mich mit mehreren Ladungen Olivenseife und versuchte, den Waldgeruch aus meiner Nase zu bekommen... und scheiterte. Ich lehnte mich an die Wand, fluchte und drehte die Dusche aus.

Ich musste mich ins Bett legen und so tun als wäre diese verdammte Nacht nie passiert.

Wieder angezogen seufzte ich und ging zurück ins Wohnzimmer wo ich vom am Tisch sitzenden Oskar begrüßt wurde. Vor ihm stand ein Glas Wasser und in seiner Hand lag eine Meerjungmannfigur aus Ton. Er wusste nicht, wie viel mir diese Figur bedeutete und wie sie mich an meinen blauen Tagen zum Lachen gebracht hatte. Ich wollte nicht, dass er sie anfasste — wollte nicht noch etwas haben, das mich an ihn erinnerte.

Eine Welle aus Alkohol und Wut überkam mich. Ich schritt zu ihm hinüber und nahm ihm die Figur ab. „Was machst du noch hier?"

Er schob mir das Glas Wasser hin und seine Stimme klang so verdammt verständnisvoll. „Ich wollte sichergehen, dass du gut ins Bett kommst."

„Hör auf!", sagte ich. „Hör einfach auf."

Oskar stand auf, seine Lippen öffneten sich, als ob er noch etwas sagen wollte. Ich wollte es nicht hören. Ich war frustriert, verlegen und konnte nur rot sehen. Mit den Zähnen knirschend packte ich die Meerjungmannfigur so fest, dass der Schwanz abbrach.

Wir starrten beide auf die zerbrochene Figur und mein Geduldsfaden riss. Blanke Wut schoss aus mir heraus.

„Das ist alles deine Schuld. Warum bist du immer da?" Ich schlug mir die zerbrochene Figur gegen die Brust. Meine Wut vernebelte mir die Sicht. Oskar nahm mir das abgebrochene Stück ab und legte es ruhig auf den Tisch.

Ich hasste es, dass er so gefasst war, und schrie weiter. „Das ist alles wegen dir! Scheiße!"

„Was ist wegen mir?"

„Dass ich nicht in die Zukunft blicken kann. Dass ich zu unsicher bin, um Fremde zu vögeln."

Ich machte einen Schritt nach vorne und schlug ihm gegen die Brust. Er bewegte sich nicht, keinen Zentimeter. Sein Blick hielt meinem stand und er nahm alles hin, was ich ihm an den Kopf warf. Auch dafür konnte er sich ins Knie ficken.

„Ich hasse es, dass du mir das angetan hast! Und dass du denkst, mich immer noch zu kennen. Dass du wieder Zoes Nummer Eins bist. Dass du nie die Kontrolle verlierst. Dass du immer so scheiß selbstsicher bist. Dass du immer noch da bist." Ich trat ganz nah an ihn heran und nutzte all meine Kraft, um ihn aus dem Gleichgewicht zu bringen. Wut, Frustration und Schmerz lagen in der Luft, als ich nach Oskars Kiefer griff und meine Lippen auf seine presste.

Es war ein schmerzhafter Kuss. Ich hielt seinen Kiefer zu fest. „Ich hasse es, wie sehr ich dich vermisst habe. Wie sehr ich dich immer vermissen werde."

Nüchternheit überkam mich, als ich die Worte laut ausgesprochen hatte, und ich erstarrte. Ich schloss meine Augen —

Oskar murmelte meinen Namen und legte hastig seine Lippen auf meine. Ich schmeckte Ingwer und Karamell. Ein Arm legte sich um mich, sicher und warm und fest. Eine Hand streichelte über meinen Nacken und drücke mich fester in den Kuss. Seine Zunge berührte den Rand meiner Lippen und die Hitze seines Atems jagte mir einen Schauer über den Rücken. Ich sank in seine Umarmung und ließ meine Zunge mit seiner spielen während sich unserer Körper fest aneinander pressten.

Sein Stöhnen kitzelte meine Lippen und törnte mich an.

Wir waren beide hart und ich rieb mich in einem fordernden Rhythmus an ihm. Ich wollte, dass er mich fühlte, dass ihm klar wurde, wie leer er ohne mich war. Ohne uns beide.

Mein Atem strich über seinen Mund. Oskar zitterte, packte mich und alles außer ihm verschwamm zu einem Meer aus Farben. Mein Hintern stieß gegen die Ecke des Tisches. Das Tischbein knarzte als Oskar näher kam und ich ihn an mich zog. Wir bahnten uns unseren Weg zum Bett. Ich fiel darauf und Oskar auf mich. Sein Gewicht auf mir war alles, was ich wollte, was ich immer gewollte hatte.

Unsere Körper krümmten sich vor Erregung und unsere Erektionen flehten um Aufmerksamkeit. Mein Herz hämmerte wie verrückt.

Oskars Bartstoppeln kratzten über meinen Kiefer und unter meinem Ohr entlang. Er drückte sich an mich und ich fühlte mich, als würde ich in Flammen aufgehen. Meine Leistengegend pochte. Ich war noch nie in meinem Leben so heiß gewesen.

„Scheiße." Scheiße, fühlte sich das gut an. Ich wollte mehr.

Oskar hörte auf, meinen Nacken zu küssen. Sein Blick klärte sich langsam wieder während er alles verarbeitete. Er legte seine Stirn an meine Schulter und atmete zitternd aus, dann stand er auf.

„Ich muss jetzt aufhören sonst schaffe ich es nicht mehr."

„Dann hör nicht auf." Ich stützte mich auf meine Ellbogen. An die Stelle, an der er gelegen hatte, strömte nun kühle Luft, und ich wollte ihn zurück. Gleichzeitig verfluchte ich mich selbst dafür, dass ich ihn überhaupt erst geküsst hatte. *Was machte ich nur?* „Küss mich, Oskar."

Sein Atem stockte und er fluchte, bevor er die Seite meiner Lippen küsste. Dann entfernte er sich wieder von mir. „Du bist betrunken. Ich hätte das nicht ausnutzen sollen."

Ich ließ mich zurück ins Bett sinken. Es war wahr. Ich war

betrunken. Die weißen Wände kamen näher. „Ich hab damit angefangen."

„Du hast keine Ahnung, wie viel Hoffnung mir das gibt", sagte er. Dann, nachdem er sich geräuspert hatte: „Aber du bist betrunken und alles andere muss warten."

Von unseren Küssen immer noch betört wusste ich nicht, was ich sagen sollte. Ich wünschte, es hätte nie aufgehört. Wünschte, es hätte nie angefangen.

„Schlaf, Marco", sagte Oskar. „Wir reden morgen."

LACHSFARBEN

Als ich am nächsten Tag aufwachte, fühlte sich mein Mund wie Schmirgelpapier an. Ich hatte einen Wahnsinnskater. Einen Moment lang glaubte ich, dass ich die letzte Nacht nur geträumt hatte. Ich rollte mich auf die Seite und sah die zerbrochene Tonfigur auf meinem Nachttisch. Die Wahrheit traf mich mit voller Wucht. Ich hatte Oskar geküsst.

Und er hatte mich zurückgeküsst.

Ich vergrub meinen Kopf im Kissen und stöhnte. Das war mehr als nur abgefuckt.

Er wollte, dass wir heute miteinander redeten. Darüber redeten. Über uns.

Ich könnte mein Handy ignorieren. So tun, als könnte ich mich nicht mehr an gestern Nacht erinnern — nicht daran, wie sich seine Lippen auf meinen anfühlten und wie fest ich ihn gehalten hatte. Nicht daran, wie gezielt seine Bewegungen gewesen waren, so als ob er sich diesen Kuss schon öfters vorgestellt hatte...

Ein Blick von mir und er würde wissen, dass ich mich erinnerte. Und vor allem würde er sehen, wie schon die Gedanken

145

an letzte Nacht auf eine bestimmte Stelle meines Körpers wirkten.

Ich rollte mich zu einem kleinen Ball zusammen und ignorierte das lustvolle Gefühl als mein bestes Stück über das Laken rieb.

Ein Teil von mir wollte sich in seiner Berührung verlieren, und diesem Teil war es egal, ob das eine gute Idee war oder nicht.

Alles mit ihm war zu kompliziert und fragil. Wir waren noch nicht einmal Freunde, wie konnten wir dann mehr sein?

Ich warf die Decke von mir und ließ mich von der kalten Luft davon abhalten, mich um meine Erektion zu kümmern.

Oskar würde heute Abend bei Zoes Spiel sein. Ich würde ihn dort sehen und danach... würde ich ihm sagen, dass letzte Nacht ein alkoholgetränkter Fehler war. Etwas, das wir nicht nochmal machen sollten.

———

In dem Moment, in dem ich Oskar sah, war die Rede, die ich den ganzen Tag geübt hatte, nur noch heiße Luft. Er saß mit gespreizten Beinen auf der Tribüne und lächelte in Richtung Spielfeld.

Er klatschte und sein Lächeln zog sich bis zu seinen Augen. Ich folgte seinem Blick zu Zoe, die Oskar angrinste, den Ball über ihren Arm rollen ließ und einen Drei-Punkte-Wurf versenkte. Es war toll, sie mit so viel Selbstbewusstsein zu sehen.

Ich wünschte, ich könnte mir eine Scheibe von ihr abschneiden.

Stattdessen schlängelte ich mich in Richtung Tribüne und schaffte es natürlich nicht, nicht rot anzulaufen.

Ich stieß mit dem Coach der gegnerischen Mannschaft am

Spielfeldrand zusammen und er drängte mich, meinen Platz neben Oskar einzunehmen, den dieser ganz offensichtlich für mich freigehalten hatte.

Als er mich sah, nahm er seine Tasche vom Sitz und stellte sie zwischen seine Beine. Er lächelte, aber es war ein anderes Lächeln als das, mit dem er Zoe angeschaut hatte. Es war nicht so breit, aber tiefgründiger. Seine haselnussbraunen Augen blickten in meine und leuchteten von innen heraus.

...du hast keine Ahnung, wie viel Hoffnung mir das macht.

Ich ließ mich auf den Sitz sinken und ließ genug Platz, dass wir unsere Hände ablegen konnten, ohne uns zu berühren.

Ein Pfiff ertönte und die Basket Bears und die Red Tails nahmen ihre Positionen auf dem Feld ein. Zwei Minuten später war das Spiel in vollem Gange und beide Teams warfen Körbe. Stefanie dribbelte das Feld hinunter und warf Zoe den Ball zu, die auf den Korb warf. Der Ball traf den Rand und die Verteidigung fing ihn. Zoe sah einen kurzen Moment verwirrt aus, bevor sie der Nummer 3 übers Feld folgte.

Hartnäckig klebte meine Zoe an Nummer 3, egal wie sehr diese versuchte, sie abzuschütteln. „Bleibt unten", murmelte ich und Oskar rief: „Halt Abstand."

Zoe holte einen Rebound und innerhalb von fünf Sekunden war sie wieder in der anderen Hälfte. Als die Basket Bears einen Korb erzielten, schossen Oskars und meine Hände gleichzeitig vor Freude in die Luft.

Wir schauten einander an und meine Lippen verzogen sich wie die von Oskar zu einem Grinsen. Immerhin war Zoe uns beiden wichtig. Wir waren so stolz auf sie und wollten immer für sie da sein.

Oskar zog zwei Flaschen Wasser aus seiner Tasche und reichte mir eine davon. „Sorry, heute Abend gibts keinen Wodka."

Ich zeigte ihm den Mittelfinger und versteckte mein

Lächeln hinter der Wasserflasche, von der ich einen Schluck nahm.

Im Laufe des Spiels gewannen die Red Tails immer mehr die Oberhand, und Zoe verlor ihre Beherrschung. Nach der Halbzeit wechselte ihr Coach sie aus und Zoe verließ fluchend das Spielfeld. Ich verzog das Gesicht, denn wenn sie sich diese blöde Angewohnheit von irgendjemandem abgeguckt hatte, dann von mir.

Sie beruhigte sich schnell wieder und war bald wieder auf dem Feld und kämpfte um den Ball.

Oskar verfolgte ihr Spiel intensiv, während ich immer wieder einen Blick auf sein Profil warf, auf seine leicht schräge Nase, auf seine pinken Lippen, sein frisch rasiertes Kinn, die kleine Narbe neben seinem Ohr. Seine Wärme und sein moschusartiger Kiefergeruch hüllten mich ein.

Er bemerkte, wie ich tief einatmete und ich schaute schnell auf meine Hände, die die Wasserflasche umschlungen hielten. Er lehnte sich zu mir und ich schloss meine Augen als seine Stimme mich am Ohr kitzelte. „Du darfst schauen. Ehrlich gesagt mag ich es, wenn du mich anschaust."

Mein Blick schoss wieder nach oben und ich schluckte schwer.

Der Schlusspfiff ertönte und rettete mich vor einer Antwort. Ich richtete all meine Aufmerksamkeit auf den knappen Sieg der Basket Bears und jubelte für Zoe und die Mädchen.

Zoe schüttelte die Hände ihrer Gegner, joggte zu ihrem Coach und warf mir über die Schulter einen Blick zu. Sie lächelte und bedeutete mir, dass wir uns draußen treffen würden.

Oskar hing sich seine Tasche um. „Wie bist du hierher gekommen?", fragte er mich und schien von meiner Antwort nicht überrascht zu sein: ich hatte den Zug genommen und war dann gelaufen. „Gut. Du kannst mit uns nach Hause fahren."

Ich folgte ihm nach draußen. Draußen erhellte Handylicht die Finsternis als viele Leute auf dem Weg zu ihren Autos ihre Nachrichten lasen.

„Kommst du mit uns Pizza essen?", fragte ich Oskar. Letzte Woche, in der Nacht vor der Seehaus-Party, hatte Oskar unsere traditionelle Pizza ausgelassen. Er hatte gezögert, aber dann gesagt, dass er sich mit Jessie treffen wollte.

Zoe und ich hatten uns zwei Pizzas geteilt und ich hatte überhaupt nicht an Oskar gedacht. Naja, fast nicht.

Oskars Auto piepste, als er es aufschloss. Er lächelte mich über das Dach hinweg an. „Willst du, dass ich euch Gesellschaft leiste?"

Er glitt hinters Lenkrad und ich ließ mich in das quietschende Vinyl des Beifahrersitzes sinken.

Er schaute mich von der Seite an, als ich an meinem Gurt herumfummelte. Als er endlich einrastete, suchte ich auf dem Parkplatz nach Zoe. Dieses Mal rettete mich nichts vor einer Antwort. Ich fuhr mir mit einer schwitzigen Hand über die Jeans. „Ich bin heute Abend gekommen, um dir zu sagen, dass das gestern… keine gute Idee war. Wir haben zu viel, das wir noch klären müssen."

„Ja, das müssen wir."

Ich drehte mich zu Oskar. Seine dunklen Augen blickten mich geduldig an. „Ich meine, wir sind ja nicht mal mehr Freunde."

Oskar nahm mein Gesicht in seine Hände und fuhr mir mit dem Daumen über die Wange. „Ich will, dass wir wieder Freunde sind. Mehr als alles andere."

Ich nahm seine Hand von meinem Gesicht. Aber ich ließ sie nicht los, sondern legte sie auf mein Knie. Seine Wärme sickerte durch den Stoff und erinnerte mich an letzte Nacht, als sein ganzer Körper gegen meinen gepresst gewesen war.

Mein Herz pochte in meinen Ohren, als ich ein kleines Krümelchen Wahrheit preisgab. „Ich will so viele Dinge."

Zoe kam auf das Auto zugehüpft, in Jeans und einem karierten Oversize-Pulli. Sie warf ihre Sporttasche auf den Rücksitz und kletterte hinterher. „Knappes Spiel, nicht wahr? Ich dachte schon, dass wir verlieren."

„Es hat ganz gut angefangen", sagte ich und ließ Oskars Hand los. Ich musste all meine Energie aufbringen, ihr zu antworten und nicht darüber nachzudenken was zum Teufel Oskar und ich hier genau taten. „Ich dachte, ihr überrennt die Red Tails."

„Der scheiß Schiri hat das Foul von Nummer 3 übersehen."

„Und du hast dich davon verrückt machen lassen", sagte ich, als Oskar den Motor anließ. „Du hast die Konzentration verloren und dein Spiel nicht mehr durchgezogen."

Zoe seufzte. „Scheiße, ich hab es gemerkt, aber ich konnte mich nicht beruhigen. Dass der Coach mich ausgewechselt hat, war das Beste, was er machen konnte."

Ich schaute über meine Schulter und sah, wie sie eine Strähne aus ihrem Gesicht blies. „Über sich hinauszuwachsen erfordert viel Können, Zoe. Du warst der Wahnsinn, als du wieder eingewechselt wurdest. Du hast eine sichere Niederlage in einen Sieg verwandelt."

Sie lief rot an und sackte in ihrem Sitz zusammen. „Das habe ich alles euch Zweien zu verdanken."

„Uns?", fragten Oskar und ich gleichzeitig und sahen uns an.

„Nach all den Jahren sitzt ihr hier zusammen. Ich dachte mir, zum Teufel, wenn ihr das könnt, dann kann ich mich auch zusammenreißen."

Oskar lachte tief und kehlig und ich biss mir auf die Lippen.

Mein Kopf sagte vielleicht, dass ich nichts von ihm wollte, und mein Herz flüsterte, dass letzte Nacht vielleicht ein Fehler war, aber der Rest von mir wollte definitiv nicht auf die beiden hören.

„Essen wir nun alle Pizza zusammen?", fragte Zoe.

Oskar schaute mich an und zog eine Augenbraue nach oben.

Mein Kopf sagte nein. Mein Herz klopfte warnend. Aber ich nickte. „Oskar kommt auch."

———

„So gut." Zoe schob sich ein Stück Hühnchen-Mozarella-Pizza in den Mund.

Es war ein kleiner Imbiss-Pizzaladen und wir saßen auf ungeraden Stühlen draußen an dem einzigen Tisch. Unsere Jackenkragen waren hochgeschlagen um uns vor dem Wind zu schützen. Zoe hatte Recht, die Pizza war es wert.

Oskar saß mir gegenüber unter einer Lampe, die ständig die Farbe wechselte. Seine Haare und seine Nase waren mit roten Lichtpunkten übersät.

Wir hatten die letzten zehn Minuten damit verbracht, über die schlimmsten Pizzabeläge zu reden. Ich war für Ananas – wer zum Teufel wollte Fruchtsaft in Fleisch und Käse? Oskar schlug Spinat vor, weil er den Boden so aufweichte und alle anderen Geschmacksnoten vollkommen überlagerte.

Zoe versuchte uns zu überzeugen, dass wir beide Recht hatten, aber Oskar und ich wussten, dass es nur eine wahre Antwort geben konnte.

„Abgesehen davon macht Ananas den Boden auch weich und lässt ihn eklig schmecken", sagte ich. „Das steht außer Frage."

Oskar leckte sich etwas Tomatensauce aus den Mundwinkeln und lächelte in sich hinein als er das vorletzte Stück nahm. „Auf jeden Fall ist das hier die beste Pizza, die ich seit langem gegessen habe." Die Lachfalten an der Seite seiner Augen kamen zum Vorschein. Ich zerknüllte die Serviette, mit der ich mir die Nase geputzt hatte. „Vielleicht können wir uns ja darauf einigen?"

Ich spielte mit einer Ecke meiner Serviette, während ich mein halb aufgegessenes Stück Pizza anschaute.

„Es war mal die beste Pizzeria in Berlin", sagte Zoe und deutete auf die Auszeichnung im Fenster. „Wenn sie etwas renovieren würden, könnten sie es vielleicht wieder werden."

Zoes Handy vibrierte auf dem Plastiktisch. Sie legte ihren Pizzarand zurück in die Schachtel. „Oh mein Gott. Steffis Freund hat gerade mit ihr Schluss gemacht." Zoe tippte auf ihrem Handy herum und verschickte eine Nachricht. „Das ist schlimm."

Ich rutschte auf meinem Stuhl herum, unsicher was ich sagen sollte.

Oskar legte einen Arm um Zoe und schaute auf ihr Handy. „Wie lange waren sie zusammen?"

„Ungefähr zwei Monate. Sie dachte, es wäre die große Liebe." Sie las die Nachricht, die sie bekam. „Sie ist am Ende. Scheiße. Wie kommt man über sowas hinweg?"

„Wenn es wahre Liebe ist", sagte Oskar, „dann glaub ich gar nicht."

„Falls nicht", sagte ich, „dann heilt die Zeit alle Wunden."

Zoe stöhnte. „Toll. Ihr zwei seid ja eine große Hilfe." Sie ging ein paar Schritte von uns weg und drückte ihr Handy ans Ohr. „Steffi? Beruhig dich erstmal... Es tut mir so leid... Jungs sind Arschlöcher... Willst du, dass ich bei dir schlafe? Klar. Ich bin unterwegs."

Sie legte auf und strahlte Oskar an. „Kleiner Gefallen?"

Oskar verdrehte die Augen, aber er rutschte von seinem

Stuhl und zog seinen Autoschlüssel hervor. „Wir bringen zuerst Marco heim."

Ich klopfte meine Tasche ab, auf der Suche nach meinem Geldbeutel, meinem Handy und meinem Schlüssel. „Ihr solltet direkt zu Stefanie fahren. Ich lauf von hier aus nur fünf Minuten."

Oskar fing an zu protestieren, aber Zoe atmete erleichtert aus und zog ihn in Richtung seines Autos.

„Später, Marco", rief Oskar in einem unschlüssigen Ton über seine Schulter.

———

Ich musste nicht lange warten. Eine Stunde später klingelte mein Handy. Ich lag auf dem Bett und scheiterte kläglich daran, mich auf meine Politikunterlagen zu konzentrieren. Wahrscheinlich war es Zoe auf der Suche nach meinem männlichen Rat.

Ich blinzelte den Namen auf meinem Display an. *Oskar.*

Oskar: ***Bist du gut nach Hause gekommen?***

Ich drehte mich auf den Bauch, klopfte mein Kissen flach und las die Nachricht noch zweimal.

Ich: ***Ja, danke. Ich wusste nicht, dass ich deine Nummer habe.***

Er antwortete sofort, wie ich gehofft hatte.

Oskar: *Schuldig. Ich habe sie eingespeichert, als wir zusammen gekocht haben.*

Ich: *Woher kanntest du meine Pin?*

Oskar: *. . . Zoe.*

Ich: *Oh.*

Ich: *Das war kein schlechtes Oh. Nur ein Überraschtes. Zoe wird sich aber noch was anhören müssen.*

Oskar: *Sie meint es nur gut.*

Ich: *Ja, ich weiß. Bist du gut heimgekommen?*

Oskar: *Ich rolle gerade ins Bett. Hab morgen früh ein Vorstellungsgespräch.*

Ich: *Vorstellungsgespräch?*

Oskar: *Ein Teilzeitjob als Barista.*

Ich: *Der Typ, der nur drei Rezepte kennt?*

Oskar: *Halt die Klappe. Kaffee machen ist nich kochen. Ich mache einen verdammt guten Kaffee.*

Ich: *Das musst du mir beweisen.*

Oskar: *Dann haben wir ein Date.*

Oskar: *Also schätz ich mal, ich seh dich am Mittwoch bei der Probe?*

Ich: *Ja ... bis Mittwoch dann.*

Oskar: *Nacht, Marco.*

„Nacht, Oskar", sagte ich in die Lücke zwischen meinen Kissen, rollte mich auf den Rücken und erinnerte mich an jede Minute, jeden geteilten Blick von heute Abend. „Nacht."

Die nächsten anderthalb Wochen vergingen wie im Flug. Ich aß, arbeitete, ging zu Vorlesungen, schlief und spielte gelegentlich mit Ben Fußball. Aber in Wahrheit lebte ich nur für das nächste Klingeln meines Handys.

Zum zehnten Mal diese Woche ließ mich meine Heizung im Stich. In circa zwanzig Minuten würde mein Atem zu sehen sein.

Ich verkroch mich in meinem Bett mit drei Decken, dem sanften Licht meiner Nachttischlampe und meinem voll aufgeladenen Handy. Ich entsperrte es und scrollte durch die Nachrichten der letzten Woche.

Samstag

Ich: *Du hast Oskar an mein Handy gelassen?! Ich werde dich umbringen.*

Oskar: *Guten Morgen. Ich nehme an, dass deine Nachricht für Zoe gedacht war?*

Ich: *Ähm, scheiße.*

Oskar: *LOL. Abgesehen davon, kann ich dagegen stimmen, dass du meine Schwester umbringst?*

Ich: *Kann ich sie ganz fest schütteln?*

Oskar: *Abgemacht.*

Samstagabend

Ich: *Sorry wegen heute Morgen. Wie war dein Vorstellungsgespräch?*

Oskar: *Ich hab den Job. Fünfzehn Stunden in der Woche — das wird gut passen mit meinen Vorle-*

sungen und den Proben. Ich werde vielleicht mehr arbeiten, wenn ich das Studium abbreche.

Ich: *Abbrechen? Bist du verrückt?*

Oskar: * ‾_(o_o)_/‾ * *Bin mir nicht sicher, was ich werden will, weißt du? Aber Arzt ist es nicht.*

Ich: *Aber abbrechen?*

Oskar: *Eher ein Semester aussetzen, bis ich weiß, was zum Teufel ich wirklich kann.*

Ich: *Du kannst vieles. Du warst in allen Fächern der Beste.*

Oskar: *Gut in allem, Meister in keinem — das ist mein Problem.*

Oskar: *Echt cool dass du trotz allem noch weißt, wie ich in der Schule war. Ich weiß auch noch wie es bei dir gelaufen ist. Die 3 in Sport hat dich wirklich genervt.*

Ich: *Hey, ich bin echt gut in Sport. Die Lehrerin fand nur meine Einstellung zum Schwimmen scheiße.*

Oskar: *Einstellung?*

Ich: *Vergiss es.*

Ich: *Naja, ich wollte ein Schwimmshirt anhaben...*

Ich: *Das hat sie genervt.*

Oskar: *Sie war eh eine beschissene Lehrerin und du bist in die Kurse gekommen, in die du wolltest.*

Ich: *Politik, Mathe, Wirtschaft. Aber ich hab lange darüber nachgedacht...*

Oskar: *Kommt da noch was? Ich liege hier in meinem Bett und bin gespannt wie ein Flitzebogen.*

Ich: *Sorry, meine Heizung hat ein merkwürdiges*

Geräusch gemacht. Ich hab mir überlegt, auf Lehramt zu wechseln.

Oskar: *Das freut mich zu hören! Ich habe schon lange gedacht, dass du ein super Lehrer sein würdest.*

Ich: *Hast du?*

Oskar: *Ich sehe, wie toll du mit Zoe umgehst, mal abgesehen von den Schimpfwörtern. Du nimmst dir Zeit für sie. Du sagst klar, was du erwartest. Du bist geduldig und... du strahlst.*

Ich: *Ich weiß nicht, was ich sagen soll.*

Oskar: *Danke? Cool? Ich werde jetzt definitiv zu Lehramt wechseln?*

Ich: *Stimmt alles. Und ich strahle wirklich?*

Oskar: *Es ist ein wunderschöner Anblick.*

Montag

Oskar: *WAS WILLST DU DESWEGEN UNTERNEHMEN?*

Ich: *Weswegen?*

Oskar: *Wegen Zoe. Dass sie einen Freund hat.*

Ich: *Unsere Zoe hat einen Freund? Das hat sie mir noch nicht erzählt.*

Oskar: *Fühl dich nicht außen vor, mir hat sie es auch nicht erzählt. Sie machen hinten im Garten unter dem Basketballkorb rum.*

Ich: *Ich weiß nicht, ob ich lachen oder weinen soll. Was hast du gemacht?*

Oskar: *Natürlich dir gleich geschrieben. Ab und*

zu riskier ich einen Herzinfarkt, wenn ich aus dem Fenster schau.

Ich: *Scheiße! Jetzt zum Beispiel?*

Oskar: *Soll ich zum Hulk werden?*

Ich: *Bitte mach das nicht, wenn ich nicht dabei bin, um zuzuschauen.*

Oskar: *Wer IST dieser Schönling?*

Ich: *Oh nein. . . er hat doch keine lila Streifen in seinen Haaren, oder?*

Oskar: *Warum? Wer ist es, wenn er das hat?*

Ich: *Finds raus!*

Oskar: *ER HAT WELCHE! WER ZUM TEUFEL KÜSST DA MEINE KLEINE SCHWESTER?*

Ich: *Kevin.*

Ich: *Das ergibt überhaupt keinen Sinn. Sie erzählt mir die ganze Zeit wie nervig er ist. Dass er so ein Arsch ist. Wie sie ihn in einer Million Jahren nicht daten würde.*

Oskar: *Lies zwischen den Zeilen! Klassische Verdrängung. Was soll ich jetzt machen?*

Ich: *Dreh die Musik auf. Sie denkt wahrscheinlich, dass sie allein sind. Sobald du Geräusche machst, wird er die Flucht ergreifen.*

Oskar: *Das hat tatsächlich funktioniert! Zoe ist jetzt in der Küche und macht uns heiße Schokolade. Der Typ war sofort weg. Gnade ihm Gott, wenn der hier nochmal auftaucht...*

Ich: *Sie ist sechzehn.*

Oskar: *Ja, genau. Sechzehn.*

Ich: *Nein, ich meine... wir waren auch mal sechzehn...*

Oskar: *Scheiße, ich lass sie nie wieder in die Nähe von nem Typen. Niemals.*

Ich: *Ich lache grad so sehr, dass es wehtut. Aber ja. Ich bin auf deiner Seite. Das nächste Mal, wenn ich ihn lachen sehe, werde ich wissen, was für unanständige Gedanken ihm durch den Kopf schießen. Dann werde ich zum Hulk.*

Oskar: *Soll ich so tun, als wüsste ich nichts davon? Oder soll ich sie drauf ansprechen?*

Ich: *Hmm. Ich würde sagen, wir warten, bis sie es uns von allein erzählt.*

Oskar: *Aber das könnte Tage dauern. Wochen!*

Ich: *Oder sogar Jahre.*

Oskar: *Verdammt. Aber... du hast Recht. Wenn sie soweit ist.*

Oskar: *Jetzt fragt sie, warum ich so schlecht drauf bin.*

Ich: *Du kannst ihr sagen, dass ich dich wütend gemacht habe, wenn du willst.*

Oskar: *Das glaubt sie mir niemals ;)*

Mittwoch

Oskar: *Du warst heute echt super bei der Probe!*

Ich: *Wirklich?*

Oskar: *Meine Schulter tut immer noch weh von deinen/Caspers Attacken. Ich glaub, wir haben die Hassszene echt drauf.*

Ich: *Nur so nebenbei, ich habe auch blaue Flecken. Du hattest viel Spaß mit dem Säbel.*

Oskar: *Was soll ich sagen? Ich hatte Spaß daran, dich zu stechen.*

Ich: *Elena sagte, wir waren „ganz schön spektakulär".*

Oskar: *Hab ich schon erwähnt, wie sehr ich Elena mag?*

Ich: *:P*

Ich: *Ich gestehe: ich habe heute Abend versucht, mit Zoe zu reden. War nicht sonderlich erfolgreich, aber ich hab's versucht.*

Oskar: *Versucht, über Kevin zu reden? Ich dachte, wir wollten warten?*

Ich: *Es ist mir so rausgerutscht... Ich hab sie hinter der Bühne sitzen und böse gucken sehen und... ich wollte nicht, dass sie alleine ist, mit all den Gefühlen. Ich will nicht, dass sie es bereut, nicht früher was gesagt zu haben.*

Oskar: *Ja. Sie muss wissen, dass wir für sie da sind. Das sie mit allem zu uns kommen kann. Das wir sie lieben.*

Ich: *Genau.*

Oskar: *Also schätz ich mal, kein Hulk?*

Ich: *Leider nein.*

Oskar: *Schön, dann bin ich halt olivgrün. Friedlich.*

Ich: *Du erinnerst dich, was meine Farben bedeuten?*

Oskar: *Ich erinnere mich an alles, was du sagst, Marco.*

Ich: *Oskar. . .*

Oskar: *Ich wünschte, du wärst nach der Probe nicht gleich abgehauen.*

Ich: *Ich muss morgen nen Politikaufsatz abgeben.*

Oskar: *Dann werde ich dich mal daran arbeiten lassen.*

Donnerstag

Ich: *Rostrot.*

Oskar: *?*

Ich: *Das war jahrelang deine Farbe.*

Oskar: *War? Was ist es jetzt?*

Ich: *Das versuche ich immer noch rauszufinden.*

Oskar: *Nimm dir all die Zeit, die du brauchst.*

Freitag

Oskar: *Scheiße. Mamas Auto ist kaputt und ich muss Mama und Papa zu ihrem Konzert fahren.*

Ich: *Du schaffst es also nicht zu Zoes Spiel?*

Oskar: *Ich werd's versuchen, aber von der anderen Seite der Stadt, das ist sehr unwahrscheinlich.*

Ich: *Weiß sie es?*

Oskar: *Ja, ich hab es ihr gesagt und sie meinte, sie ist daran gewöhnt, nur dich da zu haben. Hat mir ein bisschen das Herz gebrochen. Würdest du sie für mich anfeuern?*

Ich: *Du kannst dich darauf verlassen.*

Samstag

Oskar: *Wie war dein Tag auf dem Holzhof?*

Ich: *Lang.*

Oskar: *Danke für die ständigen Updates von Zoes Spiel gestern Abend! Sorry, dass ich es verpasst habe.*

Ich: *Zoe hat sie fertig gemacht. Kein Wunder, vermutlich hat es geholfen, dass ein bestimmter Schwarm auf der Bank saß.*

Oskar: *WARUM ZUM TEUFEL RÜCKT SIE NICHT RAUS MIT DER SPRACHE?*

Ich: *Ich vermute, dass sie Angst hat, dass unsere brüderlichen Instinkte einsetzen werden.*

Oskar: *Blöde brüderliche Instinkte. Aber Recht hat sie.*

Sonntag

Oskar: *Marco?*

Ich: *Oskar?*

Oskar: *Was ist deine Farbe?*

Ich: *Das ändert sich von Tag zu Tag. Ganz tief drin aber wahrscheinlich lachsfarben.*

Oskar: *Lachsfarben? Steht wohl für Fröhlichkeit? Glück? Lachen?*

Ich: *Oder, du weißt schon, für Feigheit.*

Oskar: *Wtf? Das glaub ich nicht.*

Ich: *Abgesehen von den Proben kommunizieren wir nur über Handy-Nachrichten. Jedes Mal, wenn sich die Gelegenheit ergibt, dass wir reden könnten, werd ich panisch und hau ab.*

Oskar: *Wie bitte? Es gibt keinen Politikaufsatz?*

Ich: *Siehst du, lachsfarben.*

Montagmorgen

Oskar: *Nur damit du es weißt, es ist okay.*

Ich: *Was ist okay?*

Oskar: *So zu schreiben. Ich meine, irgendwann will ich schon, dass wir uns wieder wohl genug fühlen, um abzuhängen, aber ich kann warten. Egal, wie lang du brauchst. Ich mag es, mit dir zu testen.*

Oskar: *Mit dir zu TESTEN.*

Ich: *Du testest mich jetzt gerade, oder?*

Oskar: *Verdammte Autokorrektur. Mit dir zu T-E-X-T-E-N.*

Montagnachmittag.

Ich: *Ich mag es auch, mit dir zu testen. ;)*

Dienstagmorgen

Oskar: *Nur als Vorwarnung… Zoe hat rausgefunden, dass wir uns schreiben.*

Ich: *Sie hat mir gerade NUR IN GROSSBUCHSTABEN geschrieben.*

Oskar: *Sie hat deinen Namen vorhin auf meinem Display gesehen und wollte es wissen. Hoffe, du bist nicht sauer.*

Ich: *Stinksauer :P Solltest du nicht irgendwo*

Cappuccinos machen?

Oskar: *Ich bin gerade auf dem Sprung zu meiner Schicht. Stinksauer, hm? Dann muss ich das vermutlich irgendwie wieder gutmachen.*

Unsere Unterhaltungen zu lesen wärmte mich von innen heraus. Ich lehnte mich gegen das Kopfteil und fing an zu schreiben. Ein Teil von mir wollte Oskar sagen, dass ich während seiner Schicht vorbeigekommen war. Ich hatte ihn mit einem Kunden vor mir lachen sehen und sein Lächeln war so lebendig und strahlend. Ich hatte darüber nachgedacht, mit meinem Handy ein Bild zu machen. Aber bevor ich das konnte verschwand er im Hinterzimmer.

Mit einer seltsamen Mischung aus Enttäuschung und Erleichterung bestellte ich eine Tüte frisch gerösteter Kaffeebohnen und ging.

Ich atmete tief ein und roch immer noch das Brot vom Abendessen. Dann fing ich an zu schreiben: *Verdammte Heizung! Sie ging ungefähr drei Minuten und dann ist sie wieder abgekackt.*

Während ich auf eine Antwort wartete, checkte ich meine Mails und die Nachrichten und... bing!

Oskar: *Na, da hast du dann einen spaßigen Winter vor dir! Aber was anderes, ich soll dich von Zoe fragen, was du an deinem Geburtstag machst?*

Ich: *Ich werd ein kleines Abendessen mit Papa und deiner Schwester haben, das ist unsere Tradition. Zoe weiß das.*

Oskar: *Ich glaube, Zoe versucht zu kuppeln.*

Ich war versucht, Zoe anzurufen und ihr zu sagen, dass sie sich um ihren eigenen Kram kümmern sollte. Aber vielleicht war ich gar nicht so sauer?

Ich: *Sie will, dass ich dich auch einlade.*

Oskar: *Das glaub ich auch. Aber ich kann so tun, als müsste ich arbeiten, wenn du willst?*

Ich: *Nein. Ich meine... lass mich drüber nachdenken, ja?*

Oskar: *:-)*

Wir schrieben noch ein paar Stunden hin und her, als Papa anrief. Ich schrieb Oskar schnell Gute Nacht und ging ran.

„Du hörst dich glücklich an", sagte Papa.

„Ich hab mit—" Ich hielt inne, bevor mir Oskars Namen herausrutschte. Es sollte nicht so schwer sein, Papa zu sagen, dass wir wieder miteinander redeten; er wäre begeistert. Trotzdem fühlte sich meine Zunge wie Zement an und mein Herz schlug wie verrückt.

„Olivia?", half Papa mir amüsiert aus. Mir rutschte das Herz in die Hose. „Das hätte ich mir denken können. Weißt du was? Wie wär's, wenn du dir das letzte Novemberwochenende frei nimmst und sie besuchst?"

Jetzt war eindeutig der bislang beste Moment, mich zu outen und zu beweisen, dass ich nicht nur lachsfarben war. „Was ist mit der Probe?"

„Du kennst deinen Text. Ich werde mich auf andere Szenen konzentrieren. Sieh es als vorzeitiges Geburtstagsgeschenk."

„Danke Papa." Ich schloss meine Augen und krallte meine Finger in die Decke. Ich brauchte all meine Energie, um meine Stimme fröhlich klingen zu lassen. „Warum hast du angerufen?"

———

Ich wälzte mich hin und her. Ich schlug auf das Kissen ein und suchte nach Trost.

Das Mondlicht fiel durch meine dünnen Vorhänge in mein inzwischen arschkaltes Schlafzimmer. Ich zog mir die Decke über den Kopf und seufzte.

Ich suchte unter dem Kissen nach meinem Handy und blinzelte in das grelle Licht des Bildschirms. Es war beinahe ein Uhr morgens.

Ich: *Ich geb auf. Ich kann nicht schlafen.*

Oskar antwortete sofort: *Ich auch nicht.*

Ich: *Erinnerst du dich daran, wie wir uns raus geschlichen haben, um mitten in der Nacht in den Park zu gehen?*

Oskar: *Wahnsinn. Ich war seit Jahren nicht mehr am See.*

Ich atmete tief ein und mein Körper erstarrte, als ich tippte: *Willst du jetzt gehen?*

IMMERGRÜN

ICH BLIES warme Luft in meine kühlen Hände während ich im Laufschritt zu unserem alten Treffpunkt am See eilte. Meine Schritte ließen die gefrorenen Blätter, Gräser und Zweige knacken und störten die Stille. Die dunklen Skelette der Bäume ragten in den indigoblauen Nachthimmel. Das Mondlicht glitzerte auf dem ruhigen See und tauchte ihn in einen immergrünen Schein.

Oskar, in Mantel, Schal und Mütze gekleidet, lehnte gegen einen Baumstamm und blickte suchend in die Dunkelheit. Als er mich sah, stellte er sich aufrecht hin.

Ein Ansturm von Nervosität ließ das Blut in meinen Adern pulsieren und ich kämpfte dagegen an, meine Arme um mich zu legen. Ich blies mir nochmal in die Hände und hielt ein paar Schritte von ihm entfernt an.

„Wo sind deine Handschuhe?", fragte Oskar und war bereits dabei, seine auszuziehen. „Du wirst dich erkälten."

„Hab sie vergessen. Wollte nicht nochmal umdrehen."

Mein Atem stockte, als er meine Hand nahm und einen Handschuh darüber stülpte. Ich unterdrückte ein Grinsen. „Du brauchst mir deine nicht zu geben." Aber das Gefühl von warmem Fleece auf meiner Haut brachte mich dazu, Oskar meine andere Hand hinzuhalten.

Seine warmen Finger packten mein Handgelenk und zogen auch den anderen Handschuh über. „Warum konntest du nicht schlafen?", fragte er.

„Ich weiß nicht." Ich wusste es. „Warum konntest du nicht schlafen?"

Seine Hand legte sich in meine und er machte einen Schritt in Richtung der Stelle, an der er zuvor auf mich gewartet hatte. Er schaute mir in die Augen. „Ich konnte nicht aufhören an uns zu denken. An damals."

Ich schluckte, denn das war auch bei mir der Fall gewesen.

Fragen kitzelten unter meiner Haut, unter den Brandwunden auf meinem Körper. „Andre hat gesagt, dass du damals sein Gesicht in den Dreck gedrückt hast."

Im Schein des Mondlichts sah ich, wie Oskars Kiefer zuckte. „Ich war wütend, weil ich mich nicht gegen ihn gewehrt und dir geholfen hatte. Ich hab meine Wut an ihm ausgelassen."

Die Bitterkeit und das Bedauern in seiner Stimme berührten mich. Sein Blick wurde sanft und bat um Verständnis und Vergebung.

Eine sanfte Brise kam auf und blies Nebelschwaden an uns vorbei. Ich nickte und entspannte mich.

„Andre meinte, du hast noch etwas gemacht?"

Oskars Augen huschten hin und her und er atmete tief ein, bevor er sagte: „Nein, ich... Nein."

Ich zog meine Mütze tiefer ins Gesicht und ließ von dem Thema ab. Vorerst zumindest. „Warum hast du dich von Jessie getrennt?", fragte ich. „Du hast gesagt, du hast's vermasselt."

Oskar lachte steif und rieb sich den Nacken. „Jessie wusste, dass du und ich eine Vergangenheit haben. Wusste, wie viel wir einander mal bedeutet haben." Oskar starrte auf den ruhigen See. „Als er versuchte, dich in Richtung Elliot zu schubsen, bin ich…" Er schüttelte den Kopf. „Ich wurde sauer. Ich war nicht fair zu ihm."

„Was hast du getan?"

„Als du mich auf dem Steg hast stehen lassen, wusste ich, dass ich ihm sagen musste, dass es nicht funktionieren würde. Ich kam nass und miserabel gelaunt zurück und er hat auf mich gewartet. Er wusste es schon." Oskars Lippen verzogen sich zu einer Linie und sein Gesicht wurde zu einer Maske voller Schmerzen. „Ich habe mich wie ein Riesenarschloch gefühlt. Er ist ein guter Mensch, aber ich bin einfach… ich konnte nicht anders. Ich habe die Nacht am See verbracht, Steine über die Wasseroberfläche springen lassen und mich gezwungen, nicht in die Hütte zu stürmen und dich von diesem Idioten wegzuziehen."

Mein Stimme brach, als ich sagte: „Ich habe nicht mit Elliot geschlafen. Was du gesagt hast, war wahr. Ich wollte es nicht. Mit ihm."

Oskar sackte zusammen und schloss die Augen. „Ich habe das die ganze Zeit gesagt, weil ich wollte, dass es wahr ist. Aber ich hatte kein Recht dazu. Du kannst deine eigenen Entscheidungen fällen."

Ich schluckte und starrte auf die mit Eiskristallen überzogenen Zweige. Das war so viel schwerer ohne Alkohol. Die feuchte Luft zwischen uns war wie elektrisiert.

„Es ist kalt hier draußen", sagte ich und trat etwas näher an Oskar heran.

Seine Wangen glühten rot und sein Lächeln ließ den Ansatz eines Grübchens erkennen. Er streckte seine Arme aus und zog mich noch einen Schritt weiter auf sich zu. „Sehr kalt. Noch ein paar Tage mehr und der See ist zugefroren."

„Ja. Zoe versucht die ganze Zeit, mich zum Schlittschuh-laufen zu überreden."

„Vielleicht willst du ja irgendwann mal?"

Die Spiegelung des Mondlichts auf dem See zwinkerte mir zu und ließ unsere Vergangenheit vor meinem Auge erscheinen. Ich konnte sehen, wie Oskar und ich als Kinder über den mit Eis bedeckten See schossen; sah, wie mich Oskar jedes Mal umarmte, wenn der See zugefroren war und ich auf der Ober-fläche die Balance nicht halten konnte. „Ich kann es immer noch nicht, Oskar. Du weißt, dass ich nicht mehr Schlittschuh gefahren bin, seit..."

„Deiner Mama."

Ich schüttelte meinen Kopf und meine Stimme versagte beinahe. „Seit ich für Eis gebetet habe."

Er sah mich ernst und verständnisvoll an. Ich lief rot an und schaute zur Seite. Ein schmerzerfülltes Geräusch entfuhr mir und er zog mich an seine Brust. Mein Mund lag halb an seinem Jackenkragen und halb an seinem Nacken.

Er zitterte und ich spürte seinen Puls an meiner Oberlippe.

Ich fuhr mit meiner Hand über seinen Rücken und drückte ihn an mich. In seine warmen Arme gehüllt zu sein fühlte sich sicher, stabil und verlässlich an. Mir entwich ein Schluchzer und das Schlucken tat mir weh. Ich hatte Angst, dass Oskar mein Schluchzen an seinem Nacken spüren konnte.

Er sprach durch die Mütze, die mein Ohr bedeckte, und seine Worte drangen durch das dünne Material. „Es war nicht deine Schuld, Marco."

„Ich weiß. Es ist nur... Schuld ist nicht immer logisch."

Kühle Hände streichelten meinen Nacken und Oskar drückte seine Lippen gegen meine Schläfe. „Verdammt, ich weiß. Aber es war nicht deine Schuld."

Ich nahm seine Wärme auf und ließ sie den Schmerz der

Vergangenheit betäuben. Der Wind war beißend und seine Finger waren kalt, aber ich wollte nicht, dass er mich losließ.

Langsam löste ich mich von ihm. „Ich bin müde."

Oskar drückte sich von dem rauen Baumstamm ab. „Ich bring dich heim."

———

Wir trennten uns an meiner Straße.

Ich seufzte, schloss meine Wohnung auf und zog Jacke, Schal und Schuhe aus. Als Letztes zog ich die Handschuhe aus und lehnte mich erschöpft gegen die Tür. Wieder allein, fühlte ich Leere in mir aufsteigen.

Ich hielt seine Handschuhe in meiner Hand und atmete den Geruch von Leder und Oskar ein. Ich wünschte, ich hätte mich schon mit ihm verabredet, um ihn wiederzusehen.

Und so zog ich mein Handy aus der Tasche.

Ich: *Papa hat mich morgen zum Abendessen eingeladen... hast du Lust, dich davor mit mir zu treffen und ein paar Körbe zu werfen?*

Oskar: *Wann ist deine Vorlesung zu Ende?*

Ich: *Gegen drei.*

Oskar: *Meine auch. Darf ich dich mit nach Hause nehmen?*

———

Am nächsten Tag war ich fünfzehn Minuten zu früh auf dem Parkplatz. Ich fand Oskars Auto, lehnte mich gegen die mit Eis überzogene Motorhaube und blies warme Luft in meinen Jackenkragen. Ich blätterte durch meine Geschichtsnotizen, aber las sie nicht wirklich. Aus dem Augenwinkel suchte ich die Masse aus Studierenden nach breiten Schultern und einem selbstsicheren Gang ab.

Das Auto entriegelte sich mit einem Piep. Ich erschrak und drückte mich davon weg. Oskar kam von der Straße hinter mir auf mich zu geschlendert.

Ich erwiderte sein Lächeln und widerstand dem Drang, ihn an den Bändeln seiner Jacke zu packen und in eine Umarmung zu ziehen. Stattdessen öffnete ich die Beifahrertür und schlüpfte ins Auto. Oskar zog seine Jacke aus und tat dasselbe.

Er fuhr vorsichtig und fragte mich über meinen Tag aus, während ich so lange am Radio herumspielte, bis Tepid Creek durch das Auto hallte.

„Wir sind in der Nähe von Zoes Basketball-Verein", sagte ich als ich die Straße erkannte.

„Sie nimmt nach dem Training heute eigentlich den Zug nach Hause", sagte Oskar, schaute auf die Uhr und bog dann aber auf die Hauptstraße ab.

Wir parkten gerade am Straßenrand als Zoes Teamkameradinnen aus der Sporthalle kamen. Weil Zoe nicht auftauchte, schnallte ich mich ab. „Warte hier, ich hol sie."

Am Eingang traf ich auf Stefanie. Ihr Gesicht wurde verdächtig dunkelrot — und ich hatte noch nicht einmal Hallo gesagt. „Steffi?", sagte ich und zog eine Augenbraue hoch.

„Marco", sagte sie. „Ich, ähm, glaube nicht, dass Zoe mit dir rechnet."

Mein Körper spannte sich augenblicklich an. „Was soll das heißen?"

„Nichts. Gar nichts", sagte sie.

In zügigen Schritten lief ich an ihr vorbei zur Turnhalle. Die Luft roch nach Schweiß, Gummi und Deo.

Zoe spielte Eins-gegen-Eins mit Kevin. Sie lachte, als sie an ihm vorbei dribbelte und den Ball im Korb versenkte. Kevin nahm den Ball und sabberte fast als er ihn ihr zurückgab.

Ich fluchte und ging zurück zur Tür. Sollte ich es akzeptieren? So tun, als hätte ich nichts gesehen? Zu ihr gehen und so tun, als wäre er irgendein Typ?

Bevor ich wusste, was geschah, hatte ich mein Handy in der Hand und Oskar eine Nachricht geschickt: ***Zoe. Sie treibt's mit Kevin.***

„Scheiße", sagte ich, als ich die vielleicht etwas irreführende Nachricht las. Ich versuchte es nochmal. Aber ehe ich auf Senden drücken konnte, stürmte Oskar in die Halle und kochte vor Wut. So viel zu Ruhe und Verständnis. Oskar war kurz davor, zum Hulk zu werden.

Ich stellte mich ihm in den Weg und legte beide Hände auf seine Brust. „Ruhig, Oskar. Warte kurz. Sie spielen Basketball. Das ist alles. Vergiss meine Nachricht."

Sein Blick schweifte über das Spielfeld, erkannte die Harmlosigkeit der Situation und konzentrierte sich wieder auf mich. „Was zum Teufel? Marco!"

„Scheiße, ich wollte *spielt mit Kevin* schreiben."

Er schüttelte den Kopf, aber ein kleiner Funke Wut brannte noch in seinen Augen. Er schaute auf meine Hände hinunter, die seinen weichen Pulli glatt strichen. Ich riss sie von ihm weg und drehte mich um, als laut Zoes Stimme erklang. Sie war nicht glücklich. „Oskar? Marco? Wollt ihr mich verarschen?"

Ihr Coach, der gerade mit #44 geredet hatte, drehte sich zu Zoe und rief ihr zu, dass sie auf ihren Umgangston achten sollte wenn sie im nächsten Spiel dabei sein wollte.

Zoe lief rot an und schloss ihren Mund, aber ihre Augen... Wenn Blicke töten könnten... Sie ließ den Ball fallen und kam zu uns herüber. Kevin schlich unsicher hinter ihr her und vermied es, uns anzuschauen. Gut so.

„Was macht ihr hier?", fragte sie.

„Das könnten wir dich auch fragen", stieß Oskar hervor.

Ich verlagerte mein Gewicht, bereit dazwischen zu gehen, falls ich musste. „Wir wollten dich überraschen", sagte ich. „Dich zu unserem eigenen Spiel abholen."

Zoe verschränkte die Arme. Sie war sichtlich genervt, weil wir sie bei ihrem Spiel mit ihrem heimlichen Freund unterbrochen hatten, aber sie konnte nichts erwidern. Sie knurrte und murmelte etwas von wegen, dass sie noch ihre Sachen holen musste.

Zoe ging an uns vorbei zur Umkleidekabine. Kevin versuchte, ihr zu folgen, aber ich packte ihn am Kragen und hielt ihn zurück. „Kevin. Was für ein Zufall, dich hier zu treffen."

Er wackelte peinlich berührt hin und her und die rote Farbe in seinem Gesicht verriet mehr als tausend Worte. Oskar schaute ihn böse an.

„Lass mich los", platzte es aus Kevin heraus.

Bevor ich das tat, lächelte ich und brachte meine nächsten Worte besonders laut und deutlich hervor. „Du wirst gut zu ihr sein. Du wirst sie respektieren. Und du wirst verdammt noch mal —"

„Marco!", schrie Zoe.

Ich ließ den Jungen gehen. Er winkte Zoe zu und rannte er davon.

Oskar stellte sich zwischen mich und Zoe und stützte sich leicht auf meinen Unterarm.

„Ich wollte nur sicherstellen, dass er gut zu dir ist", sagte ich.

Sie war so rot, dass ich damit rechnete, dass sie jeden Moment anfing zu dampfen. „Lass das, okay? Er ist ein netter Typ."

„Das hoffe ich für ihn", sagte Oskar. Er seufzte und seine

Berührung wurde fester. „Warum wolltest du uns nichts von ihm erzählen?"

Zoe schaute von ihrem Bruder zu mir und dann auf den hölzernen Boden. „Wann habt ihr es rausgefunden?"

„Oskar hat euch beim Rummachen gesehen."

Sie scharrte mit ihrem Fuß über den Boden und schaute mich dann an. „Ich wusste nicht, wie ich es dir sagen sollte."

„Wir sind auf deiner Seite, Zoe", sagte ich mit einem Frosch im Hals. Die Hitze von Oskars Hand und Fingerspitzen drang durch meinen Pullover. „Du kannst uns alles sagen."

„Ich habe dir gesagt, dass ich ihn hasse", sagte sie leise. „Hab dir gesagt, dass er ein Arsch ist. Ich wusste nicht, wie ich die Lüge zurücknehmen sollte."

Oh. Alles, was ich tun konnte, war nicken.

Oskars Blick bohrte sich in mich, als ich Zoe in die Arme nahm. „Es ist okay. Wir sind okay. Okay?"

Sie seufzte mir ins Ohr und gab widerwillig nach. „Okay."

———

Wir hatten gerade gegenüber von unseren Häusern geparkt und stiegen aus dem Auto als Papa anrief.

Zoe hängte sich ihre Sporttasche über die Schulter und ging in Richtung ihres Hauses. Oskar ließ sich Zeit dabei, seine Tasche vom Rücksitz zu holen, während ich mit Papa redete.

„Marco, ich bin noch auf der Arbeit. Könntest du zum Supermarkt gehen und Paniermehl für die Schnitzel holen? Ich werde in ein paar Stunden zu Hause sein."

„Nur Paniermehl?", fragte ich. Oskar schaute aus dem Auto und rief seiner Schwester zu, ob sie ihren Rucksack brauchte. „Sonst noch irgendwas?"

„Vielleicht ein paar Eier, nur um sicherzugehen. Bist du bei Oskar und Zoe?"

„Paniermehl und Eier. Und ja bin ich."

„Kauf etwas mehr Fleisch und lad sie zum Abendessen ein, ja? Die Richters kommen heute später heim."

Ich steckte mein Handy in die Tasche, drückte mich von der Motorhaube ab und drehte mich zu Oskar. „Ich muss kurz zum Supermarkt. Du und Zoe esst bei uns."

„Wo glaubst du gehst du hin?"

„Das habe ich doch gerade gesagt. Zum Supermarkt."

Oskar schüttelte den Kopf und grinste. „Park deinen Arsch wieder im Auto, Marco. Ich fahr dich."

Fünf Minuten später parkten wir vor der Grünen Ecke. „Auf einer Skala von eins bis zehn...", sagte ich und schaute aus der Windschutzscheibe, „...wie sehr haben wir heute bei Zoe versagt?"

Oskar lachte herzlich. „Ich habe ehrlich gesagt keine Ahnung. Aber die Safer-Sex-Lektion war großartig. Ich bin froh, dass du das übernommen hast, denn egal wie sehr ich nicht will, dass meine Schwester... naja, jemand musste es sagen."

„Oder eher nicht sagen."

„Ich glaub sie hat es verstanden, Marco."

Ich versuchte, ein Kichern zu unterdrücken, aber es gelang mir nicht. Oskar fing auch damit an, stöhnte schließlich und schlug seinen Kopf gegen das Lenkrad. „Ich werde nie wieder ruhig schlafen können."

„Ich bin mir sicher, wir finden einen Weg." Sein Kaschmirpulli fiel glatt über seinen Rücken, nur auf seiner Schulter warf er eine Falte. Ich strich mit einer Hand über seine Schulter, hoch zu seinem Nacken und streichelte seine feste, warme Haut. Er hielt still und als mir klar wurde, was ich da tat, riss ich meine Hand weg und suchte schnell einen Weg aus dem Auto, über den Parkplatz und in den Supermarkt.

Oskar sagte nichts. Er folgte mir, während ich ein Dutzend Eier und eine Packung Paniermehl in einen Einkaufskorb legte.

„Danke für die Mitfahrgelegenheit", sagte ich, weil ich etwas sagen musste. „Es wäre bei diesem Wetter ein arschkalter Spaziergang gewesen."

Vor den Aprikosen hielt er an und nahm mir den Korb aus der Hand. Ich befürchtete, dass er etwas zu dem Moment im Auto sagen würde, aber das tat er nicht. „Wie gehst du bloß ohne Auto einkaufen?", fragte er.

„Ich schleppe alles heim", sagte ich mit einem beiläufigen Achselzucken. Ich hatte ihm immer noch nicht in die Augen gesehen.

„Okay", sagte er als hätte er diese Antwort erwartet. „Dann tauschen wir diesen Korb jetzt gegen einen Wagen und du machst deinen Wocheneinkauf."

Er war verschwunden, noch bevor mir klar war was er mir anbot. Ich lief ihm nach.

„Sag ja nicht nein", warnte Oskar.

Endlich traf mein Blick den seinen. Er war zärtlich und sanft und nicht verurteilend. „Ich habe nichts gesagt."

Er grinste. „Das wolltest du aber."

Das hatte ich gewollt.

Wir füllten den Wagen mit allem, was ich für ein paar Wochen brauchte. Oskar lud Wasser und Milch unter den Wagen. Ich sah die Muskeln unter seinem Shirt spielen. Er richtete sich langsam wieder auf. Ich riss meinen Blick schnell von seinem Nacken los und betrachtete eingehend das Saftregal.

An den Kassen angekommen, schaute ich an den Bändern entlang wer heute Abend arbeitete. Kein Andre in Sicht.

Ich seufzte erleichtert, leider zu früh. Auf unserem Weg zum Auto schleppte sich ein in Winterklamotten gehüllter Andre zur Arbeit.

„Mmmh, Marco?"

„Schieb einfach den Wagen weiter."

Oskar machte ein amüsiertes Geräusch, während ich vorsichtig um ihn herumlugte —

Andre hob eine Hand und winkte Oskar freundlich zu. Was zum Teufel?

„Ich glaube, wir wurden ertappt", sagte Oskar lachend.

Ich stöhnte, kroch hinter ihm hervor und lächelte schwach, als Andre langsam an uns vorbeiging.

„Hey", sagte er und schaute zwischen uns und dem vollen Wagen hin und her. Ein leichtes Lächeln erschien auf seinem sonst kühlen Gesicht. „Ihr habt also alles bekommen, was ihr wolltet?"

Oskar antwortete nicht. Ich nickte ihm zu.

„Vermutlich seh ich euch dann ein andermal." Er zeigte mit dem Daumen über seine Schulter zum Supermarkteingang. „Ich muss los. Meine Schicht fängt gleich an. Nehmt nächstes Mal meine Kasse, ja?"

Oskar und ich luden den Einkauf in sein Auto und fuhren zurück zu mir. Er erwähnte Andre nicht, während er mir half, alles in meine unordentliche Wohnung zu schleppen und ich sagte auch nichts. Irgendetwas schien ich aber verpasst zu haben. Da war ich mir sicher. Aber es war gerade irgendwie zu angespannt zwischen uns, um zu fragen.

Oskar räumte die Pasta in meinen Hängeschrank. Ich wollte ihm gerade sagen, dass er meine Lebensmittel nicht einräumen musste, als er aus dem oberen Fach die Packung Kaffee zog, die ich in seinem Café gekauft hatte. Er starrte sie lange an. „Wann hast du die denn gekauft?", fragte er sanft.

Ich mied seinen Blick und räumte eine Packung Schwämme ein. „Vor einer Weile."

„Marco..."

Oskar drehte sich zu dem lauten Klopfen, das in diesem

Moment von den Wasserrohren kam. „Was zum Teufel war das?"

„Die Heizung."

„Das hört sich nicht gesund an."

Ich lachte angestrengt. „Ziemlich beschissen, ich weiß."

Oskar stellte den Kaffee zurück und zog seine Ärmel in einer ziemlichen Machobewegung hoch. „Ich kann dich ja im Winter nicht frieren lassen. Lass mich das mal anschauen."

Ich zog eine Augenbraue nach oben. „Viel Spaß. Ich lehn mich zurück und schau zu."

Oskar begutachtete mit zusammengekniffenen Augen die Heizung, die nun wie ein Presslufthammer klopfte. „Werkzeugkoffer?"

„Unter dem Spülbecken."

Er stellte meinen kornblumenblauen Werkzeugkoffer demonstrativ vor meine ungezogene Heizung. Ich räumte meine Lebensmittel fertig ein, setzte mich und balancierte mit verschränkten Armen auf den hinteren Stuhlbeinen. „Seit wann bist du Handwerker?"

„Welchen Teil von Alleskönner hast du nicht verstanden?"

Das brachte mich auf einen Gedanken. Etwas das ich ihn schon eine ganze Weile fragen wollte. „Überlegst du dir wirklich, dein Studium zu unterbrechen und eine Auszeit zu nehmen?"

Oskar fummelte mit einem Bolzen an der Heizung herum. „Ich denke immer noch darüber nach. Ich hasse Medizin nicht, aber ich will kein Arzt werden. Ich... ach egal."

„Ach egal? Nein, diesmal kommst du mir nicht so davon. Erzähl's mir."

Ein angespanntes Lachen. „Du darfst aber nicht lachen."

„Versprochen."

„Ich denke, ich wäre lieber Krankenpfleger."

„Warum sollte ich darüber lachen?"

Er wedelte mit dem Schraubenschlüssel in der Luft herum.

„Ich würde gerne ein besseres System entwickeln, um alten Leuten das Leben in ihrem eigenen Zuhause zu ermöglichen. Ich mag die Jobvielfalt in der Krankenpflege und auch, Menschen bei ihrem täglichen Leben zu helfen. Jemand sein, mit dem Menschen reden können, spazieren gehen können und, du weißt schon, Musik und Spiele spielen können. Dabei zu helfen, eine Gemeinschaft zu organisieren."

Wow. Krass. „Das ist... Ich glaube, jeder könnte sich glücklich schätzen, wenn du dich um ihn kümmerst."

„Danke", sagte er mit einem wehmütigen Lächeln und bastelte weiter an der Heizung herum. Nach ein paar Minuten legte er den Schraubenschlüssel zurück in die Werkzeugbox, richtete sich auf und putzte seine Hände an seiner Hose ab. „So. Ich habe das Problem erkannt und habe eine Lösung."

Ich schaute auf die Heizung hinter ihm. „Und die wäre?"

„Das Problem ist, dass ich keine Ahnung habe, was ich da tue. Ich habe die letzten zehn Minuten versucht, den Mut aufzubringen, dir die Wahrheit zu sagen: ich kann viele Dinge, aber Handwerken ist keins davon." Oskar rieb sich den Nacken, seine Wangen waren pink. „Aber die Lösung ist einfach. Ich rufe jemanden an, der es repariert."

Ein breites Grinsen entfaltete sich auf meinem Gesicht. „Mach dir keinen Stress. Ich ruf den Vermieter an. Aber danke, dass du's versucht hast."

„Lachst du mich etwa aus?"

„Ich?"

Er schüttelte den Kopf. „Lass uns zurück zu deinem Papa gehen. All die harte Arbeit hat mich hungrig gemacht."

Ich lachte und der Stuhl kippte nach hinten. Oskar fing mich auf. Seine Handflächen landeten auf meinen Schenkeln, er drückte nach unten und die Hitze seiner Hände drang durch meine Jeans, bis der Stuhl wieder auf allen Vieren stand.

Ich schluckte. Sein Blick war intensiv, seine haselnussbraunen Augen tief und sanft.

Ich versuchte, etwas zu sagen, aber meine angespannten Nerven hatten meine Stimmbänder fest im Griff.

Oskar lächelte und ließ mich wieder los. Ich war mir unsicher, ob ich das tatsächlich wollte. „Essen?"

„Stimmt. Essen."

TÜRKIS

ALS ICH NACH einer stressigen Probe nach Hause kam, schrieb ich Oskar: *Sorry, dass ich die Zeilen heute verkackt habe.*

Oskar: *Kein Problem.*

Ich: *Vermutlich ist es schon zu spät, dass du vorbeikommst, um die Zeilen noch einmal durchzugehen?*

Ich: *Ja? Nein? Vielleicht? Eine Katze muss von Baum gerettet werden? Bin gleich zurück?*

Ich: *Dann bist du vermutlich beschäftigt. Egal.*

Gott, warum zum Teufel schrieb ich noch?

Ich: *Gute Nacht.*

Ein leises Klopfgeräusch erklang hinter mir. Ich legte das Handy aufs Regal und riss die Tür auf.

„Du wolltest die Zeilen nochmal durchgehen?" Ein atemloser Oskar trat in meine Wohnung, sein Blick war auf mich fixiert.

Mein Herz machte einen Satz und ich zog an seinem Schal. Er stolperte nach vorne und unsere Körper stießen gegeneinander. Oskar drückte mich gegen die Wand, während ich ihm die Jacke von seinen Schultern streifte. Er zog sie aus und warf sie neben der Tür auf den Boden.

Der Kuss, der folgte, war heiß und fest und sein erdiger Geruch ließ mich sofort hart werden. Er lehnte sich ein paar Zentimeter zurück. Seine Augen strahlten mit einer Intensität, die mich gleichzeitig anzog und abschreckte. Er spürte mein Zögern und hob mein Kinn mit seinen Fingern an. „Was ist los?"

„Das weiß ich auch noch nicht so ganz genau", sagte ich.

„Sollen wir aufhören?"

Ich packte sein T-Shirt, um ihn bei mir zu behalten. „Ich weiß nicht, was das hier ist, Oskar, aber ich muss dich spüren. Halt mich."

Sein Mund streifte über meinen Mund, meine Nasenspitze und meine Wang hinweg. An meinem Ohr hielt er inne. „Dich zu halten ist alles, wovon ich träume."

Meine Brust schnürte sich zu und ich hielt mich noch stärker an seinem Hoodie fest. Oskar küsste meinen Hals entlang. Seine Unterlippe war leicht aufgesprungen. Wie sie etwas rau über meine Haut glitt schickte noch mehr Blut in meine Leistengegend. Ich wollte, dass er mich weiter küsste. Und an anderen Stellen. Überall.

Mein Atem stockte. *Ich konnte nicht zulassen, dass er mich überall küsste.* Konnte ihm nicht erlauben, mich zu sehen.

Ich sollte es jetzt beenden, bevor ich die Kontrolle verlor.

183

Oskars Zunge strich meinen Nacken entlang und dann über meine Schulter. Seine Zähne knabberten an meiner Haut. Meine Gedanken überschlugen sich, während meine Lust sich wie eine Welle immer höher aufbäumte. Ich ließ meinen Kopf nach hinten fallen und rieb meine brennende Erregung an ihm.

Oskar drückte gegen das untere Ende meines Rückens, um mir mehr Reibung zu ermöglichen. Ich ließ meine Hand seinen Nacken entlang gleiten, fuhr mit den Fingern durch seine kurzen Haare und zog ihn für einen weiteren Kuss zu mir. Seine Zunge tastete den Umriss meines Mundes ab und ich ließ sie mit einem Seufzer hinein. Er bewegte seine Hüften und seine Erektion, stramm und aufrecht, strich an meiner entlang. Wir rieben uns weiter aneinander, während wir stöhnend den Geschmack des Anderen erkundeten. Als wir uns einen halben Zentimeter voneinander entfernten, um nach Luft zu schnappen, durchbohrte mich Oskars Blick regelrecht.

Zeit, die Nerven zu verlieren. Finde eine Ausrede, damit er aufhört!

Sein Mund hinterließ sanfte Küsse auf meinen Wangen, meiner Stirn und meinen Augen. Er ließ sich Zeit, versuchte zu erkennen, was ich wollte.

Ich packte ihn fest und schob meine Zunge in seinen Hals. Mein Herz schlug wie wild während ich mich verzweifelt in seinen Rücken krallte, um ihn um jeden Preis hier zu behalten. Er seufzte und lehnte sich mit seinem ganzen Gewicht gegen mich, womit er mir wortlos zu verstehen gab, dass ich mit ihm machen konnte, was ich wollte. Wenn ich ihn hier haben wollte, dann würde er bleiben.

Ein gieriger Hunger erwachte tief in mir. „Mehr."

Er drückte meine Hände über meinem Kopf an die Wand und ließ seinem ganzen Verlangen in unserem nächsten Kuss freien Lauf. Unsere Zungen spielten miteinander. Er drückte seine Hüfte fester gegen mich wodurch es für meinen pulsierenden Penis in meiner Jeans noch enger wurde.

Seine freie Hand huschte unter den Saum meines Pullovers. Gänsehaut breitete sich auf meiner Hüfte aus und plötzlich standen mein Körper und mein Verstand auf Kriegsfuß. Mein Körper war bereit für seine Berührung, aber mein Verstand schrie, dass ich ihn nicht die glatte, verbrannte Haut berühren lassen sollte.

Ich riss meine Handgelenke los und drückte meinen Pullover nach unten. Oskar ließ seine Hände sinken und hörte auf, mich zu küssen. „Was willst du, Marco?"

„Ich will, dass du mich anfasst. Aber ich will nicht, dass du mich *siehst*." Ich schlug auf den Lichtschalter und tauchte den Raum in Dunkelheit. Oskar machte ein überraschtes Geräusch, aber bevor er etwas sagen konnte, verwickelte ich ihn in einen weiteren Kuss. Die Schatten gaben mir Kraft. „Ich will uns. So."

„Marco..."

Ich zog ihn zum Bett. Meine Knie stießen gegen die Matratze und wir fielen Seite an Seite auf mein ungemachtes Bett. Die Decke lag zusammengeknüllt unter meinen Schenkeln. „Bitte...", sagte ich, „...ich muss kommen."

Sein Atem stockte und in einer fließenden Bewegung rollte er sich auf mich. Heißer Atem glitt über meinen Nacken und ich packte Oskars Hintern und drückte mich an ihn.

Ich pulsierte so sehr, er musste es an seiner Hüfte spüren.

„Kann ich unsere Hosen ausziehen?", fragte er. Seine Stimme klang so erregt dass mein Herz einen Hüpfer machte. *So klang er wegen mir.*

„Ja. Meine Hose. Meinen Pulli."

„Du solltest wissen...", flüstere er mir ins Ohr, „...dass ich dich sehen *will*. Ich —"

„Nein, Oskar. Nicht jetzt."

Er wurde still, bewegte sich an mir entlang nach unten und

glitt über meine Erektion. Ich zischte und murmelte etwas Unverständliches. Er öffnete den Knopf meiner Jeans und ich hob meinen Hintern für ihn damit er sie runterziehen konnte. Er achtete darauf, meine Boxershorts unberührt zu lassen. Ein Bein nach dem anderen wurde ausgezogen. Und zack landete die Jeans auf dem Boden.

Ich zog meinen Pulli aus und warf ihn in zu der Hose auf den Boden. Ein Bein angehoben, zog ich die Decke darunter hervor und lag nun wieder auf der Matratze. Meine Gänsehaut hatte ganz sicher nichts mit der kühlen Luft oder den kalten Laken zu tun.

Meine Augen hatten sich mittlerweile an die Dunkelheit gewöhnt und ich stemmte meine Ellbogen aufs Bett während ich Oskar dabei beobachtete, wie sich seine Muskeln anspannten als er seine Hose auszog. Seine harte Erektion wölbte sich deutlich sichtbar unter seinen Boxershorts. Er bewegte sich zum Rand des Betts und starrte zwischen meine Beine. Während er auf mich hinabblickte, zog er seine Boxershorts aus. Mit einem lauten und wilden Seufzer legte er eine Hand um seine Länge und begann, sie zu streicheln. So frei von Scham. So *entblößt*.

„Wie du…", sagt er zitternd, „…wartend auf dem Bett liegst… Ich habe Angst, dass ich jeden Moment aufwachen werde und wieder alleine bin."

Blanke Hitze und reines Verlangen gingen von ihm aus und erstreckten sich in meine Richtung. Ich packte meinen Ständer und wünschte mir, ich könnte all meine Kleidung loswerden und mich von ihm in andere Sphären vögeln lassen, wo meine Unvollkommenheit nicht existierte. Aber selbst wenn das passieren würde, wäre ich danach wieder zurück auf dem Boden der Realität.

Oskar ließ seine Finger nun über meine Füße gleiten, durch die Haare an meinen Waden, auf dem Weg zwischen meine

Beine. Sein Blick glitt über meine Schenkel und stoppte, als er den Rand meiner Shorts erreichte. „Ich würde es lieben, jeden Fleck von dir zu berühren und jeden Zentimeter zu küssen...", sagte er sanft, „...aber ich werde nichts tun, was du nicht willst."

Seine Hände streichelten über meine Shorts, seine Daumen rieben an meinen Hüften, so nahe an meinem Penis, dass dieser sich bewegte. Ich ließ mich ins Bett zurücksinken.

Ein Kuss landete nahe dem Saum meiner Shorts auf meinem Schenkel.

Ich wimmerte als Oskar tief einatmete atmete und seine Nase an den unteren Teil meiner Erektion presste.

„Du riechst so gut, Marco."

Fuck. Ich könnte allein davon kommen, meinen Namen so voller Verlangen zu hören. Nach Halt suchend zog ich am Laken, aber es war zu fest über die Matratze gespannt.

Oskar fand meine Hand und verschränkte unsere Finger. Er saugte an der Spitze meines Penis' der noch in gespannten Stoff gehüllt war, durch den ich aber trotzdem die Hitze seines Mundes spüren konnte.

Ich drückte seine Hand und er drückte zurück. Es sollte heißen, *du bist bei mir sicher. Vertrau mir.*

Ich wollte ihm vertrauen. Wollte mich ihm hingeben, aber die Angst hielt mich immer noch zurück. Ich hatte seit dem Tag im Zelt, an dem ich Oskar meine Brust gezeigt hatte, keinen mehr so nah an mich herangelassen.

Der Stoff an der Spitze meines Ständers war nass von seiner Zunge und meiner Erregung. Ich hatte Angst, dass sich mein bestes Stück durch die Öffnung meiner Shorts in seinen Rachen schieben würde.

Ich zog an seiner Hand. „Leg dich auf mich", sagte ich. „Ich will, dass du mich komplett aufs Bett presst."

Oskar kroch an mir hoch, bis wir uns von Kopf bis Fuß berührten.

Er legte sein ganzes Gewicht auf mich und hauchte einen Kuss auf meine Lippen. Sein Stöhnen kitzelte an der Seite meines Munds und sein Blick traf meinen. Meine Knöchel fuhren an seiner Seite entlang während meine Hand zwischen uns nach oben glitt und sich um sein hartes Stück legte. Lusttropfen hatten sich auf seiner Eichel gebildet und ich wischte sie mit meinem Daumen weg. Ich drückte meine Latte durch meine Shorts und legte sie an Oskars. Er lächelte. Meine andere Hand war immer noch mit seiner verschränkt. Er legte unsere Arme zur Seite während er mich hungrig küsste. Er rieb sich an mir und ich ließ ihn die Kontrolle übernehmen.

Weil ich wollte, dass er sie übernahm. Dass er auf mich aufpasste.

„Eines Tages werde ich deine warme Haut an meiner fühlen", sagte er, als er uns immer näher an die Erlösung brachte. „Ich werde mich tief in dir vergraben und du wirst meinen Namen schreien, wenn du kommst."

„Scheiße." Mein Verlangen trieb mich an und ließ die Mauer der Angst bröckeln. „Schließ deine Augen, Oskar."

Er schloss sie und ich zog meine Boxershorts herunter. Oskar zischte, als ich meine Hand um uns beide legte.

Die Reibung unsere beiden besten Stücke ließ mich schwindlig werden. Oh, scheiße. Scheiße. „Ich werde nicht... ich kann nicht mehr—"

Oskars Finger gruben sich in meinen Handrücken, während seine andere Hand den Griff weiter verfestigte und seine Atmung schneller wurde.

Ich hob meinen Kopf und küsste ihn.

Er bewegte sich noch einmal und mein Schrei verlor sich in seinem Mund, als der stärkste Orgasmus meines Lebens in einer tosenden Welle über mich kam. Ich ergoss mich an Oskars Bauch und auf meinem T-Shirt. Er antwortete mit einem

Stöhnen und drei schnelle Bewegungen später kam auch er über meinem bereits erlösten Penis.

Ich ließ mich zurück aufs Bett fallen. „Fuck", sagte ich, als sich der Zauber meines Orgasmus' über mich legte und meine Haut kribbeln ließ.

Oskar schaute mir in die Augen und küsste mich zärtlich. „Du bist so wunderschön", sagte er. Die Worte rissen mich aus meinem Delirium. Ich griff nach meinen Boxershorts und zog sie unbeholfen über meinen klebrigen Penis.

„Da spricht der Sex aus dir", sagte ich angespannt und rollte ihn von mir.

Oskar seufzte. „Das ist nicht der Sex. Ich meine es ernst. Ich fand dich immer sexy und—"

„Sag's nicht", warnte ich ihn und er musste die Ernsthaftigkeit in meiner Stimme gehört haben, denn er beließ es dabei.

Ich zwang mich dazu, seinen Blick zu erwidern. Er spielte mit meinem Erguss auf seinen harten Bauchmuskeln. Sein Glied war mittlerweile erschlafft und klebte an seinem Schenkel. Er hatte einen Arm unter seinen Kopf gelegt und machte es sich splitterfasernackt gemütlich.

„Oskar...", sagte ich mit brechender Stimme, „...ich ...das war, fuck, unglaublich, aber
—"

Oskar bewegte sich schnell. Er drehte sich zur Seite und presste einen mit Sperma bedeckten Finger auf meine Lippen. „Sag's nicht", sagte er mit der gleichen Intensität, mit der ich zuvor gesprochen hatte.

„Aber das kann nicht —"

Er ersetzte seinen Finger mit seinen Lippen und drückte diese fest auf meine, während er meinen Geruch tief einatmete. „Ich weiß, dass du noch nicht weißt, was das hier ist...", sagte er, „...aber können wir es abwarten?"

Ich kuschelte mich an ihn und er hielt mich fest.

Aber mein Verstand flüsterte nein. Das konnte nur in Schmerz und Demütigung enden.

―――――

Am nächsten Morgen wachte ich in Oskars Armen auf. Die Decke war um unsere Knie geschlungen und zartes Sonnenlicht hüllte die Wohnung in ein aprikosenfarbenes Gelb. Vorsichtig, um ihn und seinen warmen, muskulösen Körper nicht zu wecken, krabbelte ich aus dem Bett. Die Laken *raschelten* verräterisch und Oskar wachte langsam auf. Ich schaute ihn an. Oskar griff verschlafen nach meinem Kissen, vergrub sein Gesicht darin und atmete mit leicht geöffneten Lippen ein.

Mein Herz machte einen Satz und die Muskeln unter meiner Haut spannten sich an. Ich schlich zu meinem Schrank und zog frische Klamotten heraus. Ein Long-Sleeve und eine dunkle Jeans.

Langsam schob ich die Schublade zu und versuchte, Oskar nicht zu stören. Nicht weil ich um seine Schlafqualität besorgt war, sondern weil ich nicht über letzte Nacht reden wollte. Ich wollte nicht einmal darüber nachdenken.

Ich schlüpfte ins Badezimmer, sprang unter die Dusche und ließ mir Zeit beim Waschen, und noch mehr dabei, mich anzuziehen.

Die letzte Nacht lief in Dauerschleife in meinem Kopf ab und meine Morgenlatte flehte um Aufmerksamkeit. Es wäre einfach, die Erregung verschwinden zu lassen — alles, was ich tun müsste, wäre, mir Oskars Gesicht vorzustellen, wenn er die großen Brandnarben auf meiner Brust sehen würde.

Ich würde es lieben, jeden Fleck von dir zu berühren und jeden Zentimeter zu küssen. Es war nur das Gerede eines Moments. Er hätte das nie gesagt, wenn er nicht kurz davor gewesen wäre, zu kommen.

In einer Wolke aus Oliven-und-Kräuter-Dampf trat ich aus dem Badezimmer. Oskar — mit verwuschelten Haaren und sichtbaren Bartstoppeln — stand an der Tür und zog seine Stiefel an.

„Ich hau nicht ab", sagte er und schnürte die Schuhe. „Ich muss in einer Stunde beim Arbeiten sein und ich muss noch schnell heim und duschen."

Er verlagerte sein Gewicht nach hinten als wollte er den engen Raum zwischen uns verkleinern und mich in den Arm nehmen. Stattdessen steckte er seine Hände in seine Jackentasche. „Kommst du nach dem Unterricht im Café vorbei?"

Ich wurde panisch und lehnte mich gegen die Badezimmertür. „Ich weiß nicht. Bin beschäftigt. Hausarbeiten."

„Hausarbeiten." Er rieb sich über den Nacken. Unsere Augen trafen sich und er wusste, dass es keine Hausarbeiten gab. „Naja...", sagte er und klang hoffnungsvoll, geduldig und traurig, alles auf einmal, „....falls du Zeit hast, der Kaffee geht auf mich."

Er drehte sich zur Tür, legte seine Hand auf die Klinke, hielt eine Sekunde inne, öffnete sie dann und ging.

Das Zimmer schien größer, jetzt da er weg war. Größer und leerer.

Oskars schwarze Handschuhe zogen meinen Blick auf sich. Ich zog sie unter meinem Schlüssel hervor und hielt sie fest, während ich geistesabwesend zu meinem Bett ging. Die zerwühlten Laken riefen mir verführerisch zu und ich wollte hinein krabbeln und...

Ein lautes *Dong, Dong, Dong* kam von meiner Tür. Ich rannte zu ihr und riss sie auf. „Oh."

Ben stand da, das Gesicht zur Hälfte hinter einem Schal versteckt. Er zog eine Augenbraue hoch und linste hinter mich in die Wohnung. „Du klingst so, als hättest du jemand anderes erwartet?"

191

Ich schüttelte meinen Kopf. Scheiße. Ich hatte vergessen, dass Ben heute Morgen vorbeikommen würde. Papa hatte deswegen gestern Abend angerufen. Er brauchte uns, um ihm dabei zu helfen, die Bühnenbilder in die Kirche zu transportieren. Er hatte extra einen Sprinter ausgeliehen.

„Bist du fertig?", fragte Ben.

Ich zog die Handschuhe an, nahm meine Schlüssel und meinen Geldbeutel und begann widerwillig den Tag.

———

Auf dem Holzhof roch es nach feuchtem Holz und Sägespänen, und in der Halle, in der Papa das Bühnenbild baute, nach Lack. Wir verbrachten Stunden damit, die Teile des Schiffs auseinanderzunehmen und in den Sprinter zu laden.

Außerdem nahmen wir einen großen Schaukelstuhl mit. Papa wollte Opas muffigen Blumenmustersessel austauschen. Ben war in einer verspielten, türkisen Stimmung. Ich vermutete, dass es mit der Nachricht zu tun hatte, die er vor wenigen Minuten mit einem immer breiter werdenden Grinsen gelesen hatte.

„Sag's mir", brach es aus mir heraus.

„Sag dir was?"

„Wer dich wie ein Honigkuchenpferd auf Crack grinsen lässt?"

Ben lachte. „Ich habe einfach gute Laune."

Seine gute Laune klang verdammt nach Sebastian.

Ich griff den seltsam bulligen Schaukelstuhl an einem seiner kurvigen Beine. Er stand zwischen mir und Ben, so wie all die unausgesprochenen Dinge. Ich wollte ihm sagen, dass es mir egal war, dass er auf Typen stand. Wünschte mir, ich könnte ihm sagen, dass ich auch auf Typen stand.

Wir stellten den Schaukelstuhl hinten in den Sprinter und banden ihn mit Seilen an der Autowand fest. „Ben?"

Er wackelte an dem Stuhl, um sicherzustellen, dass dieser richtig befestigt war. „Marco?"

„Mir ist aufgefallen, dass du und Sebastian ganz schön viel zusammen rumhängt."

Er wurde angespannt. „Er ist ein cooler Typ. Ein Pechvogel, aber —"

Ich zuckte mit den Schultern. „Ich weiß. Ich dachte mir, vielleicht könnten wir alle mal zusammen ins Kino gehen oder so? Oder vielleicht ein bisschen kicken? Er scheint nett zu sein. Ich mein ja nur."

Seine Schultern entspannten sich. „Das ist er. Er ist ein toller Typ. Reißt sich den Arsch auf, weißt du? Während ich ein privilegiertes, reiches Arschloch bin."

Ich klopfte ihm auf die Schulter. „Du bist auch großzügig, Ben", sagte ich wahrheitsgemäß. „Du hast ganz schön hart gearbeitet, seit du hier angefangen hast und ehrlich gesagt bin ich überrascht."

Er gab mir einen Klaps auf den Hinterkopf und wir lachten.

Papa kam zu uns. „Lasst uns das Zeug wegbringen. Ben, wie wär's, wenn du dein Auto nimmst? Du kannst zur Uni sobald wir ausgeladen haben."

————

Nachdem wir alles bei der Kirche ausgeladen hatten und Ben uns durch die Stadt gefolgt war, parkten Papa und ich nun vor unserem Haus. Er musterte mich von der Seite aus und grinste.

„Bald ist dein Geburtstag", sagte er. „Egal, was du willst, ich koch es. Also nur du, Opa und Zoe dieses Jahr?"

„Ähm, ja. Ich muss vielleicht auch Oskar einladen. Wegen Zoe."

„Zoe?"

„Ja, sie hat ihn letztes Jahr wirklich vermisst. Jetzt da er zurück ist, will sie so viel Zeit wie möglich mit ihm verbringen. Es ist keine große Sache. Wir gehen mittlerweile zivilisiert miteinander um."

„Freut mich zu hören, dass es wieder besser ist." Papa lächelte und seine Krähenfüße kamen deutlich zum Vorschein. Seine Augen blickten glücklich und nostalgisch. Ich fragte mich, ob er an Mama dachte. Daran, wie stolz sie auf mich wäre.

Das hoffte ich zumindest.

Wir schauten beide aus unseren Seitenfenstern. Papa machte seine Tür etwas auf und die kühle Luft drang herein.

Wir trugen den Schaukelstuhl durch unser Gartentürchen zum Haus. Sonnenstrahlen schienen durch die Haselnusszweige auf den nassen Weg und das Licht reflektierte in den Fenstern der Richters. Ein Schauer überkam mich, als sich die Bilder von letzter Nacht in mein Bewusstsein drängten.

Papa räusperte sich. „Ich habe das Gefühl, dass es eine etwas angespannte Probe heute Abend wird."

Wir stellten den Schaukelstuhl auf der Terrasse ab und Papa schloss die Tür auf. „Angespannt?" Warum sollte er das denken?

„Die Richters haben heute Morgen gestritten. Ich habe die Hälfte davon auf meinem Weg zur Arbeit gehört."

Eigentlich tratschte Papa nicht — das war Sigrids Aufgabe. Aber er schien ehrlich besorgt zu sein, was mich beunruhigte. „Worüber haben sie gestritten?"

Bitte sag nicht Oskar. Sag nicht Oskar.

„Oskar."

Mein Puls verdreifachte sich und ich packte die Lehne des Stuhls mit meinen schwitzigen Händen. „Was ist mit ihm?"

Papa hob den Stuhl mit auf und wir trugen ihn hinein. Er

redete über das laute Schnarchen hinweg, das aus Opas Schlafzimmer drang. „Er ist gestern Nacht nicht heimgekommen."

Alles in mir spannte sich an und mein Herz drohte zu explodieren. Meine Stimme klang angespannt, als ich redete. „Oskar ist erwachsen. Er kann bestimmt mal ohne Erlaubnis weg bleiben."

Ich lehnte mich gegen den Tisch und spielte mit dem Saum der kratzigen Tischdecke.

„Sigrid hatte das Gefühl, dass Oskar seine... Vorlieben durch die gesamte Nachbarschaft posaunt. Die Tatsache, dass er mit einem Grinsen heimkam... er hatte wohl... eine gute Nacht."

Ich zog etwas zu fest an der Tischdecke und die Vase mit den Ornamenten fiel um. Ich nutzte das als Ausrede, um mich von Papa wegzudrehen und stellte sie wieder hin. „Was hat sie zu ihm gesagt?"

„Das er auf ihre Gefühle Rücksicht nehmen sollte."

„Hm." Er sollte auf sie Rücksicht nehmen? Und was war mit Oskars Gefühlen?

„Sie war nicht wirklich sauer, eher enttäuscht." Mein Magen zog sich zusammen. Enttäuschung war das Schlimmste. Papa fuhr fort: „Sie hatte geglaubt, dass er vielleicht wieder anfangen würde, sich mit Mädchen zu treffen."

„Woher will sie überhaupt wissen, mit wem er... eine gute Nacht hatte?", fragte ich.

„Die Unterhaltung ging irgendwie so: ‚Und wer ist sie?', mit zusammengebissenen Zähnen zu Oskar, woraufhin er lauthals verkündete: ‚Er, Mama, er'. Sie tut mir leid."

Der Kloß in meinem Hals machte es mir schwer, zu atmen.

Sie tat ihm leid?

Ich schaffte es, zu nicken, aber nicht mehr. Ich wollte weg.

Papa zog mich an sich. „Geht's dir gut, Marco?"

Ich hatte vergessen, wie gut er mich lesen konnte.

195

Die Hitze aus meinen Augen weggeblinzelt, ließ ich mich in seine starke, beschützende Umarmung sinken. Die Situation erinnerte mich an die verzweifelte Art, wie er mich aus dem brennenden Auto gezogen hatte. Ich hatte Angst, dass ich die salzigen Tränen riechen würde, die er wegen Mama vergossen hatte oder den Hauch von Vanille, die er immer beim Backen genommen hatte, um mich aufzumuntern.

„Hilf mir, den alten Stuhl auf den Dachboden zu tragen. Dann mach ich uns ein paar Stullen, bevor du zur Vorlesung musst."

———

Die Vorlesungen waren lang und öde und ich verbrachte die meiste Zeit damit, mit meinen Fingern auf den Tisch zu trommeln und mir vorzustellen, wie beschissen sich Oskar wohl fühlen musste.

Er war der Augenstern seiner Eltern gewesen, als er aufgewachsen war. Sie hatten es geliebt, mit ihm vor Freunden und Verwandten anzugeben — und warum auch nicht? Er war schon immer groß, gut gebaut und von eindrucksvoller Statur gewesen. Der Beste seiner Klasse, musikalisch talentiert und mit selbstbewusstem Auftreten. Er ging voll in seiner Rolle als großer Bruder auf und sein ehrliches Lächeln brachte Leute dazu, ihn sofort zu mögen und zu schätzen.

Jetzt sahen ihn Dieter und Sigrid mit großen, traurigen Augen an, so als ob sie nicht wüssten, was sie bei ihm falsch gemacht hätten.

Ich schaute auf meine zerknüllten Notizen. Meine Krakelei — genau wie der gefüllte Hörsaal — war verschwommen. Als ich nach der Vorlesung mein Zeug zusammenpackte und ging, war mir schwindlig und schlecht.

Ich trottete durch die Straßen und fuhr mit der U-Bahn,

ohne meine Umgebung wahrzunehmen. Mir war nicht klar, wo ich hinging, bis ich vor DEM Café stand.

Es war belebt, von Hintergrundmusik und glücklichen Gesprächen erfüllt. Das intensive Aroma von Kaffee umhüllte mich und ich konnte seinen tröstenden Geschmack auf meiner Zunge spüren.

Ich suchte zuerst hinter dem Tresen. Ein Punk mit krassen Augenbrauen und einem Halsband bediente gerade einen Kunden. Langsam überkam mich die Angst, dass Oskar heute vielleicht gar nicht arbeiten war —

Dann drang eine bekannte, weibliche Stimme durch das Geschwätz.

Zoe saß auf einer Fensterbank, mit einer heißen Schokolade neben ihren Schularbeiten. Sie drehte sich zu Oskar, der in einem schwarzen Shirt und einer engen Hose an die Wand gelehnt stand. Ich atmete tief ein und machte einen halben Schritt zurück in Richtung Tür.

Oskar sagte etwas und schüttelte traurig seinen Kopf.

Er ließ ihn zurückfallen und entdeckte mich. Sofort löste er sich von der Wand und flüsterte meinen Namen, als ob ich abhauen würde, wenn er ihn laut aussprechen würde — und da lag er nicht ganz falsch.

Zoe folgte seinem Blick und ihre Augen begannen, zu leuchten.

Ich versteckte mich in meiner Jacke und zog den Reißverschluss hoch, obwohl es hier drin gefühlt eine Millionen Grad war. Oskars Blick senkte sich. Er hatte bemerkt, dass ich immer noch seine Handschuhe trug.

Zoe sprang von ihrem Stuhl auf. „Marco, was machst *du* hier?" Es klang wie ein Vorwurf und ich hielt sofort inne.

Oskar packte Zoe am Nacken und antwortete für mich: „Ich habe ihn gebeten, zu kommen. Hab ihm gesagt, dass ich ihn mit zur Probe nehmen werde."

Mein Blick huschte zu ihm und ein Grinsen ließ seine müden Augen aufleuchten.

Zoe zog ihre Augenbrauen nach oben, so als ob sich ihre Vermutung bestätigt hätte. „Seit wann nimmst du Marco mit zur Probe?"

„Seit ich kein Arsch mehr bin", antwortete Oskar. „Seit ungefähr einer Woche jetzt?"

Zoe lehnte sich an ihren Bruder und kicherte. Ihr wissender Blick war aber immer noch auf mich gerichtet. Glücklich und misstrauisch.

Oskar küsste Zoe auf den Kopf und schob sie dann auf ihren Stuhl zurück. „Wie wär's, wenn ich dir nen Kaffee hol?"

„Ähm, ich, äh..."

Oskar verkleinerte die Distanz zwischen uns. Es war immer noch jede Menge Platz, aber es grenzte trotzdem an intim. Er senkte seine Stimme und sprach ruhig und nur an mich gerichtet. „Es ist Kaffee, Marco. Und nur eine Mitfahrgelegenheit zur Probe."

Ich spielte mit dem Reißverschluss meiner Jacke. Ich sollte glücklich und erleichtert sein über Oskars Zusicherung, aber das Wort „nur" störte mich irgendwie.

„Kaffee. Klar."

Er ließ mich mit einem Lächeln zurück, das in meiner Brust nachhallte. Erleichtert zog ich Jacke und Handschuhe aus und setzte mich zu Zoe.

Sie schaute mich von der Seite aus an. „Oskar ist gestern Nacht nicht Hause gekommen."

Ich klaute ihre heiße Schokolade und nahm einen Schluck. „Kommst du nach der Schule immer hierher?", fragte ich.

Sie schaute mich böse an. „Nein, ich bin nur... nachdem Mama heute Morgen ausgerastet war, habe ich mich schlecht gefühlt. Ich wollte dass er weiß, dass es mir egal ist, in wen er verliebt ist. Warum bist du hier?", fragte sie wieder.

Ich schaute auf unsere blassen Spiegelbilder im Fenster. Ich sah, wie sich meine Lippen öffneten und wie die Wahrheit aus mir herausbrach, begleitet von einem Schmerz in meinem Bauch. „Ich will nicht, dass er wieder nach Mannheim zieht."

Sie blinzelte müde und legte ihren Kopf auf meinen Arm. Ihr warmer Atem drang durch mein Shirt und legte sich sanft und mitfühlend auf meine Narben. Zum ersten Mal war ich nicht angespannt. Zum ersten Mal, seit ich Oskar vor all den Jahren meine Narben gezeigt hatte, fühlte ich Vertrauen und Sicherheit.

Mein Nasenrücken juckte und meine Augen brannten.

Oskar kam mit meinem Kaffee zurück. Sorge spiegelte sich in seinem Gesicht wieder, als er abwechselnd mich und Zoe anschaute. „Alles okay bei euch?"

Als ich das Herz auf meinem Cappuccino sah, durchfuhr mich ein sanfter Schauer. Ich hob meinen Kopf und verlor mich in seinen haselnussbraunen Augen. *Ich wollte nicht, dass es* nur *ein Kaffee und* nur *eine Mitfahrgelegenheit waren.*

Aber mein lachsfarbenes Ego überkam mich und ich nickte einfach nur.

ROSTROT

„DIE ERSTE AUFFÜHRUNG ist in etwas mehr als einer Woche", erinnerte uns Papa, als ob er dies nicht bereits hunderte Male gemacht hatte.

Wir waren hinter der Bühne versammelt. Ein starker Pfefferminzgeruch ging von meinen Schuhen aus mit denen ich versehentlich durch Elenas verschütteten Tee gelaufen war. Sie warf mir von der anderen Seite unserer Runde ein müdes Lächeln zu. Sie hatte Überstunden gemacht und die Kostüme für unsere erste komplette Kostümprobe perfektioniert.

Zoe sah besonders hübsch aus, wenn auch etwas verloren in ihrem Rock, während Oskar von einer gaunerhaften, unbarmherzigen Aura umgeben war. Komplett in Schwarz, mit nur einem Streifen aus Rot — ein dunkler Prinz der hohen See.

„Marco?"

Ich erschrak und riss meinen Blick von Oskars Hand, die um seinen Säbel gelegt war. Die meisten Mitspieler waren schon auf der Bühne, aber Papa sprach mit mir.

„Du hast vergessen, die Schiffsnamen aufzuhängen", sagte er. „Sie sind immer noch hinter dem Sofa."

„Schiffsnamen. Stimmt. Bin schon dabei."

Papa ging und Oskar und ich waren nur noch zu zweit.

Oskar grinste — als ob er wusste, wo meine Gedanken gerade waren und wo mein Köper gerne wäre.

Amüsiert hob er eine Augenbraue und ich atmete die modrige Luft der Kirche ein. „Hilfst du mir?" Ich deutete mit meinem Daumen auf die Schilder.

In mir begann es zu kribbeln als Oskar lässig seinen Bauch kratzte, wodurch etwas Haut und die harten Muskeln zum Vorschein kamen. Seine engen Piraten-Leggings saßen tief auf seinen Hüften und der Ansatz einer gewissen Behaarung war zu sehen.

„Wobei genau soll ich dir helfen?"

Dabei, mich nochmal in Ekstase zu versetzen. Ich will dich. Ich verzehre mich nach dir.

Scheiße. Ich musste diese Wörter hervorbringen. Brauchte ihn wieder an mich geschmiegt. An meinem Hals knabbernd. Eine Wiederholung von letzter Nacht...

Ich stieß mit meinen Waden gegen die Couch und Oskar fing mich, ehe ich in die Kissen fallen konnte. Sein Griff um meinen Unterarm war sicher und fest.

„Oskar..." Bevor ich noch etwas sagen konnte, stolzierte Sigrid in den Raum und trällerte über ihre Schulter Zoe zu, dass sie die Musik vorbereiten sollte.

Ich wand mich aus Oskars Griff und schob das Sofa zur Seite, um an die beiden Schilder mit den Namen von Caspers und Devins Schiffen zu kommen. Zuerst zog ich den *Blutigen Plünderer* heraus und reichte es zitternd Oskar. „Bring das zu deinem Schiff. Nägel sind unter der Bühne in der orangenen Werkzeugkiste."

Nachdem seine umwerfende, piratenmäßige Erscheinung verschwunden war, fing Sigrid an zu reden und das Kitzeln in meinen Adern verschwand.

„Es ist schön zu sehen, dass ihr wieder klarkommt", sagte

sie, den Violinenkasten unter ihren Arm geklemmt. Sie war wie ein männlicher Pirat angezogen. „Es ist gut zu wissen, dass er in dieser... schwierigen Zeit einen Freund hat."

Ich erstarrte. „Mit etwas mehr Unterstützung von euch wäre es weniger schwierig."

Die anklagenden Worte überraschten uns beide und ich senkte meinen Dreieckshut, um die Röte auf meinen Wangen zu verbergen.

Sigrid seufzte und ließ ihre Schultern sinken. Das Make-up bröckelte an ihren Krähenfüßen. „Ich habe nicht gut reagiert, aber glaub mir, ich versuch's."

Ein Funken an Schutzinstinkt entfachte in mir. Ich wollte zu ihr gehen und ihr sagen, wie sehr sie Oskar verletzt hatte — dass *sie* diejenige gewesen war, die ihn Zoe und mir genommen hatte. Ich wollte, dass sie Oskars Schmerz fühlte. Meinen.

Ich wollte, dass sie all ihre selbstsüchtigen Worte zurücknahm und Oskar sagte, dass sie ihn immer lieben würde.

Ich wollte, dass sie wieder die Wichtigtuerin war, mit der ich immer gelästert hatte. Ich wollte, dass sie mir wieder fröhliche Geschichten darüber erzählte, was Papa und Mama bei der Probe gemacht hatten. Ich wollte, dass sie mich wieder in den Arm nahm, und dass sie mir versprach, dass es Papa nicht interessierte, ob ich schwul war und Mama es auch nicht gestört hätte.

Ich nahm das Holz mit der *Verdammten Verdammung*, stand auf und durchquerte den Raum, der uns trennte.

„Gib dir mehr Mühe", sagte ich in einem gezwungen freundlichem Ton, drehte mich auf dem Absatz um und machte mich auf den Weg zum Gerüst von Caspers Schiff.

Mit zittrigen Fingern nagelte ich das Schild an den Rumpf.

Mein Blick verschwamm und die Wörter auf dem Schild verzogen sich, bis nicht länger *Die verdammte Verdammung* darauf stand sondern *Der verdammte Dalmatiner.*

Meine Hand rutschte am Schild ab und der Hammer schlug mir auf den Fingernagel. „Scheiße!"

Ich ließ den Hammer fallen, doch der Schiffsname blieb hängen. „Scheiße, scheiße, scheiße."

Ein leichter Druck auf meiner Schulter zog meine Aufmerksamkeit auf sich.

Oskar drehte mich herum, sodass ich ihn ansah, die Augenbrauen zusammengezogen, als er meine Hand nahm. „Hast du dich verletzt?"

Meine Haut prickelte vor Panik. Ich war froh, dass mein Rücken zum Publikum gedreht war, denn Oskar neigte seinen Kopf und blies mir über die Hand. Ich könnte es nicht ertragen, wenn irgendjemand sehen könnte, wie mein Atem stockte.

Ein Teil von mir wollte sich an Oskar lehnen, sich von ihm in den Arm nehmen lassen und hören, dass alles gut werden würde.

Der andere Teil flüsterte: „Dalmatiner."

Ich riss mich los und senkte meinen Blick, als Oskars Gesichtsausdruck noch besorgter wurde. Papa rief mir zu, ich solle den Hammer aufheben und mich bereit machen.

Oskars Blick war nun heißer als die Bühnenbeleuchtung.

Der Schiffsname rückte in mein Blickfeld und ich atmete zitternd aus. Mein Lachsfarben-Ego lachte und ich zog meinen Säbel für dasselbe, tragische Ende, das wir immer probten.

Oskar duellierte sich mit mir, griff an, ich verlor mein Gleichgewicht und fiel zurück gegen den Schiffsnamen, den ich so sehr zu ignorieren versuchte. Ich drehte mich, um mein Gewicht zu verlagern und dann war Oskar da und zog mich an seine Brust, der falsche Säbel an meiner Kehle. Violinenmusik ertönte um uns herum und er flüsterte mir ins Ohr. „Können wir später darüber reden, was genau hier vor sich geht?"

Ich zwang mich zu nicken, mich zusammenzureißen, aber ich antwortete nicht.

Als er so tat, als würde er mir die Kehle durchschneiden, huschte sein Seufzer über meine Wange.

Das Licht erlosch und Papa und Elena klatschten. Das Hauptlicht flackerte auf und wir trafen uns alle vorne an der Bühne. Papas Augen leuchteten, während er uns lobte.

„Ihr habt Annas Geschichte zum Leben erweckt", sagte er. Er blinzelte und schaute mich an, seine Stimme tief und kehlig. „Ich glaube, wir haben sie stolz gemacht."

Ich wollte seine Worte fühlen. Wollte das Zittern spüren, das mich überkam, wenn ich daran dachte, wie Mama auf uns herunterlächelte. Doch ich fühlte nichts und ging ins Badezimmer. Mein Kopf pochte wegen der einen Millionen Zeilen und der nagenden Enttäuschung, die in mir herumschwirrten. Ich riss meinen Hut vom Kopf, zog die Weste aus, knöpfte mein Hemd auf und lehnte mich gegen das Waschbecken. Im Spiegel blitzte ein Streifen meiner Brust und meines Bauchs auf, als ich mich aus dem Hemd schälte.

Meine ruinierte Haut starrte mir entgegen.

Scheiße.

Wie konnte irgendjemand auf mich stolz sein, wenn ich nicht mal auf mich selber stolz sein konnte?

————

Elena warf mir während der ganzen Heimfahrt Blicke zu. Ich tat so, als schaute ich die mit Glitzerlicht beleuchteten Weihnachtsbäume entlang der dunklen Straße an.

„Na gut...", sagte sie, „...dann werde halt ich reden. Zoe hat heute Abend wie eine Prinzessin ausgesehen, oder?"

„Deine Kostüme sind der Wahnsinn. Das weißt du aber auch."

„Ja, aber ich mag es auch, es zu hören."

Ich lächelte sanft und schaute sie an. „Sorry, ich war mit mir selbst beschäftigt. Du bist unglaublich talentiert. Es ist eine Schande, dass wir dein Talent erst bei unserem letzten Stück bemerkt haben."

„Muss es denn das letzte sein?"

Ich zuckte mit den Schultern. „Papa ist bereit, damit aufzuhören. Die Stücke sind immer sehr schwierig für ihn." *Für uns.* „Besonders die Eröffnungsnacht."

Elena hielt vor der Wohnung. „Ist die Eröffnung immer an ihrem Todestag?"

Das war sie. Es war unsere Art, sie dabeizuhaben.

„Ich kann verstehen, wie emotional belastend das sein muss", flüsterte sie. „Und das jedes Jahr..."

„Deine Kostüme sind wunderschön", sagte ich fröhlich, schnallte mich ab und öffnete die Tür. „Vielleicht solltest du Kostümdesignerin werden, falls es mit deiner anderen Kunst nicht klappt. Nicht dass ich damit sagen will, dass es mit deiner anderen Kunst nicht klappt, sondern einfach—"

Sie legte mir beruhigend eine Hand auf den Arm und ich wurde still. „Ich rede zu viel, tut mir leid."

Ich schluckte. Dann fluchte ich leise und ließ mich wieder auf den Sitz fallen. Gerade war ich ein hässliches Rostrot. Misstrauisch. „Ich bin gerade einfach nur völlig durch den Wind."

Sie legte ihren Kopf schief und wartete mein angespanntes Lachen ab.

„Gibt es etwas, das ich für dich tun kann?", fragte sie.

Mein Instinkt riet mir, nein zu sagen. Ihr zu danken, aus dem Auto auszusteigen und alleine zu schmollen. Aber stattdessen nickte ich. Ich wollte nicht länger lachsfarben oder rostrot oder irgendeine andere feige Farbe sein.

„Egal was, Marco."

Ich sah sie an. „Zeichne mich."

205

In meiner Wohnung fand ich einen Block und einen Stift für sie.

Ich ließ mich von ihr zeichnen.

Als sie ging, saß ich da und starrte das Bild an.

Es war nach Mitternacht, als ich Oskar eine Nachricht schickte. **Reden?**

———

Oskar tauchte bei mir auf und trug Mantel, Jeans und seinen grünen Lieblings-Hoodie. Seit der Probe hatte er geduscht und das Make-Up abgewaschen. Trotzdem waren seine Wimpern immer noch dunkler als sonst. Er trug einen großen Korb und hatte eine karierte Decke über seiner Schulter hängen. Es war der Korb, den wir früher immer benutzt hatten. Extra groß. Perfekt für unser traditionelles Winterpicknick.

Seine Augen funkelten und seine Grübchen waren deutlich auf seinen Wangen zu sehen.

Er musste nicht fragen. Meine Lippen öffneten sich automatisch zu einem „Ja".

Er wartete, bis ich meine Schuhe gebunden und meine Jacke, meinen Schal und meine Mütze angezogen hatte. Als ich schließlich seine Handschuhe überzog, lachte er.

Ich ging zum Esstisch, rollte vorsichtig Elenas Bild zusammen und band einen Gummi drumherum.

Oskar zog neugierig eine Augenbraue nach oben, als ich den Korb öffnete und das Bild vorsichtig hineinlegte, aber sonst nichts dazu sagte.

Im Park knirschte das gefrorene Gras unter unseren Schritten und unser Atem wurde zu Nebel in der Luft.

Wir hielten an unserem Baum an, die Spitzen unserer Füße am gefrorenen See. Ich nahm ihm die schwere Decke ab und legte sie über meine Schulter. „Ich muss die Vergangenheit endlich hinter mir lassen. Für immer. Lass uns das da draußen machen...", sagte ich, „...auf dem Eis."

Er hielt mir seine freie Hand hin. Ich verschränkte meine Finger mit seinen und wagte einen ersten Schritt auf den gefrorenen See. Er ließ mir die Zeit und drückte fest meine Hand während er mich damit ablenkte, dass die Bäume wie Pfähle aussahen, die den dunklen Nachthimmel stützten.

Das Eis war dick und solide, mit einer leichten Schneeschicht bedeckt die aufwirbelte, als wir darüber liefen.

Es war kalt, aber windstill. Die Stille fühlte sich bedeutungsvoll an und vor Nervosität hatte ich einen Knoten im Magen. Wir hielten in der Mitte des Sees. Oskar zog mich neben sich auf die Picknickdecke. „Öffne den Korb."

Ich zog die Handschuhe aus und lugte hinein. Mein zusammengerolltes Bild war das Erste, was ich sah. Darunter war eine Box. Ich zog sie heraus, öffnete sie und lachte. „Kekse."

„Mit Schoko-Splittern."

Der verführerische Duft traf meine Nase. „Frisch gebacken. Man könnte meinen, du hättest diese Verabredung schon eine Weile geplant."

„Ich konnte nicht schlafen", sagte Oskar. Sein zartes Lächeln traf meine Brust, berührte mich an Stellen wo es nichts zu suchen hatte und bahnte sich seinen Weg tiefer und tiefer in mich hinein.

Ich zog einen Keks heraus und brach ihn in zwei Teile. Die Schokolade war immer noch leicht geschmolzen.

Oskar sagte sanft: „Sie sind nicht so gut wie die von deiner M —"

„Doch, das sind sie." Ich aß den Keks auf und starrte auf das Eis.

„Erinnerst du dich an den Tag, an dem wir unsere Geheimnisse in den Tiefen des Sees versenkt haben?", fragte er.

Ich schluckte und wischte die losen Krümel mit meinem Handrücken weg. „Es war genau dieselbe Stelle."

Oskar drehte sich auf den Rücken und starrte in den wolkenlosen Himmel, der von Sternen übersät war. Er öffnete seinen Mantel und nutzte Mütze und Schal als Kissen. Ein wehmütiges Lächeln umspielte seine Lippen. „Ich hab sie gesucht, weißt du?"

„Hast du?"

„Ich habe den ganzen See danach abgesucht, aber unsere Flaschen waren weg."

Ich biss mir auf die Lippe. „Was hättest du getan, wenn du sie gefunden hättest? Mein Geheimnis gelesen?"

„Ich dachte, wenn ich sie dir gebe, wäre das eine große Geste. Dass du dir meine Entschuldigung anhören würdest."

„Du glaubst, dass das gereicht hätte, dass ich dir vergeben hätte?"

Oskars Hand schoss hervor, packte mich an der Jacke und zog mich an sich, sodass ich halb über ihn gebeugt war. Er schaute mich genau an. Vielleicht sah er Misstrauen in meinen Augen oder Unsicherheit auf meinen schmalen Lippen. Sein Adamsapfel bewegte sich, als er schluckte. Seine Hand ließ meine Jacke los und zeichnete mein Kinn nach. Sie strich mit dem Daumen über meine Wange. „Ich war ein Arschloch, das nicht wusste, wie es mit den Dingen umgehen sollte, Marco. Es tut mir so leid, dass ich dich verletzt habe."

Meine Stimme klang kläglich in meinen eigenen Ohren. „Du warst von meinem Aussehen angewidert —"

Seine Finger streichelten über meine Schulter. „Nicht angewidert. Entsetzt." Ich wich zurück, aber Oskar festigte seinen Griff. „Entsetzt von mir selbst. Davon, dass du diesen Schmerz ertragen musstest. Dass ich nicht wirklich davon wusste. Deine Haut so zu sehen, tat weh."

„Du hast Andre und seinen Freunden gesagt, dass ich wie ein Dalmatiner aussehe."

„Weil ich Angst hatte."

„Angst davor, dass Andre dich schlagen würde? Dass er *dich* beleidigen würde?"

Oskars Kiefer spannte sich an. Seine Hand fuhr über meine Schulter auf meinen Rücken und zog mich noch näher zu sich.

Meine Knie drückten gegen die dünne Decke. Das Eis und die Kälte beruhigten mich. „Red weiter Oskar. Warum war es okay, deinen besten Freund bloßzustellen und hängenzulassen?"

Er hob den Kopf und knurrte gegen meinen Mund. „Nichts daran war okay."

„Warum hast du es dann gemacht?"

„Das hätte ich nicht sollen. Ich wünschte, ich könnte es rückgängig machen."

„Verdammt, warum?"

„Weil Andre es *wusste*."

„Was wusste Andre?"

„Dass ich… ich…"

Ich legte meine Hand auf seine Brust, die Kordeln seines Hoodies lagen unter meiner Handfläche. Ich schloss meine Augen und fühlte einen Anflug von Mitgefühl. „Er wusste, dass du schwul warst."

Oskar zog mich auf sich und meine Beine legten sich seitlich an ihn. Ich legte eine Hand auf die Decke neben seinen Kopf, die andere lag weiterhin auf seiner Brust. Er starrte mich an, so als ob er unbedingt sicher gehen wollte dass ich ihn hörte. „Ja", sagte er. „Andre hatte rausgefunden, dass ich schwul bin. Frag mich wie."

„Wie?"

„Weil er mich heulen gehört hat."

Ich blinzelte. Oskar hatte im Camp geweint? Aber er heulte nie. „Du hast geheult?"

Oskar rieb mit seiner Hand über meine Brust, direkt über meine schlimmste Verbrennung. „Du hast um Eis gebeten...", sagte er sanft, „...aber ich habe um *dich* gebeten. Um einen Grund, doch in deiner Nähe zu bleiben. Dafür, dass du mich willst. Und dann nach dem Unfall hast du mich dich in den Arm nehmen lassen. Du hast mich der sein lassen, der dein Lächeln zurückgebracht hat. Ich war traurig über deinen Verlust, aber ich..." Er schloss seine Augen. Seine Wimpern waren feucht. „...Ich war auch glücklich."

Ich wusste nicht... ich konnte nicht... „Glücklich?"

„Darüber, der zu sein, der dir am nächsten stand. Und dann im Camp, als du mir deine Brust gezeigt hast, hat es mich wie ein Blitz getroffen."

„Was hat dich wie ein Blitz getroffen?"

„Wie falsch es war, dass ich glücklich war. Ich habe den Schmerz auf deiner Brust gesehen und war von mir selbst entsetzt. Darüber, wie sehr du gelitten hast. Als du einge-schlafen warst, habe ich es kaum aus dem Zelt geschafft, bevor ich losheulen musste. Ich dachte, ich wäre weit genug gegangen, dass mich niemand hören würde. Ich habe nicht nur geheult, Marco. Ich habe auch geflucht. Ich trat gerade gegen einen Baumstamm, als Andre aufgetaucht ist."

Die Beichte raubte mir den Atem. Ich fand keine Worte dafür wie schnell mein Herz raste; wie flau mir im Magen war.

„Er fragte mich, warum zum Teufel ich deinen Namen heulte und ich sagte nichts. ‚Ich versteh schon', hat er gesagt. ‚Du bist ne Schwuchtel.'" Oskars Augen waren feucht. „Er hatte Recht. Ich wusste nicht, was ich tun oder wie ich damit umgehen sollte und ich glaubte, dass ich dich nicht verdiente. Ich war so durcheinander und hatte Angst. Ich musste wieder die Kontrolle übernehmen. Es fühlte sich falsch an, als ich diese Worte über dich gesagte habe, Marco. Schon in dem Moment, in dem sie meine Lippen verlassen hatten, wusste ich, dass ich etwas zwischen uns zerstört hatte. Ich wusste, dass du mich hassen würdest, weil ich mich nicht für dich eingesetzt hatte. Und ich wollte das auch." Er zitterte unter mir und seine Stimme war voller Reue. „Ich wollte, dass du mich hasst. Hatte es verdient, weil ich um dich gebeten habe. Ich habe um dich gebeten und deine Mama ist gestorben."

Seine Ehrlichkeit machte mich sprachlos. Ich legte meinen Kopf auf seine Schulter und suchte nach Worten. Vielleicht erwartete er, dass ich sauer war, aber ich war so lange auf ihn sauer gewesen, dass ich es satt hatte. Ich hatte es satt, mit meiner Wut die anderen Gefühle zu verbergen, die in mir herrschten.

„Du hast meinen Namen geweint", krächzte ich an seinem Hals.

Seine Arme hielten mich fester und sein Adamsapfel hüpfte, als er schluckte. „Ja."

Ich presste meine Lippen auf seine Halsschlagader.

„Du kennst den Rest dieser Beichte, nicht wahr?", fragte Oskar.

„Ich weiß, es ist leichter gesagt, als geglaubt, aber der Unfall war nicht deine Schuld. Nicht deine oder meine."

Die Anspannung verließ ihn, seine Arme lockerten sich und er schloss kurz die Augen. „Vergibst du mir immer noch?"

Ich küsste den weichen Fleck unter seinem stoppelübersäten Kinn und rollte mich von ihm. Widerwillig ließ er mich gehen.

Ich zog vorsichtig Elenas Zeichnung aus dem Picknickkorb und setzte mich auf meine Unterschenkel. „Du wolltest mich bei dir haben... du warst damals von mir angezogen?"

„Das war ich...", sagte Oskar und drehte sich auf die Seite, „...das bin ich immer noch."

Ich zog das Gummiband von dem Bild und reichte es ihm. „Ich hatte Angst davor, mich irgendjemandem zu zeigen. Das ist der Grund, warum ich nie eine Beziehung hatte. Warum ich noch nicht mal Sex haben konnte."

„Marco —"

„Das ist Vergangenheit." Ich rollte langsam das Bild auseinander und starrte auf meinen Körper. Elena hatte so viel in der Zeichnung eingefangen: die Brandnarben — dunklere Stellen auf meiner Brust, meinem Oberarm, meinem Gemächt — aber auch meine Nervosität, wie unsicher ich war. Mehr als alles andere aber hatte sie die festen, starken Linien meines Körpers und meine Lachfalten betont. „Ich habe mich Elena offenbart. Mich von ihr malen lassen."

Oskar schaute das Papier an und dann zu mir. „Ich würde es auch liebend gern sehen."

Seine Stimme klang reumütig, leidend. Vielleicht war auch etwas Eifersucht zu hören, weil er nicht der Erste war, vor dem ich mich ausgezogen hatte.

Ich drückte das Bild an meine Brust. „Du konntest nicht der Erste sein", sagte ich.

„Das Privileg habe ich verloren, ich weiß."

Darum ging es nicht.

Ich legte die Zeichnung zwischen uns auf die Decke, eine Hand hielt sie oben fest. Das Ende des Papiers rollte sich zusammen und verdeckte die Skizze von der Hüfte abwärts. Meine Stimme vibrierte in meiner Brust. „Bei dir steht mehr auf dem Spiel."

Seine haselnussbraunen Augen senkten sich nicht zur Skizze, sondern fixierten mich weiter. „Du bist so verdammt schön." Seine Stimme klang schwer und voller Verlangen. „Seit ich vierzehn war, gab es keinen Tag, an dem ich nicht an dich gedacht habe. Ich wollte dich im Arm halten; ich wollte dich zum Lachen bringen; ich wollte dich nackt auf mein Bett legen;

wollte in dich eindringen und dich um den Verstand bringen, bis mein Name von deinen Lippen fallen würde. Ich will dich, Marco. Jeden Millimeter von dir."

Mit meiner freien Hand presste ich gegen meine aufkommende Erregung. Seine Worte waren rau und stark und ich war kurz davor, mich in seine Arme zu werfen und mich ihm hinzugeben.

„Ich brauche mehr als Worte."

„Dann komm her."

Ich schüttelte den Kopf.

Er schien zu verstehen, was ich meinte. Er fuhr mit seinen Fingern über das Bild, von meiner Nase, über meine Unterlippe, an meinem Nacken entlang. Sein Fingernagel kratzte zärtlich über die Skizze und zeichnete meine Schultern nach. Sein Blick ruhte einen Moment auf der Narbe dort, dann glitt er hinunter zu meiner Brust und seine Finger umrandeten jede meiner Narben vorsichtig, als ob er sie sich einprägen wollte.

Sie fuhren nach unten, um das Papier zu entrollen und mein Gemächt und meine Schenkel freizugeben. Seine Augenlieder flatterten und seine Lippen öffneten sich. „Marco ..."

Begierde lag in seiner Stimme. Mein bestes Stück reagierte darauf und ich rieb meine Handfläche daran. „Mehr", sagte ich.

Er richtete seine dunklen Augen wieder auf mich und sein Verlangen war eindeutig zu erkennen. „Ich meine es. *Jeden Millimeter*."

Das Blatt rollte sich halb zusammen, weil Oskar es losließ. Mein Herz raste, als er einen Arm aus seiner Jacke zog und seine Jeans aufknöpfte.

Sein harter Penis drückte mir seine Shorts entgegen, und Oskar griff unter den Stoff und legte seine Hand darum. Die unbeschnittene Krone seiner Erektion sprang unter dem Elastikband hervor, geschwollen und dunkel am Rand des weißen

T-Shirts das unter seinem Hoodie zu sehen war. „Heb das Bild hoch, Marco und sieh zu. Sieh zu, wie sehr ich dich will."

Von allem überwältigt starrte ich ihn einige Sekunden an, dann rieb ich meinen schon schmerzenden Schwanz durch die Jeans. „Verdammt, Oskar."

Er biss sich auf die Unterlippe, sein Kinn zur Brust gesenkt, während er sich selbst berührte. „Das Bild."

Mit zitternden Händen breitete ich das Bild aus.

Heiße, neblige Atemwolken stiegen von Oskar auf, als er es anstarrte und sich einen runterholte.

Mir stockte der Atem, als ich ihn beobachtete. Ich war kurz davor, den Verstand zu verlieren. Dieses mit Stoppeln bedeckte Kinn, diese zusammengezogenen Augenbrauen, dieser von Sex verzogene Mund, diese leicht schiefe Nase. Das Mondlicht tauchte seine hellen Haare in Gold und brachte seine Wangen zum Glänzen. Seine Brust bewegte sich mit, als er sich mit jeder Berührung immer wieder zusammenzog. Gott, wie seine Hand mit seiner Länge spielte; kurzen und kräftigen Berührungen folgten längere, langsamere. Oskar stöhnte und seine Reibung konzentrierte sich nun mehr auf eine Stelle; das Geräusch, gemischt mit seinem Keuchen, ließ mich das Bild fester auf die dicke Wolldecke und das kühle Eis darunter pressen.

Oskar hielt seinen Blick auf die Zeichnung gerichtet. Seine Zunge schoss heraus und er leckte sich über die Unterlippe, bevor er daraufbiss und seine Erregung noch fester umschlang. „So wunderschön." Er stöhnte. „Jeder Millimeter."

Ich zitterte weil ich so dringend von ihm berührt werden wollte.

„Glaub mir", sagte er mit heiserer Stimme. Sein Körper schien härter und ich vermutete, dass er kurz vor dem Höhepunkt war. „Ich will dich küssen. Will mit dir schlafen. Will dich festhalten."

Das Papier schnellte wieder zu einer Rolle zusammen.

Oskars wilder Blick hob sich zu mir, als ich mich auf meinen Beinen zurücklehnte. Ich schob eine Hand in meine Hose und strich mit meinen Knöcheln über das enge Material. Es war mir egal. Seine Worte waren echt und roh und —

Scheiße. Oskars Lippen öffneten sich, als er schneller streichelte. Er japste, sein Körper spannte sich an und Samen schoss über sein T-Shirt und seinen Hoodie.

Drei Züge waren alles, was es brauchte, mich selbst zum Orgasmus zu bringen. Mein Erguss lief mir über die Hand in meine Shorts. Meine Haut prickelte, als Oskar seine zittrigen Versuche aufgab, die Jeans wieder anzuziehen und nach mir griff.

Ich legte mich an ihn, eine Seite auf der Decke, meine vordere Körperseite gewärmt von seiner. Seine Augen funkelten mich intensiv an. Ich senkte den Blick, legte meinen Kopf auf seine Brust und ein Bein über seine Hüfte. Seine Arme umhüllten mich und seine Finger spielten mit meinen Haaren.

Ich legte eine Hand zwischen seine Schenkel, drückte gegen den Saum und stahl seine Wärme. Ich zog seine Unterwäsche über seine entspannte Länge und schloss seine Hose. Ich mochte wie er mich an meinen Haaren näher zog, während ich das tat.

„Ich will dich auch...", sagte ich gegen seine Brust und traute mich nicht, den Blickkontakt zu suchen, „aber..."

„Du hast Angst, dass ich dich wieder verletzen werde", sagte Oskar.

Ich hielt inne. Was er sagte, war die Wahrheit, aber das war nicht alles. Es war immer noch... peinlich. „Ich bin lachsfarben."

Dieselbe zarte, raue und schmerzhafte Farbe wie meine Narben. Eine gute Farbe, um sie zu verstecken.

Er schenkte mir ein trauriges, schräges Lächeln, als ob er

meine Gedanken lesen könnte. „Ich wünschte, du würdest mir glauben, wenn ich dir sage, dass ich das nicht tun werde."

Ich schluckte.

„Nimm dir Zeit, darüber nachzudenken." Er berührte meine Stirn. „Das Wichtigste für mich ist, dich als Freund zu haben."

———

Am späten Samstagabend stürmte es. Ich schickte Zoe eine Nachricht, weil Gewitter sie wahnsinnig machten. Oft kam sie zu mir, um sich an mich zu kuscheln, Filme zu schauen und sich mit mir zusammen mit Gummibären vollzustopfen.

Ich: *Ich schick dir Umarmungen.*

Zoe: *Die nehme ich gern!*

Ich: *Hast du Gummibärchen und einen Film?*

Zoe: *Ich habe Oskar.*

Ich: *Das muss vermutlich reichen.*

Oskar: *Hey! Man kann sich bei Gewitter total auf mich verlassen — Scheiße, hat gerade der Boden gewackelt?*

Zoe: *Sorry. Oskar hat meine Nachrichten gelesen. Neugieriger Arsch. Ich glaube tatsächlich, dass er MEHR Umarmungen braucht als ich.*

Ich: *Da hast du vermutlich Recht. Mach ihm keine falsche Hoffnung, sonst erwartet er das jedes Mal.*

Mein Handy klingelte. Ich grinste und – wahrscheinlich war es

Oskar mit irgendeiner Retourkutsche, weil ich ihm Umarmungen verwehrt hatte. Aber dann erschien Bens Name auf dem Bildschirm. Ich antwortete.

„Ich brauche Hilfe", sagte er. Er klang fertig.

„Was ist passiert?"

———

Früh am nächsten Morgen fuhren Papa und ich zu Ben. Ein Blitz hatte in eine Eiche in seinem Garten eingeschlagen und diese war dann auf Bens Hobbitbunker gefallen – ein langwieriges Projekt, das er für seinen Bruder baute. Wir brachten Werkzeug vom Holzhof, um die Eiche zu entfernen.

Als wir ankamen, zog mich Ben in sein Schlafzimmer, wo er eine Regenhose überstreifte. „Ich kann euch gar nicht genug für die Hilfe danken."

Ich lehnte mich gegen seine Schranktür und steckte meine Hände in die Hosentaschen. „Du brauchst Hilfe. Ich will, dass du weißt, dass ich immer für dich da bin."

Ben hörte auf, seine Regenhose zuzuknöpfen. Ich konnte seinem eindringlichen Blick nicht standhalten und schaute weg.

Ben drückte mich sanft auf seine Bettkante. „Setz dich." Er stand vor mir. „In den letzten paar Monaten war irgendwas los mit dir. Ich hoffe, dass du mir genug vertraust, das du mir alles sagen kannst, egal was es ist."

Ich öffnete meinen Mund, aber Lachsfarben-Marco kroch in meine Knochen und ich schloss ihn wieder. Verdammt. Dieses Mal würde ich nicht nachgeben. Das war vorbei. „Seit du mit Sebastian zusammen bist, will ich das auch. Ich habe es vielleicht sogar gefunden. Aber ich habe mich zu sehr geschämt. Ich habe es versteckt, Ben. Vor meinen Freunden und meiner Familie."

„Dass du schwul bist?"

„Ja, und...", ich zog mein Shirt hoch und zeigte ihm meine Narben. „...das."

Überraschung, Mitgefühl und Verständnis füllten Bens Augen. Ich atmete tief ein und erzählte ihm meine Geschichte.

Am Ende zog mich Ben vom Bett und in eine Umarmung. „Sei stolz auf dich. Du bist es wert, Mann. Es gibt nichts zu verstecken."

Papa rief uns von unten und wir bewegten uns nach draußen. Nicht nur das Werkzeug war im Garten, Papa hatte auch noch drei Arbeiter vom Holzhof angerufen, die uns halfen.

Ben klopfte Papa auf die Schulter. „Wie kann ich dir je dafür danken?"

Papa lachte und sagte ihm, er könne einfach zu unserer Aufführung kommen.

Ben schaute zwischen mir und Papa hin und her. „Wird sie immer noch ein tragisches Ende haben?"

Ein etwas zu lauter Atemzug entwich mir, als Papa mich anschaute. „Ich glaube, mein Marco wird das Ende wählen, das sich für ihn richtig anfühlt."

———

Am Freitagmorgen — nach einer Woche voller Kostümproben und Nettigkeit und gleichzeitiger Distanziertheit Oskar gegenüber — beendete ich ein Telefonat mit Zoe, die mir ein jaulendes Happy Birthday gesungen hatte. Ich schleppte mich zum Supermarkt und sah Andre dort mit weniger Piercings und vom Schlaf zerzausten Haaren.

Er hatte aber immer noch ein freches Grinsen im Gesicht. „Marco."

„Was hat Oskar noch getan?"

Seine Augenbrauen zogen sich nach oben. „Ich habe dir

gesagt, du sollst Oskar fragen."

„Ich frage aber dich."

Andre scannte meine Lebensmittel. Normalerweise hielt er seinen Blick stetig auf mich gerichtet. Gerade war das aber nicht der Fall. „Du bist früher aus dem Camp nach Hause gefahren und Oskar war am Boden zerstört. Ich glaube kaum, dass er in den letzten Tagen viel geschlafen hatte. Ich habe... hör zu, kann ich nochmal sagen, dass ich nicht stolz darauf bin?"

„Ist notiert. Erzähl weiter."

„Ich war gelangweilt von ihm, weil er keine Reaktion gezeigt hat. Ein paar andere Kids im Camp haben auch schwul gewirkt und ich habe sie geärgert. Eine der Rotznasen hat so gut ausgeteilt, wie sie eingesteckt hat. Aber der Junge war jünger und ungefähr einen Kopf kleiner als ich. Oskar ist dazwischen gegangen, gerade als ich dem Kleinen aufs Maul hauen wollte. Hat voll eine auf die Nase bekommen. Es war ein fester Schlag, da war jede Menge Blut und Oskar war stinksauer. Er hat mich geschubst und mich gefragt, wie viele Würmer ich essen müsste, bevor ich aufhören würde, so ein Arschloch zu sein."

„Warte. *Du* hast ihm die Nase gebrochen?"

Andres Mundwinkel wanderten nach unten und er konnte mir nicht ins Gesicht schauen. „Ich habe ihn ausgelacht. Hab ihm gesagt, dass ich... immerhin wusste, dass er... eine Schwuchtel war." Andres Blick huschte kurz zu mir und senkte sich dann wieder. „Er hat nicht auf meine Sticheleien reagiert. Zumindest da nicht. Als meine Eltern am letzten Tag aufgetaucht sind, um mich abzuholen, hat er ihnen gesagt, dass sie einen Mobber großgezogen haben. Hat ihnen gesagt, dass er wegen mir jede Chance auf sein Glück verloren hat."

Ich schluckte schwer. „Das hast du verdient."

Reue färbte sein Gesicht dunkelrot. „Ich weiß. Ich habe ihn ein paar Jahre später kontaktiert und mich entschuldigt. Er hat mir vergeben. Das war mehr, als ich verdient habe."

Der Atem in meiner Lunge fühlte sich zu heiß an. „Du hast seine Nase gebrochen. Du hast *uns* gebrochen."

„Glaub mir, wenn ich könnte, würde ich es rückgängig machen."

Ich schloss die Augen und schaffte es, angespannt zu nicken. Mit der Tasche über meiner Schulter verließ ich den Supermarkt, mein Handy ans Ohr gepresst.

„Marco!", sagte Oskar fröhlich. Er hatte keine Ahnung, wie verletzlich ich mich im Innern fühlte.

„Kannst du mich zu Zoes Spiel heute Abend mitnehmen?" Verdammt! Es war schwer, meine Stimme normal klingen zu lassen.

„Wie könnte ich dir irgendwas abschlagen?"

Ich schluckte, um den Kloß in meinem Hals loszuwerden, und versuchte mich an einem Lachen. Es hüpfte in meiner Brust herum und jagte die Schmetterlinge dort. „Naja, in dem Fall..."

Ein sanftes, tiefes Lachen ertönte. „Bis um sechs, Marco."

———

„Gewinn das Spiel, Zoe!"

Es war ihr letztes Match vor Weihnachten und die Halle war grün und rot dekoriert. Der Coach der Basket Bears trug ein Geweih auf dem Kopf und Zoe hatte mir auch eins gebastelt. Es war schwer und sperrig und ich konnte mich nicht bewegen, ohne einem grinsenden Oskar beinahe ein Auge auszustechen.

Wobei, wenn er nicht bald aufhörte zu grinsen, würde ich mich vielleicht tatsächlich umdrehen.

„Gott, du siehst übertrieben putzig aus", sagte Zoe lachend. Sie zog ihre Sportjacke aus und hing sie an eines der Hörner. „Und es ist auch noch praktisch."

Ihr Freund Kevin schmollte ein paar Meter von uns entfernt am Spielfeldrand und trat verlegen von einem Bein auf das andere. Als er Oskar und mich auf die Tribüne hatte kommen sehen, war er so rot geworden, dass er Teil der Weihnachtsdeko zu werden schien. Mit einem Geweih hätte er ein verdammt guter Rudolf sein können.

Oskar lehnte sich nach vorne und nahm die Jacke herunter. „Du verhängst mir den Blick", sagte er zu Zoe. Ich hörte das schelmische Grinsen in seiner Stimme — er hatte viel zu viel Spaß.

Der Coach rief die Spielerinnen zusammen und Zoe rannte davon und küsste Kevin im Vorbeigehen auf die Wange.

Es war immer noch seltsam, Zoe mit einem Freund zu sehen, aber ich hatte nicht vor mich wie ein überfürsorgliches Arschloch zu benehmen. „Hey, Kevin. Komm mal her."

Kevin zuckte zusammen wie ein aufgescheuchtes Reh.

Oskar kicherte leise. „Was machst du da, Marco?"

Ich sah ihn an, ohne meinen Kopf zu drehen und wackelte mit den Augenbrauen. Kevin kam zu uns geschlappt. „Irgendwelche Pläne nach dem Spiel?"

Er zog seine Augen zusammen, so als ob er überlegte, ob das eine Fangfrage war. „Ne. Zoe hat gemeint, dass sie zu beschäftigt ist, um mit mir abzuhängen. Ich geh wohl nach Hause."

„Ruf an, wen auch immer du anrufen musst, und sag ihnen, dass du zum Abendessen eingeladen bist."

„Was?", fragte Kevin.

Oskar hustete überrascht. Ich hob einen Arm und schlug ihm auf den Rücken, die Augen weiterhin auf Kevin gerichtet. „Es ist mein Geburtstag. Du bist eingeladen."

„Aber warum?"

„Weil ich will, dass sie einen schönen Abend hat. Außerdem will ich, dass du uns kennenlernst und nicht jedes Mal zusammenzuckst, wenn wir Hallo sagen."

Kevin machte sich davon, um seine Mutter anzurufen und Oskar lachte angespannt neben mir. „Ich hatte ehrlich gesagt nichts dagegen, dass er immer zusammengezuckt ist."

Ich grinste und lehnte mich vorsichtig an das Geländer. Das Spiel würde in ein paar Minuten anfangen und die restlichen Richters kamen in die Turnhalle geeilt.

Sie hielten kurz an, um Hallo zu sagen. Sigrid tätschelte ein Horn meines Geweihs. Sie klang nervös als sie sprach und ich erinnerte mich an unsere letzte Unterhaltung bei der Theaterprobe. Sie schenkte mir ein kleines Lächeln. „Alles Gute, Marco." Sie öffnete ihren Mund, drehte sich dann zu Oskar, nahm ihn in die Arme und küsste ihn auf die Wange.

Das Geweih stieß gegen Sigrid, als ich mich drehte und sie zog sich zurück. Es fiel mir vom Kopf und landete auf meinem Schoß. Ich schaute es an und dann zu einem genauso überraschten Oskar.

„Ähm, hey, Mama", sagte er. „Ich kann rüberrutschen, wenn du hier sitzen magst."

Sie schaute zu ihrem Ehemann, der sich eine Reihe hinter uns hingesetzt hatte. Sie setzte sich auf Oskars andere Seite. „Gegen wen spielt Zoe heute Abend?"

„Wieder gegen die Black Eagles", sagte ich. „Es wird ein schwieriges Spiel."

In der Halbzeit, als Sigrid auf der Toilette verschwunden war, griff Oskar unter den Sitz in seine Tasche. „Also. Dein Geburtstagsessen heute Abend ..."

Seine Stimme klang seltsam. Angespannt und —

Dann traf es mich wie ein Blitz. Ich hatte Oskar nie wirklich dazu eingeladen.

Er setzte sich auf und reichte mir ein handflächengroßes, in Pink eingepacktes Geschenk. Neonpink. *Magenta*. „Ich habe eine Kleinigkeit für dich."

Ich schaute von dem Geschenk zu ihm und meine Brust

verengte sich. Ich schüttelte den Kopf und er runzelte die Stirn.

„Magst du keine Geschenke?", fragte er witzelnd, aber Angst und Schmerz waren in seinem Blick zu erkennen.

„Nein, ich meine, ja. Ich meine, scheiße." Ich lachte und legte meine Hand auf seine, in der das Geschenk lag. Sein Atem stockte und die Funken sprühten nur so zwischen uns. „Gibst du es mir beim Abendessen?"

Seine Schultern entspannten sich und Erleichterung war in seinen haselnussbraunen Augen zu erkennen.

Er legte das Geschenk auf seinen Schoß und drückte meine Hand. Die Art und Weise, wie wir einander zugedreht waren, ließ die Berührung diskret erscheinen. Ein Teil von mir hasste es jedoch, dass sie so versteckt war. Das kribbelnde Gefühl in meinen Adern fühlte sich zu wundervoll an, um es zu verstecken.

„Ich bin froh, dass du mich dabei haben möchtest."

Ich schluckte und schaute auf mein Geweih. „Gut."

Weil du der bist, den ich am meisten dabei haben möchte.

———

Zoe redete immer noch von den besten Ballwechseln und Treffern, als Papa uns das von mir gewünschte Steak und Süßkartoffelpüree servierte. Kevin saß angespannt neben ihr, einen Ellbogen auf dem Tisch, während er an ihren Lippen hing.

Oskar genoss das Essen und schaute die Flasche Primitivo zwischen uns an. Ich bekam Gänsehaut am ganzen Körper.

Als Opa das Messer fallen ließ, hob Oskar es auf und schnitt das sture Steak für ihn. Schmetterlinge flatterten in meiner Brust.

„Es gibt auch noch Nachtisch", sagte Papa, als wir fertig waren. „Aber ich denke zuerst gibt's Geschenke."

Zoe sprang auf, legte eine Hand auf Kevins Schulter und

lachte. „Warte hier", sagte sie zu mir. Dann zu Papa: „Unseres zuerst. Stimmt's Joshua?"

Papa lachte herzlich. „Brauchst du Hilfe?"

„Ich bin ein einziger durchtrainierter Muskel", sagte sie. „Ich schaff das schon."

Sie hatten mir davor noch nie etwas gemeinsam geschenkt. Was hatten sie vor? Ich hörte, wie sich die Haustür öffnete. Ein kalter Luftzug drang ins Zimmer.

Papa räumte den Tisch ab und Kevin half ihm dabei.

Oskar legte sanft sein Geschenk zwischen uns. Ich wollte es sofort aufreißen, aber... Zoe und Papa waren zuerst dran.

Papa kam mit warmem Lavakuchen in den Händen und einem Briefumschlag unter den Arm geklemmt herein. Mir lief das Wasser im Mund zusammen und mein Herz machte einen Satz. Es war Mamas Rezept. „Ich wünschte mir, es wäre jeden Tag mein Geburtstag."

Seine Lippen verzogen sich zu einem traurigen Lächeln und er reichte mir den Briefumschlag. „Ein bisschen Geld, um etwas Schönes zu unternehmen. Lad deine Freunde ein. Oder geh mit Oskar aus."

Oskars Weinglas fiel beinahe um. Er fing es im letzten Moment auf, aber etwas Wein tropfte auf Mamas safranfarbene, karierte Tischdecke.

Mir drehte sich der Magen um, als ich das Geschenk entgegennahm. Was meinte Papa damit, ich solle mit Oskar „ausgehen"? Er konnte nicht denken, dass wir... Aber was, wenn ich das Falsche zur falschen Zeit gesagt hatte und er es wusste?

Panik stieg in mir auf und die Worte sprudelten nur so aus mir heraus. „Als ob ich mehr Zeit mit Oskar verbringen würde, als ich müsste. Ich hab ihn wegen Zoe eingeladen." Ich hasste es, wie sich die süßen Funken zwischen Oskar und mir plötzlich scharf und schmerzhaft anfühlten. Ich wünschte, ich könnte aufhören zu reden und es dabei belassen, aber Papa blinzelte.

Die Lüge schmeckte wie Asche in meinem Mund. „Ich freu mich darauf, es morgen für Olivia auszugeben."

Oskars Stuhl knarzte, als er hin und her rutschte. Ich schloss die Augen für eine Sekunde. Das Lächeln, dass ich für Papa aufgesetzt hatte, schmerzte.

„Dieser Kuchen riecht lecker", sagte Oskar mit gespieltem Enthusiasmus.

Kevin sagte leise von der andern Seite des Tischs: „Mal wieder Scheiße, glutenintolerant zu sein."

Oskar murmelte vor sich hin: „Glutenintolerant. Natürlich."

„Nein, ernsthaft. Abartige Blähungen. Die ganze Nacht. Macht keinen Spaß, dabei zu sein."

Zoe kam zurück ins Zimmer und Kevin hatte wieder seine rosarote Brille auf.

„Die ganze Nacht Blähungen, hm?" Oskar lehnte sich über den Tisch und schöpfte sich Lavakuchen auf seinen Teller. „Haut rein."

Zoe stellte einen Farbeimer auf den Tisch. „Alles Gute, Marco. Es stehen zwanzig Liter Farbe draußen."

Sie drehte den Eimer, damit ich das Etikett sah. Sonnengelb.

Papa sagte: „Es wird langsam Zeit, dass etwas Farbe in deine Wohnung kommt. Und du scheinst von einer Farbe besessen zu sein..."

„Sonnengelb!", sagte Zoe. „Weil du mal gesagt hast, dass es deine erste Farbe war."

Meine Kehle war wie zugeschnürt. Hitze brannte hinter meinen Augen und ich wagte es, Oskar anzuschauen, der mich auch ansah. Er flüsterte: „Sonnengelb?"

Ich sprang vom Stuhl und nahm Zoe in den Arm. Papa war als Nächstes dran.

„Falls wir daneben liegen, finden wir eine andere Farbe, die

225

dir gefällt", sagte er und drückte mich fest.

„Das ist perfekt."

„Jetzt Oskars Geschenk!", quietschte Zoe.

Ich setzte mich und schaute ihn an. *Verdiene ich es immer noch, nach diesem lachsfarbenen Moment?*

Oskar nahm das Geschenk und reichte es mir. „Es ist eine Kleinigkeit, die ich gemacht habe."

Zoe schnaubte und verschränkte ihre Arme. „Eine Kleinigkeit, die du gemacht hast?", wiederholte sie. „Das ist alles? Ich dachte, du erzählst es ihm."

„Erzählst mir was?", fragte ich.

„Was es bedeutet", sagte sie.

Oskar schüttelte seinen Kopf und blickte eindringlich zu Papa, der, Gott sei Dank, schwer mit einem Löffel voll Kuchen beschäftigt war.

Zoe presste ihre Lippen aufeinander. Sie runzelte die Stirn, als sie ihren Bruder ansah, aber ich hatte die Vermutung, dass Oskar es mir nicht vor Papa erklären wollte.

Das magentafarbene Papier knisterte in meinen Fingern. „Danke, Oskar."

Er kicherte. „Du musst es nicht jetzt öffnen."

Ich öffnete es und die Schmetterlinge flatterten wieder wie wild in meiner Brust. Es war eine Meerjungmann-Tonfigur, klobig und krumm, wie die, die ich in der Nacht zerbrochen hatte, in der ich ihn geküsst hatte.

„Das ist..." Meine Stimme war kurz davor, zu brechen. „Danke."

Die Haut an Oskars Augen kräuselte sich, als er lächelte.

Papa machte ein würgendes Geräusch und wir blickten zu ihm, als Opa ihm auf den Rücken klopfte. Papa stellte sein Glas Primitivo ab. Er war bereits knallrot angelaufen, als er sich endlich wieder gefangen hatte. „Also", sagte er und räusperte sich. „Lecker." Er packte seinen kleinen Löffel und ließ einen fragenden Blick durch die Menge wandern. „Wer hier hat noch Lust auf eine Runde Scrabble?"

———

Später fuhren Oskar und Zoe Kevin nach Hause. Papa wünschte mir noch eine gute Zugfahrt morgen und ging schlafen.

Ich ging nicht heim. Ich hing mit Opa im Wohnzimmer herum und betrachtete Oskars Tonfigur.

Sie brachte mich nicht dazu, laut aufzulachen und zu kichern wie die alte, obwohl sie genauso ungeschickt gemacht war und die Farben ineinander verlaufen waren. Diese hier ließ in meinem Innern einen verzweifelten Tumult losbrechen.

Ich stellte sie wieder auf das magentafarbene Geschenkpapier, in dem sie eingepackt gewesen war. Ich rieb das Papier zwischen meinen Fingern und schluckte schwer.

Opa summte kehlig, ich drehte mich zu ihm und sah wie er mich anschaute.

„Ich hatte einen wirklich schönen Geburtstag", sagte ich zu ihm und küsste ihn auf die Stirn.

Er lächelte und scheuchte mich mit einer Handbewegung in Richtung Tür.

Sein Lächeln erwärmte meine Brust. Ich ging und kletterte auf den Dachboden. Es gab etwas hier oben, das ich schon eine Weile versteckt hatte. Eine Art Schatz. Nachdem ich es gefunden hatte, ging ich in mein altes Schlafzimmer und setzte mich ans Fenster. Ich starrte zu Oskars dunklem Zimmer hinüber. Wenn es wärmer gewesen wäre, hätte ich das Fenster geöffnet und mich auf den Fenstersims gesetzt, wie ich es damals immer gemacht hatte...

Plötzlich ging das Licht an und er kam ins Zimmer. Er lächelte in sich hinein und ließ sich aufs Bett fallen.

Bevor ich wusste, was ich tat, rief ich ihn an.

Er fischte sein Handy aus der Hosentasche und lächelte noch breiter, als er antwortete: „Marco?"

In mir rauschte es. Dann *schoss* es aus mir heraus:

„Ich liebe dich." Die Worte brannten mir in der Kehle. Ich hatte sie zu lange für mich behalten. Meine Finger zitterten und meine Stimme klang geschwollen. „Ich liebe dich so sehr, Oskar. Es schmerzt. Ich liebe dich und ich kann nicht aufhören, es zu sagen. Ich liebe dich wirklich. Ich habe dich immer geliebt."

Oskar schoss regelrecht in eine aufrechte Position und auf seinem Gesicht war das breiteste Grinsen, das ich je gesehen hatte.

Ich war auf Wolke Sieben. „Ich wusste es von dem Moment an, in dem du unsere Namen in den toten Baumstamm geschnitzt hast, weil du wolltest, dass *wir* Teil eines neuen Lebens sind."

Er hörte, wie ich unseren geheimen Rhythmus gegen mein Fenster klopfte und drehte seinen Kopf zu dem Geräusch. Sein Körper schien förmlich zu vibrieren, als er zum Fenster sprang.

Ich fuhr fort: „Es war nie so geplant, dass es so in meinem alten Zimmer herauskommt. Über das Handy. Aber ich kann nicht anders. Ich habe dich mein ganzes Leben lang geliebt, jeden einzelnen Tag. Du hast deine Chance auf Glück nicht verloren, wenn du es immer noch willst."

Sein Atem kratzte durch den Lautsprecher, er presste seine Handfläche gegen das Glas. „Oh Gott, Marco. Was machst du nur mit mir... komm rüber. Oder ich komme zu dir."

Es brauchte keine zwei Minuten bis ich bei ihm war. Ich ließ meinen kleinen Schatz vor seiner Schlafzimmertür, bevor ich hineinstürzte. Oskar nahm mich sofort in einer Umarmung gefangen. Er küsste mich und ich küsste ihn.

„Ich wollte dich damals...", sagte ich zwischen den Küssen.

„...und jeden Tag seit damals. Selbst als ich dich gehasst habe."

Er lehnte sich zurück, die Hände immer noch an beiden Seiten meines Gesichts. „Du bist der Grund, warum ich heimgekommen bin." Mein Atem stockte. „Ich habe jedem erzählt, dass ich Mannheim nicht mochte — war sogar selbst schon bereit, meine Lüge zu glauben — aber es war einzig und allein, weil du nicht da warst."

Ich lehnte mich für einen zärtlichen Kuss zu ihm. Ich sagte nichts, aber ich war mir sicher, dass Oskar realisierte, was passierte. „Es tut mir leid, was ich zu Papa gesagt habe. Ich habe einfach... Panik bekommen. Ich hab's vermasselt. Ich bin so —"

Er küsste sanft meine Oberlippe. „Ich weiß. Es ist okay."

„Papa denkt, dass ich das Wochenende in Mannheim mit Olivia verbringe. Er meinte, er könne sehen, dass sie mich glücklich macht. Ich habe ihm gesagt, dass Olivia alles ist, was ich mir je erträumt hatte."

Oskars Mund verzog sich leicht nach unten. „Nur dass du weißt, ich bevorzuge Oskar statt Olivia."

Mir entwischte ein kleines, nervöses Lachen.

„Wir sind die ganze Zeit umeinander herumgetanzt, nicht wahr?"

„Es wird Zeit, das zu ändern." Ich riss mich von ihm los und hielt meine Hand hoch, um ihm zu signalisieren, dass er so stehen bleiben sollte. Ich holte, was draußen vor seiner Tür stand. „Die sind für dich."

Er blinzelte und erkannte sie sofort. Er machte einen Schritt nach vorne und lachte. „Du hast sie gefunden?"

„Ich habe die Flaschen aus dem See gefischt, eine Woche, nachdem wir sie versenkt haben."

Ein aufgeregter Blick traf meinen. „Können wir sie öffnen?"

„Das war die Idee."

„Klugscheißer."

„Hast du immer noch das Messer?", fragte ich.

Oskar suchte in der obersten Schublade seines Schranks herum und zog sein Taschenmesser heraus. Er hatte die Flaschen schnell geöffnet. Er reichte mir seine. „Können wir es so machen?"

Wir neigten die Flaschen und stießen damit an.

Sekunden später schüttelten wir unsere Flaschen und versuchten, das Papier darin herauszubekommen. Es war schwieriger als ich gedacht hatte. Am Ende benutzten wir Pinzetten. Das Papier aus meiner Flasche riss ein, als ich es herauszog. Schlimmer noch, vor all den Jahren musste Wasser hineingekommen sein weil die Tinte von Oskars Brief verschwommen war. Ich konnte noch ein paar Worte erkennen, aber die ergaben keinen Sinn.

Oskar zog meinen Brief aus der Flasche, öffnete ihn gierig und las die ganze Seite. Er blinzelte und wie seine Augen die Zeilen überflogen schien er mehr von meinem Brief lesen zu können als ich von seinem.

Ich stellte die Flasche auf den Schrank und versuchte, die Schmetterlinge in meinem Bauch zu ignorieren.

Ich erinnerte mich an den Brief. Er beschrieb, wie dankbar ich dafür war, die Richters in meinem Leben zu haben. Wie sehr sie mir in den Monaten nach dem Umfall geholfen hatten, wie sehr Oskar für mich da war. Wie er mich davon abgehalten hatte, mein Lächeln zu verlieren. Wie sehr ich ihn liebte — aber ohne diese Worte zu benutzen.

„Marco." Oskars Stimme war emotional und tief und sie prickelte auf meiner Haut.

„Dein Brief war nicht mehr lesbar", sagte ich.

Er rollte das Papier zusammen und drückte es in den Flaschenhals. Ein leichter Luftzug wehte über meine Wange als er seine Flasche neben meine stellte. Er stand vor mir, Fußspitze an Fußspitze, und legte beide Hände um meinen Nacken. „In meinem Brief stand, wie leid es mir tat, dass deine Mama gestorben ist. Er war eine Beichte, wie gerne ich für dich da war. Und es stand auch noch drin, dass ich endlich mit der Wahrheit rausrücken sollte, wenn ich es nicht bereits getan habe."

Die Wahrheit. Die Wahrheit war dieses verrückte, überwältigende Gefühl zwischen uns.

Oskar küsste zärtlich meinen Mundwinkel. Seine Hände fuhren meine Schultern entlang, eine Hand hielt auf der Narbe unter meinem Ärmel inne. „Wirst du dich von mir ausziehen lassen?"

Mein Köper begann zu zittern. Ich wollte Ja sagen, ihm zeigen, wie sehr ich ihn liebte, aber das Ja war in meiner Kehle gefangen, hinter dem frustrierenden Gefühl von Angst.

Was, wenn er meine seltsame und hässliche Haut vergessen hatte? Was, wenn er seine Erregung verlor, wenn er sie wieder sehen würde? Was, wenn er so tat, als würde er meinen Körper genießen, nur weil er Mitleid mit mir hätte? Ich könnte es nicht ertragen. Nicht, wenn ich so voller Hoffnung war, dass er mich doch noch lieben würde.

Ich atmete tief ein und fing Oskars erdigen Geruch ein. Meinen Penis kümmerte es nicht, was der Rest von mir dachte. „Du siehst mich so an als ob... naja, sagen wir einfach, ich will diesen Blick behalten."

Oskar fuhr mit seinen Händen an meinem T-Shirt entlang und zog am Saum. Seine Knöchel fuhren über eine kleine Stelle nackter Haut an meiner Hüfte. Sein Blick war ehrlich. „Vertrau mir. Dieser Blick wird nicht verschwinden."

Seine Lippen öffneten sich, als sein Blick sich zu meinem Mund senkte. Er küsste mich und, verdammt, ich war voller Gier. Mit einem Seufzer zog ich ihn an mich, griff an seine Seite und vergrub eine Hand in seinen Haaren.

Oskar drückte mich an die Wand neben dem Fenster, und ich genoss es, seinen Körper an mir zu spüren, wie er sich fest an mich presste und unseren Kuss vertiefte. Hitze kroch durch unsere Kleidung und Oskars Erektion lag auf meiner, ein fester, vielversprechender Druck.

Ich wollte, dass er mich nahm. Ich wollte ihn auf seinen Knien, dass er meinen Schwanz in den Mund nahm und mich um meinen Verstand brachte. Ich wollte, dass er meine Hand hielt während er in mich stieß. Ich wollte, dass er mich auf den Bauch drehte und mich von hinten nahm. Ich wollte, dass er mich vögelte, bis ich nicht mehr konnte.

Oskar stöhnte in unseren Kuss, als ob er meine Gedanken lesen könnte. Er neigte sich leicht zurück. Seine haselnussbraunen Augen leuchteten voller Leidenschaft, und seine Finger spielten wieder am Saum meines T-Shirts. Seine Hand fuhr unter den Stoff und glitt über meinen Bauch. Meine Haut bebte. Ich versuchte, mich auf das sanfte, kitzelnde Gefühl seiner zärtlichen Berührung zu konzentrieren und auf die Küsse, die meinen Nacken entlang wanderten. Aber als er den Stoff in Richtung Hals schob und die kühle Luft des Zimmers auf meine Brust traf, erstarrte ich. Meine Hände ließen von Oskar ab und legten sich instinktiv über meine entblößte Haut.

Ich schloss meine Augen und wünschte mir, dass Oskars Zimmer dunkler wäre.

Oskar senkte seinen Kopf und seine Lippen streiften sanft über mein Brustbein. Er küsste mich zärtlich zwischen meine verschränkten Arme. Seine Lippen berührten die weiche, leicht erhabene Haut meiner Narben.

Ich nahm einen tiefen Atemzug der nach Oskar riechenden Luft. Mein Zittern wurde noch schlimmer. Ich griff nach meinem Shirt, um mich zu bedecken.

„Bitte nicht", flüsterte Oskar. Seine Lippen flogen über meine größte Narbe, über meinem Herz und meinem Nippel. „Du schmeckst so gut. Ich will dich noch mehr küssen."

Ich drückte das Baumwollshirt fest an mich, zog es aber

nicht wieder herunter.

Oskars Zunge kam heraus, leckte den Narbenrand entlang und berührte meine Brustwarze. Ich biss mir auf die Lippen und ein gequältes Geräusch entwischte mir. Es war halb Wimmern, halb Stöhnen. Die Muskeln unter meiner Haut waren angespannt wegen all dem Schmerz der Vergangenheit. Der Junge, wegen dem ich mich so lange hässlich fühlte, war jetzt der Mann, der mich küsste, als wäre ich makellos.

Oskar drückte seinen Mund an eine kleinere Narbe und sah mich an. Seine Lippen verzogen sich zu einem Lächeln und sein warmer Atem streichelte über meine Brust. Ich blinzelte, um die Tränen zurückzuhalten.

Aber sein süßer, heißer Blick war zu viel.

Mein Sichtfeld verschwamm und aus meiner engen Kehle entwich ein Schluchzer. Ich drückte mir das Shirt ins Gesicht, damit er mich nicht sah.

Oskar zog mich in seine Arme und hielt mich. Ich ließ den Stoff in meinen Händen los, schluckte wieder und wieder und lehnte meine Stirn an Oskars Schulter. Mit warmen, tröstenden Händen rieb er Kreise über meinen Rücken. Er murmelte etwas, aber ich verstand ihn nicht. Von seiner Tonlage her wusste ich aber, dass seine Worte liebevoll waren.

Tränen quollen mir aus den Augen. Scheiße. Das war definitiv nicht, wie das hier hätte ablaufen sollen. Ich drehte meinen Kopf so, dass meine Nase Oskars Nacken streifte. Ich atmete seinen Duft ein und versuchte, meine Stimme ruhig zu halten. „Ich hab die Stimmung ruiniert, nicht wahr?"

Oskar legte mir eine Hand auf den Nacken und zog mich zurück, damit er mein Gesicht sehen konnte. Sein Daumen strich unter meinen Augen entlang und wischte die Tränen weg, die ich einfach nicht zurückhalten konnte. „Ich werde dich die ganze Nacht halten, wenn du mich lässt."

„Ich will nicht, dass es jetzt um meine Unsicherheiten geht." Ich hob den Blick. „Ich will Sex mit dir haben. Ich will, dass du mich wieder küsst. Ich will, dass du mich *nimmst* —"

Oskar drückte mich gegen die Wand. Seine Hände zogen mir schnell das T-Shirt aus. Ein Moment der Angst überkam mich, doch ich ignorierte sie und legte meine Lippen auf seine. Mit einem langen Stöhnen ließ ich meine Zunge in seinen Mund gleiten.

Oskars Hände waren an meiner Jeans zugange, um den Knopf zu öffnen. Seine Finger streiften über meine Erektion und ich summte vor Freude. Ich legte meine Hände auf seine Jeans, voller Drang, ihn zu befreien und an mir zu spüren.

Oskar zog meine Hände hoch und drückte sie über meinem Kopf an die Wand. „Weißt du, was ich will?"

Ich schüttelte den Kopf.

„Ich will mir mit dir Zeit lassen. Ich will dich komplett nackt, bevor ich es bin."

Ich fühlte mich verletzlich und bloßgestellt und so erregt wie noch nie zuvor.

„Ich will nur... ich muss..."

„Was musst du?", fragte Oskar zwischen Küssen auf mein Brustbein.

„Ich muss sehen, dass du angetörnt bist. Um sicher zu sein..."

Nach einem leichten Biss in meinen Brustmuskel, stellte er sich aufrecht hin. Er schaute mir in die Augen und presste seine Hüfte gegen meine. Sein Schwanz war hart und rieb an mir. „Vertrau mir, Marco. Ich war noch nie in meinem ganzen Leben so angetörnt."

Ich leckte mir über die Lippen.

Oskar bewegte seine Hüfte erneut und das Gefühl von reinem Verlangen schoss durch mich hindurch.

„Da ist... noch eine Narbe. Sie ist..."

Er stoppte meine Worte mit einem Kuss. „Solange dir nichts wehtun wird, ist mir das egal."

Ich lachte nervös. „Manchmal spannt die Haut etwas, aber es tut nicht weh."

Oskar nahm meine Arme wieder herunter und führte mich zum Bett, den Mund fest auf meinen gepresst.

Er fuhr mit seinen Daumen seitlich in meine geöffnete Jeans. Meine Hände packten seine und er stoppte kurz. Mit zittrigem Atem hielt ich seinem Blick stand und drückte seine Hände und meine Jeans nach unten. Ich befand mich in einem merkwürdigen Zustand von hart und verlegen. Meine Erregung begann mir zu entgleiten.

Oskar setzte mich auf die Bettkante und fiel vor mir auf die Knie. „Ich habe so lange gewartet, dich in meinem Mund zu haben."

Keine Bemerkung zu der Narbe am Rande meines Gemächts, die einen kahlen Fleck in meinen Schamhaaren hinterlassen hatte. Kein Anzeichen eines Zögerns, bevor sich sein heißer Mund um mich legte. Ich japste vor Erleichterung und in mir erwachte etwas Animalisches. Oskar bearbeitete mich mit seinem Mund weiter, während er mir die Jeans komplett auszog.

Das Gefühl, wie er gierig an mir saugte, brachte mich beinahe um den Verstand. Ich zog ihn zurück. „Du hast viel zu viel an."

Oskar machte kurzen Prozess mit seinen Klamotten, bis er neben dem Bett stand, nackt.

Für einen beschämenden Moment beneidete ich ihn um seine glatte Haut, die straffen Muskeln, stolz und unerschütterlich. Ich kämpfte gegen den Drang an, mich unter der Decke zu verstecken. Stattdessen biss ich die Zähne zusammen, setzte mich auf und griff nach seinem Ständer. Meine andere Hand spielte mit seinen Eiern. Oskar machte ein überraschtes

Geräusch, das sich schnell zu einem Stöhnen entwickelte, als ihn in den Mund nahm. Mein Penis pulsierte.

Ich schaute hoch und sah, dass Oskars Kopf nach hinten gefallen war. Sein Hals war gestreckt und mein Name kam kaum hörbar über seine Lippen.

Er neigte seinen Kopf nach vorne und unsere Blicke trafen sich. Seine Augenlider flatterten, als ich ihn mit meinem Mund bearbeitete und so tief nahm wie ich konnte. Er roch moschusartig und schmeckte warm und leicht nach Trüffel. Ich konnte nicht genug davon bekommen.

Wenn er mich lassen würde, könnte ich das jede gottverdammte Nacht meines Lebens machen.

Oskars Stimme klang tief und heiser. „Mach weiter und ich komme."

Ich nahm ihn noch einmal tief in den Mund und ließ in dann mit einem Schmatzer los. „Ich will, dass du in mir kommst."

Ich rutschte auf dem Bett zurück und drehte mich auf den Bauch. Das Bett neigte sich, als Oskar über mich kletterte. Ich seufzte als sich sein warmer, schwerer Körper auf meine Schenkel senkte. Er küsste meinen unteren Rücken und die Grübchen meines Hinterns, während er das Gleitgel öffnete.

Gel tropfte auf die Mitte meines Hinterns und ich begann nervös zu zittern.

Oskar küsste meine Pobacken. „Solltest du dich umentscheiden, werde ich aufhören. Wir können es langsam angehen lassen."

„Ich will das. Ich will dich."

„Das erste Mal... es kann wehtun."

„Ich weiß was Schmerz ist, Oskar. Ich kann damit umgehen."

Ein Seufzen blies über meinen Po. „Ich will, dass es gut für dich ist."

„Ich wollte nicht... ich meine... ich habe mit Dildos experimentiert. Ich habe mich schon geweitet. Sehr sogar."

Oskar machte ein kleines, ersticktes Geräusch. „Das ist gut...", sagte er, „...und verdammt heiß."

Ich lächelte und neigte meinen Hintern dem Finger entgegen, den Oskar über mein Loch gleiten ließ. Er hatte definitiv jede Menge Gleitgel benutzt. Die Spitze seines Fingers drang in mich ein und ich fluchte in seine Laken. Es fühlte sich so verdammt gut an.

Mein Hintern war empfindlich, soviel wusste ich. Es hatte beinahe eine Stunde gedauert, aber ich war einmal nur mit Hilfe eines Vibrators gekommen, ganz ohne meinen Penis zu berühren. Das hatte sich unglaublich angefühlt, aber war nichts im Vergleich zu dem gewesen, was Oskars Finger mit mir taten. Ich packte die Decke und zwang mich, nicht meinen Schwanz daran zu reiben. Ich wäre in zehn Sekunden fertig, wenn ich das tun würde.

„Ich will dich auf mir", krächzte ich.

Oskar zog seine Finger zurück, kletterte zwischen meine Beine und senkte sich herab. Seine Brust lag auf meinem Rücken und seine Länge drang zwischen meine eingegelten Backen. Er verschränkte unsere Hände und breitete unsere Arme aus. Ein tiefes Stöhnen kitzelte an meinem Nacken, genau an meiner sensibelsten Stelle. Ich rieb mich weiter an den Laken.

Oskar glitt mit seiner Erregung zwischen meinen Backen entlang und die Spitze strich über meinen Eingang. „Du bist so wunderschön, wie du dich unter mir windest. Ich könnte so schon kommen."

Ich seufzte und hob meinen Hintern in dem Versuch, Oskars Penis zu fangen während er über mich glitt. Seine Krone tauchte in mein Loch und Oskars Finger verkrampften sich um meine. Schnell bewegte er sich zurück, nahm ein Kondom und zog es über. „Dreh dich um."

Ich wurde still. Diese Position hätte weniger von mir gezeigt. Oskar konnte nur die Narben auf meinem Arm sehen, aber sonst nichts. Er könnte in mich eindringen, mich vögeln, ohne abgeschreckt zu sein...

„Ich will dich sehen, Marco."

Ich schluckte schwer und ließ mich von ihm auf den Rücken drehen. „Mach schon", forderte ich, „zeig mir wie sehr ich —"

Oskar rückte mich geschickt in Position und drang langsam in mich ein. Ich japste und er stoppte. Ich nahm ein paar tiefe Atemzüge, um mich an seine dicke Länge zu gewöhnen. Ich nickte ihm zu, er solle weitermachen.

Ein paar Sekunden brannte es, aber ich bewegte mich bereits so, dass er tiefer in mich eindringen konnte. Ich wollte ihn ganz spüren. Oskar verstand mich und versenkte sich komplett in mir. „Ich bin so hart wegen dir, Marco." Er neigte sich vor und küsste mich. „Glaubst du mir jetzt?"

Er zog zurück und schoss wieder nach vorne.

Ich glaubte ihm und sagte ihm das auch.

Oskar knetete meinen Hintern mit seinen Händen und stieß in mich, veränderte den Winkel, bis... heilige Scheiße. „Fick mich."

„Was denkst du denn was das hier ist?"

Ich hatte gerade noch genug Verstand, um ihm den Mittelfinger zu zeigen. Er lehnte sich zu mir und küsste mich auf mein Grinsen. Sein Bauch drückte sich gegen meine Erektion. Mein ganzer Körper stand unter Spannung.

Oskar begann mit einem langsamen, stetigen Rhythmus. Seine Brust senkte sich und seine Bauchmuskeln spannten sich an.

Er beobachtete, wie mein Penis gegen meinen Bauch

klatschte, jedes Mal, wenn er tiefer in mich stieß und mein Hintern ihn verschluckte. Eine Welle an Emotionen traf mich als er sich auf die Unterlippe biss und noch schneller in mich stieß.

Er kann nicht genug von mir bekommen.

Oskar merkte, wie ich unter ihm dahinfloss, denn er schenkte mir ein überraschtes und zufriedenes Stöhnen. Ich lehnte mich in seinen nächsten Stoß – ich liebte die Dicke und Hitze seines Penis', der an meiner Prostata rieb.

Unsere Blicke trafen sich und die Reibung zwischen uns verstärkte sich. Mein ganzer Körper stand kurz vor dem Orgasmus. Ich spürte, wie es in meinen Zehen anfing, meine Wirbelsäule entlang kitzelte und in meinen Fingern prickelte. Meine Nippel waren hart und ich rieb sie. Ich verschwendete nicht den geringsten Gedanken daran, dass ich Oskars Aufmerksamkeit auf meine Narben ziehen würde.

Oskar war auch kurz davor. Ich fühlte seine verzweifelten, schneller werdenden Stöße. Er beobachtete mich mit zusammengekniffenen Augen und einem leicht geöffneten Mund.

Er traf meinen himmlischen Punkt und ich konnte den Genuss nicht mehr ertragen.

„Ich muss kommen."

Das brachte Oskar noch mehr in Bewegung. Er legte seine Hand um meinen Schwanz und griff zu.

Mein Orgasmus schoss durch mich hindurch und ich kam auf meiner Brust. Oskar stieß noch zweimal, dann kam er in mir und sein Kopf fiel nach hinten.

Ich wollte nicht, dass Oskar sich zurückzog. Ich mochte das Gefühl, von ihm ausgefüllt zu sein. Mochte ihn in mir vergraben. Ich zog Oskar zu mir und er legte sich auf meine nasse Brust. Unsere Atemzüge wurden langsamer und Oskar rieb mit seiner Nase an meinem Nacken, bevor er mich küsste.

„Ich könnte das ewig mit dir machen", sagte er an meinem Kinn.

Unsere Lippen vereinten sich in einem leidenschaftlichen Kuss und ein trauriges Geräusch entfuhr mir, als er sein Glied herauszog.

Oskar berührte meine klebrige Brust und lächelte. Er strich sanft mit seinen Fingern durch meinen Erguss, über die vernarbte Haut. Er kroch hinab und schmeckte mich. Mein Herz flatterte.

„Ich glaube, du hast etwas in mir freigesetzt", sagte ich.

Seine Augenbrauen schossen nach oben.

„Ich will dich auf jede erdenkliche Art und Weise. Und das am liebsten schon gestern."

Er lachte, erhob sich und kümmerte sich um sein Kondom. Er warf es weg und wischte mich sauber, dann legte er sich neben mich und nahm mich in seinen Arm.

„Das magentafarbene Geschenkpapier...", sagte ich leise, „... war das Absicht?"

„Ja."

Meine Kehle war zu trocken, um zu antworten.

Oskar atmete in meine Haare. „Ich habe so sehr versucht, von dir loszukommen. Aber dann habe ich dich gehört, als du mit Zoe hinten Basketball gespielt hast. Du bist der beste Bruder für sie, Marco. Sie liebt dich mit jeder Faser ihres Körpers, und als ich euch beide gesehen habe, wurde ich von demselben Gefühl getroffen, das ich jedes Mal hatte, wenn wir ihm gleichen Raum waren."

Ich schloss die Augen. Ich wusste, was er sagen würde und mein Herz schwoll an. „Einen halben Raum entfernt und du vermisst mich."

„Einen halben Raum entfernt und ich vermisse dich."

Ich drehte mich zu ihm. „Oskar..." Ich war dasselbe Häufchen Elend, wie in dem Moment, als ich die Tonfigur betrachtet hatte. „Zoe wollte, dass du mir was über die Tonfigur erzählst?"

Er lächelte zärtlich. „Ich hab sie für dich gemacht."

„Das hab ich mir gedacht. Sie hat eine ziemlich große Ähnlichkeit mit dem Original."

Er strich mir mit der Fingerspitze über den Nasenrücken. „Naja, ich hatte Übung, weil ich auch die gemacht hatte, die kaputtging."

Es dauerte einen Moment, bis ich verstanden hatte, was er mir sagte.

„Du hast sie gemacht, ich dachte, Zoe —"

„Sie hat mir versprochen, dass sie dir nicht sagt, dass sie von mir war."

„Warum hast du sie mir nicht selbst gegeben?"

„Damals hast du mich gehasst. Hättest du sie genommen?"

Ich öffnete den Mund, um ihm zu sagen, dass ich das natürlich getan hätte, aber schloss ihn wieder. Weil er Recht hatte. Ich war zu verletzt gewesen. Ich hätte sie nicht genommen. „Ich musste so sehr lachen wegen der Figur. Sie war so... hässlich."

Er schaute mich böse an, aber seine Augen funkelten. „Die Figur sollte dich darstellen."

„Mich? Scheiße. Ich dachte, es war ein fleckiger Meerjungmann."

Er lachte. „Ich wollte sie in all den Farben anmalen, die du für mich warst — bist."

„Welche Farben bin ich für dich?"

Seine Antwort brachte mich dazu, ihn leidenschaftlich zu küssen.

„Alle, Marco. Du bist alle."

241

LILA

ICH ERWACHTE am Samstagmorgen zum Klang von Violinen, der durch das Hauses schwebte. Oskar murmelte etwas gegen meinen Hinterkopf und ich drehte mich zu ihm. Er war im Halbschlaf, und seine Augenlider flatterten. Morgenlicht füllte den Raum. Ich war immer noch nackt und nur meine Hüfte war von der Bettdecke bedeckt.

Es machte mir nichts aus, sie hochzuheben.

Ein Lachen entschlüpfte mir.

„Warum lachst du, Süßer?", fragte Oskar schläfrig.

„Ich kann nicht anders."

Ein Lächeln erstrahlte auf seinem Gesicht, als er mich in den Arm nahm. Zoe schrie ihren Eltern zu, dass sie die Musik herunterdrehen sollten.

„Ich brauch meine eigene Wohnung", sagte er.

„Ich kann mir Schlimmeres zum Aufwachen vorstellen."

Oskar rollte auf mich, mit einem frechen Funkeln in seinen Augen. „Und Besseres."

„Ich hoffe, du redest von Sex."

Er grinste und fing an, mich durchzukitzeln.

———

Eine Stunde später schlüpfte ich aus Oskars Haus. Mein Hintern pochte leicht nach einer weiteren Runde atemberaubendem Sex.

Oskar musste arbeiten und ich sollte in einem Zug nach Mannheim sitzen.

Gerade als ich sein Zimmer verlassen wollte, hatte Oskar meine Hand genommen und mich in einen Kuss gezogen. Er würde geduldig sein, hatte er gesagt. Er würde mir Zeit geben. Ich musste niemandem von uns erzählen, bis ich soweit war.

Das Problem war nur, ich glaubte nicht, dass ich jemals dazu bereit sein würde.

Diese Erkenntnis traf mich schwer. Schwer und lachsfarben.

Am Ende der Straße machte ich auf dem Absatz kehrt und ging zurück nach Hause.

Opa, in einem dicken Mantel und mit Pelz gefütterten Schuhen, kraxelte den Weg entlang. Ich hielt das Gartentor für ihn auf und er nickte mir zu.

„Auf zu deinem Morgenspaziergang?"

Er nickte.

„Hast du danach Lust auf eine Runde Scrabble?"

Er nickte wieder.

Er war beinahe an mir vorbei, als er sich umdrehte und mich ansah. Seine faltige Hand legte sich auf meine Schulter und drückte zu. Dann sagte er die meisten Worte, die sich seit Mamas Tod von ihm gehört hatte: „Er ist ein guter Junge, Marco. Du hast meinen Segen."

Ich gab ein ersticktes Geräusch von mir, aus Überraschung, Erleichterung und Glück. Ich wusste nicht, wie ich darauf reagieren sollte. „Danke, Opa. Ich liebe ihn wirklich."

Er nickte und deutete mit seinem Kopf in Richtung des

Hauses, um mich dazu zu bringen, Papa endlich die Wahrheit zu sagen.

Ich schaute Opa noch einen Moment lang nach und ging dann hinein.

Papa hob seinen Kopf als ich in die Küche kam. Er war, wenn überhaupt, nur eine Sekunde überrascht, bevor er seinen Kaffee nahm und sich an den Küchentresen lehnte.

Ich nahm mir eine Tasse, schenkte Kaffee ein und gab einen Schuss Milch dazu. Ich schlürfte ihn und fragte mich, ob er sah, dass ich dieselben Klamotten wie gestern Abend trug. „Ich habe wegen Olivia gelogen."

„Ah", sagte er. „Naja."

„Ich wollte, dass du dachtest, ich hätte eine Freundin. Wie glücklich es dich gemacht hat."

Er nahm einen großen Schluck Kaffee. „Ich mag es, dich glücklich zu sehen, ja." Sein Mund verzog sich zu einer dünnen Linie.

Ich griff in meine Tasche und reichte ihm das Geld, dass er mir für meine Verabredung mit Olivia gegeben hatte. „Bist du sauer?"

Nun war Papa wirklich überrascht. „Nein. Ich bin... naja, ich bin enttäuscht." Ich sackte in mich zusammen. „Nicht enttäuscht, weil du keine Freundin hast. Enttäuscht, dass du nicht ehrlich zu mir sein kannst."

Meine Hände zitterten und etwas Kaffee schwappte aus meiner Tasse. Ich warf ein Stück Küchenrolle auf die Sauerei, die ich gemacht hatte, und wischte den Kaffee auf. Die Luft bewegte sich als Papa sich neben mich kniete.

Ich schaute auf seine warmen Hände, auf die Verbrennungen die er erlitten hatte, als er mich aus dem Auto gezogen hatte. Hände, die mich immer so fest gehalten hatten. Ich schaute ihm in die Augen.

„Ich bin schwul, Papa."

Er zog mich in eine Umarmung. „Es ist Oskar, nicht wahr?"

Ich erstarrte, dann zwang ich mich, zu nicken. „Woher weißt du das?"

„Sein Geschenk. Die Art, wie ihr euch angeschaut habt."

„Warte." Ich lehnte mich zurück und musterte sein Gesicht. „War das der Grund, warum du dich verschluckt hast?"

Papa kniff mir in die Wange. „Ich hätte es früher bemerken sollen. Eure Chemie auf der Bühne. Deine Wut auf seine Mutter. Herrgott, die Tatsache, dass du ihn zu deinem Geburtstagsessen eingeladen hast."

Er stellte sich wieder hin und hob das Küchenpapier auf.

Ich stand auch auf. „Wird es schwierig für dich sein?"

„Was, wenn es das ist? Das sollte dich nicht davon abhalten, dein Leben zu leben."

„Ja, aber —"

„Kein aber, Marco. Du musst für das kämpfen, was du willst. Liebe dich selbst. Ich bin dein Papa. Ich werde dich immer lieben, egal was passiert." Warme Erleichterung durchströmte mich und ich zog Papa in eine weitere Umarmung. Er sprach weiter: „Ich wollte Mamas Kleider bei der Caritas abgeben, während du weg bist."

„Das wolltest du?"

„Ich bin bereit, loszulassen", sagte er und seine Umarmung wurde enger. „Wirst du mit mir loslassen?"

———

Die Lichter gingen aus und ein sanfter, blauer Scheinwerfer erstrahlte über der *Verdammten Verdammung*. Der zärtliche Klang von brechenden Wellen erfüllte das Theater, gefolgt von betrunkenem Gesang. Papa und Dieter stolperten auf die Bühne, die Arme umeinander gelegt und eine Whiskeyflasche in der Hand.

„Unsere Frauen haben uns in dieser fröhlichen Nacht zwei Söhne geboren. Bei den Sternen und dem Meer soll es geschrieben sein, dass mein Casper und dein Devin beste Freunde sein werden, genau wie ihre Väter."

Oskar stand seitlich hinter der Bühne neben mir, ausgestattet mit engen Hosen, Stiefeln, bauschigem Hemd und Säbel, wie ich. Als Papa seine Zeilen beendet hatte, warf Oskar mir ein angespanntes, wehmütiges Lächeln zu.

Oskar wusste noch nicht, dass ich es Papa gesagt hatte.

Ich hatte darüber nachgedacht, es ihm direkt zu sagen, hatte mich dann aber gebremst. Es war nicht genug, ihm zu sagen, wie sehr ich wollte, dass das mit uns funktionierte. Ich wollte ihm zeigen, dass ich bereit dazu war, der ganzen Welt von *uns* zu erzählen.

Elena tauchte hinter uns auf und setzte uns unsere Hüte auf. „Ihr seid dran. Brecht ein paar Herzen."

Ich drehte mich um und gab ihr eine schnelle Umarmung. „Zoe und du, ihr müsst genau hinschauen", sagte ich. „Heute werden eure Fragen beantwortet."

Bevor sie mich fragen konnte, schlich ich auf die Bühne zu meiner ersten Szene.

Die Lichter waren hell und der Klang kristallklar. Oskar legte einen Arm um meine Schultern. „Sing mit mir, Casper."

Als ich das tat, bemerkte ich, wie sich die Luft bewegte und mich ein Frösteln überkam. Mama musste wohl zuschauen. Mein Lächeln wurde breiter und ich sprach meine Zeilen voller Energie und mit neugewonnener Selbstsicherheit.

Mama wäre stolz.

Wir tanzten über die Schiffe und Masten, die wir gebaut hatten. In einer Szene lagen unsere Schiffe Seite an Seite und wir kämpften hinter unseren Segeln.

In den letzten Momenten des finalen Akts, begleitet von

dramatischem Violinenspiel, zeigte Devins Säbel auf meine Brust.

Unsere Blicke trafen sich und hielten einander stand. Oskar war bereit, das tragische Ende zu spielen, das wir unzählige Male geprobt hatten. Ich schüttelte schnell den Kopf. Er sah die Bewegung und blinzelte.

Flüsternd sagte ich: „Ich will, dass jeder weiß, dass wir ein Happy End haben."

Oskars Brust schwoll an, er blinzelte mehrmals und schien vor Stolz und Glück zu strahlen. Mir schossen tausend Erinnerungen durch den Kopf, in denen ich der Grund für sein Lächeln gewesen war.

Oskar räusperte sich. „Ich kann das nicht mehr, Casper."

Ich sagte meine Zeile laut und deutlich: „Du kannst was nicht mehr?"

„Dich verletzen."

„Du hast mich davor schon verletzt."

„Und das verfolgt mich. Ich kann das nicht nochmal. Werde es nicht." Devin reichte mir sein Schwert. „Kannst du mich töten, Casper? Oder geht es dir genauso?"

Ich hatte einen waffenlosen Devin an der Spitze meines Schwerts.

Die Musik endete.

Das Publikum rutschte auf seinen Sitzen hin und her und wartete auf meine finale Entscheidung, zu töten oder nicht zu töten.

Ich warf Devins Schwert zur Seite und sah alle Farben vor meinem geistigen Auge vorbeiziehen. Rot für Mut, Stärke und Bestimmtheit. Lila für Stolz, Würde, Unabhängigkeit, Magie. Grün für Wachstum, Hoffnung, Sicherheit.

„Mir geht es genauso", sagte ich. Oskars Atem stockte, denn er verstand, dass Marco redete.

Er strahlte so sehr dass ich schon dachte, er würde seine

Rolle vergessen und mich küssen. „Sprich lauter, Casper", schaffte er zu sagen.

„Du bist mein Freund", sagte ich, sodass es die gesamte Kirche hören konnte. Mein Herz schlug wie wild, meine Handflächen waren feucht. Aber ich wollte mich nicht mehr verstecken. Ich konnte nur dann wahre Intimität haben, wenn ich auch bereit war, zu vertrauen. Bereit war, Schmerz zu riskieren.

Ich starrte Oskar in die Augen und zog ihn zu mir. „Du bist mein Liebster, Oskar, und ich will, dass das jeder weiß."

Elena und Zoe jubelten begeistert von der Seite aus.

„Ich wusste es!", schrie Zoe.

Die Violinen sollten wieder anfangen, aber ich hatte scheinbar auch Sigrid und Dieter überrascht. Ich war mir nicht sicher, wie sie es aufnahmen, aber ich musste zu dem stehen, wer ich war. Sie würden schon damit klarkommen.

In der ersten Reihe des Publikums stand Papa auf und fing an zu klatschen. Opa tat es ihm gleich und der Rest des Publikums folgte ihnen.

Oskar lächelte, und vor all meinen Freunden und meiner Familie küsste ich ihn.

FÜR IMMER SONNENGELB

ZWEI MONATE SPÄTER.

OSKAR VERSCHRÄNKTE unsere Finger und zog mich zum See, weg von dem Überraschungs-Winterpicknick. Weg von Zoe und Elena, die ihre Köpfe über Elenas Zeichenbuch gesenkt hatten. Weg von Papa, Opa und Dieter, die Scrabble spielten. Weg von Sigrid, die Extra-Decken an Ben und Sebastian verteilte, die gemeinsam den Inhalt unseres Picknickkorbs verschlangen.

Sie ergaben ein schönes Bild mit den gefrorenen Bäumen und dem glitzernden Gras.

Oskar sah noch herzerwärmender aus. Er war ganz auf Winter eingestellt. Schlittschuhe hingen von seinen Schultern, um mit mir aufs Eis zu gehen — und er hatte den ganzen Morgen nicht aufgehört, zu grinsen.

Ich stolperte über eine hervorstehende Wurzel und Oskar fing mich, bevor ich auf den Boden knallen konnte. Meinem Schal erging es nicht so gut. Er fiel herunter und ins eiskalte Wasser. „Scheiße. Ich meine. Verdammt."

Ich versuchte, weniger zu fluchen, jetzt wo ich mich entschieden hatte, Lehrer zu werden.

Oskar lachte, mit roten Backen und geöffnetem Mund. „Ich werde definitiv unser erstes Rennen über den See gewinnen."

Ich zeigte ihm den Mittelfinger und wrang das Wasser aus meinem Schal. Oskar nahm seinen Schal von seinem Hals und legte ihn um meinen. Er zog mich an den Enden des Schals zu sich und in einen Kuss. „Ich kann meinen Mann ja nicht kalt werden lassen, oder?"

Ich atmete in das weiche Material seines Schals. Er roch nach Wolle und Seife und fühlte sich wie tausend Umarmungen an. „Du machst mich zu einem echten Dieb." Keine Chance, dass er den je wieder zurückbekommen würde.

„Was mein ist, ist dein, Marco. Das war es immer und das wird es immer sein."

Ich lachte und folgte ihm zum See wo Oskar meinen nassen Schal über einen Ast hing.

Eine dicke Schicht aus Eis glitzerte weiß im Sonnenlicht als ich meine Schlittschuhe anzog.

Oskar stand auf der anderen Seite des weiß-schwarzen Baums.

Ich lehnte mich vor. Er zog nicht etwa seine Schlittschuhe an, sondern schnitzte etwas in den Baumstamm.

Er bemerkte, wie ich ihn anstarrte und das Grinsen, das er den ganzen Tag im Gesicht getragen hatte, wurde noch breiter. „Okay, fertig." Er drückte seine Klinge zurück in den Schaft und steckte das Messer ein.

Ich balancierte auf meinen Kufen zu ihm hinüber und strich mit meinem Finger über unsere Initialen im Stamm. MB + OR. Marco Brandt und Oskar Richter. „Ich dachte, tote Bäume wären besser?"

„Ich wollte auf Nummer sicher gehen. Ich bin auch bereit, uns ein Schloss zu kaufen, es an eine Brücke zu hängen und den Schlüssel wegzuwerfen. Du lachst über mich."

„Ich kann nicht anders, wenn du bei mir bist muss ich einfach lachen."

Er schaute auf unsere verschränkten Finger und lächelte, wie er es immer tat, wenn ich seine Handschuhe trug.

Er blinzelte, die Lippen leicht geöffnet.

Ich hielt ihn mit einem Kuss vom Sprechen ab. „Ich habe eine Bitte."

„Alles was du willst."

„Zieh deine Schlittschuhe an und gib alles, was du hast."

Er schlüpfte in seine Schlittschuhe und wir machten uns am Rande des Sees bereit. Voller Entschlossenheit blickten wir einander an.

„Auf die Plätze. Fertig. —"

„Eins noch", sagte ich und er hob seine Augenbrauen. Ich unterdrückte ein Lächeln. „Ziehst du bei mir ein? Los!"

Ich drückte mich schnell ab und raste über das Eis.

Oskar presste hinter mir ein ersticktes Geräusch hervor, das vielleicht mein Name war. Ich drückte mich nach vorne und raste über den See zur Ziellinie. Auf der Hälfte riskierte ich einen Blick über meine Schulter. Oskar schoss hinter mir her. Wenn er zuvor entschlossen gewirkt hatte, war das nichts im Vergleich zu jetzt. Jede Faser seines Körpers war auf mich konzentriert. Seine wie ein Pendel schwingenden Arme, seine langen, gleitenden Beine, seine dunklen, haselnussbraunen Augen.

Ich erzitterte und verlor meine Geschwindigkeit. Die Intensität seines Blicks brachte meine Beine dazu, sich in Wackelpudding zu verwandeln. Angestautes Gelächter brach aus mir heraus und mein Herz begann zu rasen.

Oskar holte mich ein und ich hielt an. Ich sah ihn an. Er war ein leuchtendes Bündel aus Magenta.

Er schloss mich in seine Arme, presste mich gegen seine Brust und brachte mich dazu, noch mehr zu lachen. Er stützte mich damit wir nicht fielen, als er mich in einen tiefen, atemlosen Kuss riss.

Oskar machte ein brummendes Geräusch und küsste mich leidenschaftlich. Seine Zunge schwirrte durch meinen Mund, seine Hände waren an meiner Hüfte und in meinen Haaren und zogen mich an ihn.

„Ich werte das als ein Ja", sagte ich.

„Ja. Tausendmal jaaa."

„Du willst nicht darüber nachdenken?"

„Du bist witzig."

Ich liebte diesen Mann. „Ich weiß, dass es viel Arbeit wird, aber ich würde gerne Papas Theatertradition fortsetzen."

Oskar lehnte sich etwas zurück. „Ich liebe dich, Marco. Und ich will so viele Traditionen mit dir haben."

Sonnenlicht glitzerte über uns und warf goldene Flecken auf Oskars Haar. Eine Welle aus Nostalgie überkam mich, gefolgt von dem brennenden Drang, ihn zu halten. Ihn für immer zu halten.

„Alles okay bei dir?", fragte er mich und ich nickte.

„Du warst meine erste Farbe."

Oskar lächelte, zärtlich und charmant. „Das war ich?"

Ich zog ihn näher und küsste ihn auf die Nasenspitze. „Mein Glück. Mein Alles."

Sonnengelb. Der Anfang unserer Geschichte.

~

Ende.

DANKSAGUNG

Wie immer möchte ich zuerst meinem wundervollen Ehemann
danken – meinem größten Anfeuerer und ersten Leser!
Tausend Dank an Jara Dressler für die tolle Übersetzung, die
zweite in der „Wahre Liebe"-Reihe, und an Wolfgang
Eulenberg für sein Lektorat der deutschen Fassung.
Mein großer Dank geht auch an Natasha Snow für das Cover,
wie immer hat es voll ins Schwarze getroffen!

ÜBER ANYTA

Anyta Sunday ist die Autorin der schwulen Liebesromane "rock", "nest", "Liam Davis & The Raven" und der Serien "Enemies To Lovers", "Signs of Love" und "True Love". Die Romane "fels" und "Experimentier Mit Mir" sind in der Übersetzung von Wolfgang Eulenberg auf deutsch erschienen. Auch auf deutsch erhältlich: die Erzählungen "Verzettelt", "500 Küsse" und "DJ Dangerfield". Mit "Wahre Liebe... bringt Glück" in der Übersetzung von Jara Dressler beginnt eine neue Serie, die jetzt mit dem zweiten Buch, "Wahre Liebe... bekennt Farbe" fortgesetzt wird.

Anyta ist ein großer Fan von Liebesromanen, die sich langsam entwickeln. Sie liebt es, Geschichten zu lesen und zu schreiben in denen sich die Figuren langsam ineinander verlieben. Sie schreibt zeitgenössische Gay Romance, manchmal luftig-leicht und manchmal etwas schwerer, manchmal auch mit einer Prise Fantasy. Ihre Bücher wurden auf Deutsch, Italienisch Französisch, Spanisch und Thai übersetzt.

Anyta stammt ursprünglich aus Neuseeland, folgte dann aber ihrem Herzen nach Deutschland wo sie mittlerweile Berlin ihre Heimat nennt. Wenn sie nicht gerade an ihrer neuesten Geschichte arbeitet, rennt sie ihren Jungs hinterher oder kuschelt mit ihrem Kater.

Alles weitere über Anyta findet ihr auf ihrer Web-Seite, www.anytasunday.de. Dort könnt ihr euch auch für ihren Newsletter anmelden und ein kostenloses e-book bekommen!

www.ingramcontent.com/pod-product-compliance
Lightning Source LLC
Chambersburg PA
CBHW021953190626
46807CB00005BB/2247